U0951091

有爱的青春陪伴者

# 南风吹进你心底

檀心 著

贵州出版集团
贵州人民出版社

图书在版编目（C I P）数据

南风吹进你心底 / 檀心著. -- 贵阳 : 贵州人民出版社, 2019.9
ISBN 978-7-221-15308-1

Ⅰ. ①南… Ⅱ. ①檀… Ⅲ. ①言情小说 - 中国 - 当代
Ⅳ. ①I247.5

中国版本图书馆CIP数据核字(2019)第110452号

**南风吹进你心底**

**檀心/ 著**

出版统筹：陈继光
选题策划：大鱼文化
责任编辑：唐　博
特约编辑：阿　灯
装帧设计：颜小曼　西　楼
图片绘制：高梦雪
出版发行：贵州人民出版社（贵阳市观山湖区会展东路SOHO办公区A座　邮编：550081）
印　　刷：湖南凌宇纸品有限公司
开　　本：880×1230毫米 1/32
字　　数：227千字
印　　张：9
版　　次：2019年9月第1版
印　　次：2019年9月第1次印刷
书　　号：ISBN 978-7-221-15308-1
定　　价：36.80元

贵州人民出版社微信

# 目录
contents

# 目录
contents

# 告白

第一章

NANFENGCHUIJIN
NIXINDI

北斗七星高，哥舒夜带刀。

南潇的“刀”，是一把粉轴机械键盘，外加一台顶配的苹果笔记本电脑。

计算机系宿舍楼306室里，屏幕幽蓝的光线打在南潇脸上，她眉头紧锁，屏气凝神，仿佛是行走在黑夜里的蒙面侠客。一行行计算机代码在眼前飞快滚动，键盘上的五指叠出残影，展现出身为互联网精英后代所必备的基本素养。

“学校官网首页……漏洞查找……”

回车。

“Python（一种计算机程序设计语言）爬虫程序调用……漏洞攻破……”

回车。

“注入式攻击……命令伪装……夺取官网首页控制权限……”

再次敲下回车。

南潇目不转睛地盯着一行行眼花缭乱的代码，高度集中的精神在这一刻达到顶峰，直到画面跳转，进入数据库页面，她情不自禁地比了个胜利的手势。

“Perfect（完美）！接下来是……”她搓了搓因激动而泛红的脸，对着两个掌心哈了口热气，抖擞精神，飞速敲击键盘，又一串漂亮的代码在屏幕上舞动而出。

只差一步便大功告成!

人在心无旁骛的境界里会对周围的一切免疫，所以南潇根本没有注意到，从她攻破学校官网首页的那一刻开始，屏幕右下角便有一条警告消息不知疲倦地在闪烁。

屏幕中间的进度条开足了马力，朝着终点策马奔腾。

五。

四。

三。

二。

一。

见证历史的时刻，一段长达 2 分 37 秒的表白视频赫然占据了大半边的屏幕，学校官网的首页上，没有最新发布的学术报告，没有学生会组织活动的策划案，更没有计算机系的院长边挥手边微笑的个人照，取而代之的是感人肺腑又催人泪下的真情告白。

匿名的。

情绪像煮沸了的水一般，咕嘟咕嘟冒着气泡，宿舍外一片惊涛骇浪。

“皮，有人入侵了学校官网首页，太刺激了！”

“什么什么，给陆燃表白的？那个三年级的计算机大神？”

“哟嚯，这下可有好戏看了！”

……

南潇脸泛潮红，心跳加速，忐忑地享受着这短暂的胜利时光，楼道里此起彼伏的尖叫声无疑在向她证明，自己的行为有多么震撼人心。而当她突然意识到自己的位置被反向追踪时，为时已晚。教导员杀过来的速度堪比尤塞恩·博尔特，并且还是最优状态。

“306室计算机系二年级的南潇同学，恶意入侵学校官网，散播不良信息，行为极其恶劣，但念在是初犯，故记大过一次，从明天起实名通报一周，罚扫北操场三个月，明白了吗？”

教导员推了推鼻梁上的瓶底眼镜，恨铁不成钢地瞪着她，好像要忍不住冲过来撬开她的脑袋，研究一下如今的青春期学生都在想些什么稀奇古怪的东西。

“实名……通报？”南潇蒙蒙地歪了下头。

“没错，实名。”教导员将最后一根稻草压在了骆驼身上，“太蠢了，身为计算机系的学生，居然不知道要隐藏位置，你要我说什么好？真的……太蠢了。”

教导员摇着头，叹息着离开了，留南潇一人兀自在风中凌乱。

此时此刻，逻辑像装载着强大动力系统的火箭炮，在南潇脑子里高速运转。事情是这样的，她，一个略通黑客技术的初学者，一时冲动按照教程入侵了学校官网首页，匿名播放了一段表白视频，主人公原本应该是被表白的三年级大神学长陆燃，但刚刚教导员说了什么？

实名。

所以现在，主人公乾坤大挪移了？

南潇不由得在原地打了个寒噤，欲哭无泪，明天上网买一顶加大版的帽子吧……

很显然，南潇的担忧非常有必要。在大学这样一个半开放的环境里，流言蜚语的传播速度足够以秒来记，简直犹如滔滔江水奔流不息。

翌日早晨，南潇在买豆浆和包子的队伍里，听到的版本是这样的——

“哎，你知道昨晚有人入侵了咱们官网吗？”

“当然知道啊，是个艺术系学舞蹈的，据说追陆燃追得可苦了。”

“学舞蹈的会入侵网页？”

“找人呗，这年头还有钱买不来的东西？”

“哦哦哦……”

翌日中午，南潇在拥挤的教学楼电梯里，听到的版本是这样的——

“昨晚的表白可精彩了，哇，我给你们说，那个视频简直丑到爆！”

“啊，那个艺术系学舞蹈的？”

“胡说，明明是生科院的大一新生，绝对错不了。”

“你怎么这么确定？”

“我听舍友讲的啊，那是她直系学妹，真的。”

翌日下午，官网首页正式发布了实名通报，还很不客气地将南潇的入学照挂在最醒目的地方，以省自身，以警众人。于是，各色流言不攻自破，统一了战场——

“我就说肯定不是艺术系的，那个表白视频毫无美感，怎么可能嘛。”

“不过计算机系的就是牛，连表白都和别人……哎，你看前面那个人，是不是挺眼熟的？”

“咦？没错没错，是南潇，就是她！”

“喂，同学，等一下……你别跑啊！”

事实证明，南潇的确需要一顶加大版的帽子，更可气的是，等她上气不接下气地逃回宿舍，同宿舍的其他三人齐刷刷起立，对着她默哀了一分钟，随即本性暴露，将她压到了床上，不怀好意地冲她坏笑。

“潇潇，没看出来呀，挺有魄力。”宿舍长阿阮率先开口。

南潇喜欢陆燃，这在宿舍是个公开的秘密，但背着她们表白，可就不够意思了。怎么着也有深厚的舍友情，居然不请她们当观众？

南潇自知理亏，支吾了会儿，忽然一把抱住了阿阮的胳膊。

“救人一命，胜造七级浮屠。”

另两个舍友二咪和倩倩对视一眼，摊开手，表示自己只是打酱油的。

阿阮挑眉：“怎么个救法儿？”

南潇想了想，说：“可不可以……可不可以把那顶超大号的帽子借我戴几天？”

三人对视一眼，阿阮哼笑：“借你是没什么问题，但你得跟我们说说那天晚上是怎么回事儿。”

“我……咳咳……就是最近看了两本入侵网页的教程，随手练习一下，没想太多。”她小心翼翼地抽来抱枕，裹进胸前，“真的，陆燃是谁，我压根儿就不认识。”

倩倩小嘴一噘，不乐意了：“装，继续装，上周在图书馆你还偷偷跟踪陆大神来着，我有证据。”

二咪也跟着起哄：“还有上次在食堂，你偷拍陆燃的侧颜，吃饭的时候口水都要流出来了，照片现在还在你手机里呢。”

两人对了下眼神，扑上来就要抢南潇的手机，她誓死反抗，三人很快扭成一团。

二对一，胜负毫无悬念。

一张棱角分明的男生侧颜照彻底公开在众人面前，看得出来，拍摄的人相当用心，找了最佳的角度，配合着傍晚柔和的霞光，不需要修图，已经完美得令人心神难宁。

没等大家开口评论，南潇的脸先红到了耳朵根，抱枕在手里变换着形状，最后成了皱巴巴一坨。

“看够了没？”自己的男神，岂容她们随便亵渎？

阿阮身为宿舍长，还是秉持着主持公道的原则，将手机替她抢了回来，趁机扫一眼，不免感叹：“帅，太帅了，南潇你真的太有勇气了，挑了个情敌最多的下手。”

要知道，陆燃何许人也？

K 大计算机系的大三学长，神一般的存在，据说这位计算机天才在高中时期，就已经拥有了各种令人望尘莫及的成就，关键是他还长得一表人才，身高颜正大长腿，妥妥的最佳男友候选人，毫不夸张地讲，随手在 K 大抓一把姑娘，十个里面有九个都对他抱有一丝不切实际的幻想，还有一个是因为追求者数量惊人，被吓跑的。

所以，南潇够有魄力。

夏天就是个令人昏睡的季节。全副武装后的南潇，像是随时要上战场杀敌的战士，大檐帽戴口罩加遮阳伞，反而更加惹人注目。被实名通报的这几天，南潇跟做贼一般，每天最后一个进教室，第一个出教室，午饭托宿舍三人帮忙捎带回去，生怕半路被人认出来。

但越是这样小心翼翼，就越容易翻车。

这不，就在今天下午的线性代数课上，南潇一身恐怖分子似的装扮，成功引起了老师的注意。

“坐在最后一排的那位戴帽子的同学，对，就是你，来给大家回答一下这个题目。”

彼时的教室内安静异常，大部分学生都处在半梦半醒边缘，老师这突然一点名，可好，瞬间吓醒了一大半的人。

南潇倒没偷偷睡觉，但心思并没在课堂上，她从左向右看了一圈，疑惑地指了指自己：“我？”

老师露出慈爱的笑容：“带书了吗？”

“带了，带了……”

南潇慌慌张张地站起来，手底下乱翻一通，然后就听到周围传来一阵窸窸窣窣的笑声。

“题目在 PPT 上，课本没有。”老师善意地提醒了一句，转身，不轻不重地拍了下讲桌，“我相信，大家能考入 K 大，都是学习能力非常厉害的学生，也很有自己的想法，也许会觉得线性代数这门课没那么重要，比不上那些计算机语言课程，但至少上课要认真听讲，知道吗？”

“知道了……”下方传来稀稀拉拉的回应。

南潇脸涨得通红，恨不得就地挖个洞钻进去。

老师到底是善良的，没怎么故意发难，招招手让南潇坐下了。但是她屁股还没挨到椅子，就听一旁传来带着嘲讽的奚落声。

“活该。”

南潇一愣，侧头：“你说什么？”

单眼皮男生冷冷扫过来一眼，字正腔圆地重复了一遍：“活该。”

在大学里，同班同学的交集并不像初高中那样，所有人彼此熟识亲密无间，有时候四年下来，同班同学都没搭过话的也大有人在。南潇看他有些眼熟，想了好一会儿，才隐约记起他的名字好像叫柳予安，在班里几乎没说过话，存在感很低。

突然被陌生人指责，南潇有些丈二和尚摸不着头脑，秉着多一事不如少一事的原则，她咬咬唇，没再接话，但对方似乎想借此机会一吐为快。

“就你，还敢黑掉（入侵）官网给陆燃表白，掂量过自己几斤几两吗？技术又那么渣，简直丢计算机系的脸。”他说完还嫌弃似的向外面挪了挪，看南潇的眼神就像看一个笑话。

这下，是南潇单方面的尴尬了。

现在都流行这么简单粗暴的开场白吗？

后半段的线性代数课南潇有心想认真听，但始终都没办法将精力完全投入课堂，身旁摆着个定时炸弹，谁知道什么时候又会突然炸一下。

终于挨到下课，铃声一响，旁边的单眼皮男生拽着书包第一个离开教室。

南潇一头雾水。

“潇潇，你今天是不是要开始打扫北操场了？”阿阮将书包甩了过来，大义凛然地拍了拍南潇的肩膀，“干吗愁眉苦脸的，放心，我们会帮你的！”

话毕，三人朝她握起拳头，一副信心满满的模样。南潇热泪盈眶，显然是被感动到了，然而当她们扛着清扫工具到达北操场时，拳头握得就没刚才那么硬气了。

乖乖，这得打扫到什么时候去？

K 大校园的占地面积相当大，操场就有四个，东西南北各拥一座，其中北操场是活动人数最多的，两边分别靠近篮球场和羽毛球场，每到傍晚，热闹非凡。

高校学子普遍素质不错，但总有那么一小撮害群之马，将空了的矿泉水瓶和零食袋随手丢在树坑里，风一吹，漂亮的八条塑胶跑道上就点缀着不和谐的色彩。

四人站在入口处，望着硕大的操场，有些不知所措。

“这也太大了。”二咪挠挠头。

“是啊。”倩倩看向阿阮，“咱们应该从哪里开始啊？”

阿阮不愧是宿舍长，环视一圈，很快制订好了初级打扫计划。

“咱们四个人，分别从四个角落开始往中间扫，一定要保证矩形清扫范围，这样就不会留下死角了。”

大家相视一眼，没有异议，纷纷撸起袖子开干。这个点儿，正是晚饭时间，所以来操场的人并不多，但随着时间一分一秒流逝，越来越多的学子吃完饭后，开始了他们热血沸腾的晚间运动。

很快，有人注意到了埋头苦干的四人。

“她们在干什么呀？”

“不知道，清洁工？”

“好像是咱们学校的学生，走，看看去。”

几个无事可做的闲散人员开始无聊地观看扫地。

南潇拉低了大檐帽，高出她一头的笤帚笨拙地在塑胶跑道上划动，耳旁传来篮球场里喝彩的尖叫声，不知道是谁又投中了一球，博得全场雷鸣般的掌声。

“陆燃，我们爱你！”

疯狂的女生疯狂地喊着，简简单单两个字，立刻吸引了南潇的全部注意力。她回过头，隔着大半个操场的距离，一眼便看到那抹挺拔潇洒的身影。

男生微弓着身，两腿弯曲，像是随时要扑出去的样子，饱满的篮球在胯下有节奏地跳动，面前两人将进攻道路围得水泄不通，他不慌不忙地虚晃一招，用漂亮的假动作骗过两人，随即腾空一跃，篮球从指尖飞出，在空中划出一道优美的弧线，“噗”的一声掉进篮筐里。

尖叫声几乎同时响起。

进球得分的男生揪住篮球衣两边，兴奋地绕场一圈，被同伴们勾肩搭背地拥了起来。

这就是男神。

南潇站在原地，心酸地想，看来“表白门”事件对陆燃没有半点儿影响，说不定他根本就不知道是谁表了白，甚至连知道的兴趣都没有，他的生活还是如此精彩又阳光，被这么多人簇拥着，追捧着，女生们歇斯底里地为他呐喊助威，男生们拼尽全力和他一起赢得比赛，多么理所当然。

你必须得承认，有些人天生就是上帝的宠儿，即便他什么都不做，只是静静地站在那里，便已经足够吸引你的目光。

陆燃就是这样的天之骄子。

篮球场里一片热血沸腾，越来越多的人围上去和陆燃搭话。南潇个子不高，又离得太远，很快就看不到他的身影了。她有些急，先是踮起脚，最后干脆摘掉了大檐帽，正想看个仔细，忽然听到不远处有人惊奇地叫了一声：“哎，这不是前两天在网上表白陆燃的那个女生吗？”

一句话，犹如平地惊雷，在零散的围观人群里炸开了。

大家似乎对“表白门”事件充满了好奇心，但南潇知道，大多数人只是想凑热闹，平淡的学习生活里总要有一些波澜起伏，否则大家会溺死在深水里的。

“原来就是她啊，看照片觉得挺丑的，本人倒说得过去。”

“不过……也谈不上惊艳吧，配陆燃简直差远了。”

“就这样的，学校里一抓一大把，陆燃眼睛又没瞎。”

那边的篮球场上，还是一片繁荣之景，击掌庆贺互道赞美。

这边的北操场上，突然一阵乌云密布，交头接耳声声讨伐。

南潇紧紧攥着笤帚，头低得深深的，只当周围是群吵闹的蜜蜂，加快了清扫速度。

挑事的人见她并不搭话，顿觉无趣，却又不甘心，于是就有人忽然大声向周围喊道：“大家快来啊，表白门事件的女主角被罚扫北操场，咱们帮学校好好监督！”

几声刺耳的嘲笑响起，接着便是更多的闲散人员朝南潇围了过来，大部分是女生，很快就将她置于众矢之的的位置。

“扫啊，你怎么不继续了？随便分心，我们要向学校举报的。”

南潇抬起头，看到一名鬈发美女，有些眼熟，这种气质只可能是艺术系的。

“看什么看，学校罚你，又不是罚我们，快点扫。”

看那女孩儿趾高气扬自信满满的样子，不用说，这绝对就是艺术系大三的系花了，南潇虽然不记得她的名字，但这位系花姐姐喜欢陆燃是全校皆知的。

算了，好汉不吃眼前亏，南潇咬着唇，继续默默扫地。

女生的嫉妒心和报复心是与生俱来的，系花苦追三年，都没敢那么明目张胆地表白，南潇闹这么大一动静，首先在气势上就强压自己一头，搁谁谁心里舒坦？

系花郁愤难平，周围的跟班们自然要为她出这口恶气，好在大家身为名校学子，做事有分寸，只将攻击停留在口头上。

“这女的是不是哑巴了？还是聋了？”

“我看她不是哑巴也不是聋子，纯粹就一眼瞎，否则怎么会看不清现实？”

“还别说，谁要和她同一班，那岂不是丢人丢到家了？”

人群一阵哄笑，偏偏还真有南潇的同班同学，火上浇油地补充了句：“是啊，我和她一班的，脸都丢尽了。”

南潇再次抬头，这回看到的是那位单眼皮男生柳予安。

有时候语言的攻击，比实实在在的挨打还要痛苦。

南潇在众人的嘲讽声中，轻轻呼了一口气，迎面吹来的风有些干，刺红了她的眼睛。

“你们说够了没？”她扔掉笤帚，拍了拍手掌上的灰尘，“大家都这么闲吗？英语四六级全过了，还是C语言作业没bug（漏洞）了？这么愿意在我身上浪费时间，那正好，除了北操场以外，还有东操场、西操场和南操场，实在不行你们可以向学校申请主动打扫，我觉得学校一定会欣然同意的。”

热闹没得看，反倒是被怼（言语或行为上的反抗）了，大家哗然一片。

系花气得叉起了腰，忽然又发觉自己这姿势不那么雅观，重新站成了丁字步，冲南潇阴阳怪气地哼了声，转身走人。

“哎呀，散了散了，真没劲。”

不知是谁嚷嚷了一句，这群闲散人员七嘴八舌讨论着，逐渐散尽。

最外围，阿阮、二咪和倩倩静静地看着南潇，冲她竖起了大拇指。

“潇潇，你真棒。”

她们原本是打算杀进来为她助威的，没想到南潇反驳得相当到位，这让三位铁杆儿舍友替她松了口气。

“我们以为你会哭呢。”阿阮上前抱了抱她，“不愧是我们的潇潇，以后也要这么勇敢，么么哒。”

南潇嫌弃地从她健壮的怀抱里挣扎出来，抖落一地的鸡皮疙瘩：“咦……肉麻死了，恶心恶心。”

阿阮故意得寸进尺，抱起南潇使劲儿蹭：“就恶心你。”

两人笑作一团，仿佛刚才的一切都是浮云，轻易就被化解。

腻歪过后，南潇提出让她们先回宿舍，顺便帮自己捎一份盖饭，她一个人去还清扫工具就可以了。

几人同意，纷纷将笤帚交给她，摸摸她的头。

“潇潇再见。”

“嗯，待会儿见。”

篮球场那边，不知何时已经空空如也。

晚霞渐暗，天边一抹残留的余晖象征着夜幕即将降临。

陆燃从小卖部拿着一瓶农夫山泉出来，抄近道回篮球场准备拿书包离开，走到看台后方的拐角时，忽然听到有断断续续的哭声传来，起初很压抑，后来大概是以为周围无人，哭得那叫一个歇斯底里。

过去，还是不过去，这是个问题。

陆燃原地攥着那瓶农夫山泉，默默想了想，遂迈出步伐，旁若无人地从一名哭相极丑的姑娘面前走过去，顺带忍不住偷偷扫了一眼。

女孩儿穿着米色娃娃领衬衣短袖，规规矩矩的牛仔七分裤，一个破洞都没有，脚上的白色帆布鞋沾了层薄薄的灰尘。及肩长发，五官小巧精秀，长得倒像只花栗鼠似的，还挺可爱，就是这哭相……实在有点儿刺眼。

陆燃顺势收回视线，身后渐远的哭声像一条张牙舞爪的藤蔓，攥住了他的脚踝，心头莫名有些堵。

南潇并没有注意到，前一分钟从自己身前若无其事走过的男生，一分钟后又缓慢倒退着折返回来，站在不远处，静静观察了她好久。

“喝点儿水，嗯？”

她哭得忘乎所以，当男生将一瓶农夫山泉递过来时，吓得她脑袋一片空白，白着白着，脸就红了：“陆……陆……”

“这是农夫山泉，不是露露。”陆燃轻笑一声，干脆将瓶子强行塞进她手里，“哭这么惨，当心把眼泪都流干了，喝两口再哭，不怕脱水。”

南潇“扑哧”一声破涕为笑，可惜没控制好力道，她连忙狼狈地在书包里翻找卫生纸。

陆燃适时递了过去。

“谢谢。”她尴尬地接过，没敢抬头，怕满脸的鼻涕眼泪吓跑这位大神。

陆燃很有耐心，等她擤完鼻涕擦干眼泪，又举着瓶子咕嘟咕嘟喝了大半瓶水，情绪恢复正常后，才幽幽开口：“怎么，失恋了？”

南潇目光躲闪，现在这情况，怕是还没恋爱，就已经夭折在摇篮里了吧？

“没，就是心情不好。”她咬着嘴角，手指控制不住地去捏矿泉水瓶子，发出“哗啦啦”的噪声。

“心情不好？那我猜猜看啊，是不是因为被实名通报了，所以不开心？”

南潇一愣。

哎？

他怎么会……

陆燃抿唇，薄薄的两片，扯出一抹好看的弧度：“刚才在操场被针对，不是反驳得挺硬气吗？”

南潇腾地站起来，不可思议地看着他：“你……”

“我都听到了。”陆燃从她面前走过，在右手边不远处的台阶上坐下来，一条腿踩着台阶边缘，一条腿懒懒地歪在土路地面，“我还以为你有多坚强，是个王者呢。”他侧目，露出一个坏笑，“没想到是个青铜（菜鸟）。”

陆燃说完自己先笑了，两手撑在身后，望着天，身体一颤一颤的，搞得南潇特别尴尬。

“所以你是专程来嘲笑我的吗？”这话说出来，她自己都没底气，毕竟陆燃的身份在那儿摆着，怎么可能会对她这种平凡小人物施舍目光，别说专程来嘲笑了，就算是多看两眼，都没必要。

陆燃笑完了，低下头，盯着台阶缝隙里一排搬运食物的蚂蚁出神，片刻后忽然说：“我就是好奇，想来问问你为什么要做那种事？”

那种事？南潇不笨，自然知道他指的是“表白门”事件，可这要怎么回答呢？

她想了好久，在陆燃以为她快要睡着的时候，轻声开口：“因为我想看看，到底什么样的表白，才算有新意，才能打动你。”

男生挑眉，偏头。

“你难道不觉得，这个理由比表白方式更有特色？”

南潇低着头不说话。有些事没必要说出来，反正她也从不指望得到他的关注，又何必自找没趣。

南潇重新站起来，拍了拍裤子上的灰尘，捡起了一旁的大檐帽：“很抱歉给陆学长添麻烦了，不该让你跟着我一起丢人。”她背起书包，摇了摇手里还剩小半瓶的农夫山泉，“有机会再还一瓶水给你。”说完，她就要走。

“你觉得自己哪儿丢人了？”陆燃一字一顿地问。

南潇停住脚步，在原地想了一下，回头：“就是不该做那种莫名其妙的事情啊，很丢人。”

陆燃连连摇头：“你该觉得丢人的不是事情本身，而是你的技术。”他跟着起身，高出南潇一头的身形颇具压迫感，映着烈火般的晚霞，散发出迷人又不可抗拒的气息。

他提步缓缓靠近过来，南潇第一次这么近距离地观察男神本尊，恰到好处的双眼皮，睫毛纤长浓密，比女生的还要美，黑曜石般的瞳孔里折射出灿烂的霞光，倒映着南潇灰蒙蒙的脸，无形中也被渲染得流光溢彩。

陆燃眼中的世界，会发光。

这是南潇得出的结论。

“我的技术很渣，我知道。”她尴尬地别过脸，咳了咳。

“所以这是整件事情的导火索，如果你知道入侵网页的第一件事是伪装身份，及时处理真实的地理位置，就不会是现在这个结果了。”

“我没你厉害，做不到这些。”

“做不到可以学，学不会可以教，教不会还可以来找我。”

陆燃忽然一把从她口袋里摸出手机，划亮屏幕，点进拨号界面摁出了一串号码，静等裤兜里传来两下振动，满意挂断。

“这是我的手机号，有任何问题随时欢迎打给我，或者可以直接来校科协找我。”

南潇有点蒙，她开始后悔自己为什么不及时设置一个锁屏，看着屏幕一点点暗了下去，忽然抬起头：“陆学长，为什么你当初要跟我朋友说那种话？”

陆燃转过一半的身体顿住了：“什么朋友？”

南潇皱起眉头，犹豫了下，摇摇头：“没什么，学长再见。”

晚霞烧尽了最后一丝余热，农夫山泉的瓶子也空了，南潇揉揉眼睛，拎起书包离开。身后拐角处有抹身形一闪而过，带着不满的怨气，消失在热闹的操场里。

陆燃从篮球场回来，推开宿舍门的时候听到一阵欢呼。

“看谁回来了，咱们班的篮球主力啊。”陈凯扑上来，树袋熊似的抱住他的腰，激动得忘乎所以。

“厉害了陆神，今天这一场打得真过瘾！”

其余两人跟着附和。

陆燃笑了笑，回到自己的桌前坐下，边从书包里掏课本边说：“那下周再打一场如何？”

“就等你这句话呢！”

大家一阵欢呼，七嘴八舌地讨论着战术计划，话题原本还挺正，说着说着不知为何，跑偏了。

“刚才听隔壁的讲，给陆神表白的那姑娘在操场被欺负了。”

“不是吧，还有这种事？”

“你以为呢，女生们的战场，啧啧，太可怕了……对了，陆神，这都几天过去了，你怎么看这件事啊？不觉得那姑娘特别傻吗？”

陆燃翻课本的动作停了下来，目光平静，不知在想什么，嘴角微微向上翘起一抹愉悦的弧度。

“你们不觉得她傻得很可爱吗？”

# 小 糖

## 第二章

NANFENGCHUIJIN
NIXINDI

“阿嚏——”

临睡前，南潇在床上抱着手机打了个巨响亮的喷嚏。

阿阮边打呵欠边去锁门，抬头问她：“感冒了？”

“没。”南潇揉揉鼻子，戚戚然道，“怕是有人骂我了。”

“哎呀，你甭理那些人，真无聊，以后谁再敢欺负你，我们替你收拾她！”阿阮关了灯，宿舍陷入一片寂静。

良久，才从南潇的床上传来一声：“谢谢。”

三人各自无声地笑了。她们不傻，南潇回来的时候眼睛是肿的，傻子都知道一定哭过，但她并没有当着她们的面，唯一的原因是不想让大家过于担心，于是在阿阮的提议下，大家都装作若无其事的样子，该说什么说什么，默默关心着她，比什么都好。

南潇举着手机正在编辑日记里最后一行文字，忽然收到了三条微信新消息，几乎是在同一时间发出的，连内容都如出一辙——

“潇潇，晚安。”

她眼眶一热，沉沉地吸了口气。

“你们也晚安。”

细细软软的哽咽声飘散在狭小的空间里，透过轻纱般的蚊帐，滋润着每一颗纯澈柔软的心，那是不可多得的一方净土，可以享受阳光普照，亦可承受电闪雷鸣。

南潇看着泛起微光的手机屏幕，想了想，果断将日记里最后一行的“夜晚很冷，真希望一觉醒来就可以拥抱光明”，替换成了——真好，原来再深的夜晚也能看到光明。

谁说不是呢。

其实连南潇自己都记不清楚，究竟是什么时候开始，崇拜上了陆燃这样一个众星捧月的男神。

第一次听到这个名字，是在本市的一个科技创新栏目里的现场连线采访中。年纪轻轻的女记者在国际机器人赛事现场，激动不已地将话筒举到了一个满脸疲倦，眼睛里却散发着桀骜光芒的男生面前，询问他代表中国队获得大赛金奖，有什么感想。

所有人都以为，他会按照套路感恩一番父母，再为后辈们打打鸡血，然而他的回答简直雷翻全场。

“感想大概就是，以后再也不会参加这类比赛了。”

女记者有些惊讶：“这次的金奖可以保送你进 K 大，为什么不想再参加了呢？”

“保送？”陆燃很明显露出疑惑的表情，坦言道，“我不需要保送，我考得上。还是把机会留给需要的人吧。”

现场一片轰动。

女记者嘴角在抽搐：“既然如此，那可不可以告诉大家，你有什么愿望希望可以实现？”

陆大神眨了眨熊猫似的黑眼圈，伸了个绵长的懒腰，一本正经地说：“我只想回去好好睡一觉，真的。”

……

年少轻狂这种形容，终究没有被安在陆燃头上，因为他不是狂，而是真的实力超群，别人要是敢这么说，恐怕没两天就被来自四面八方的口水淹死了，而他却因为过于优秀，反倒觉得理所应当。最后事实也正和他所说的一样，陆燃主动放弃了保送K大的资格，凭借超强实力考了进来，继续他开了挂一般的人生。

当时南潇刚升高三，面临着巨大的压力。父亲作为一名从事互联网工作多年的老职工，每天张口闭口都是陆燃的名字，夸他如何了得，听得久了，南潇潜意识里也自动接受了这样的事实，之后又无意中得知了一些陆燃的光辉事迹，对这位大自己一届的学长自然佩服得五体投地。

但这也只是单纯的崇拜阶段，若说喜欢，恐怕还得从那件事情说起。

熟睡中，南潇又一次梦到了填报高考志愿前的那个晚上。

南潇高中最好的朋友陈梦叫她出来，神秘兮兮地坐着出租车，来到了K大门口，说打算做一件惊天动地的大事，那就是向陆燃学长表白。

“陆燃？”

“对，就是那个计算机大神，还得过机器人大赛金奖的陆燃，我要向他表白。”

南潇惊讶极了，因为她从来没想过，和那样的人并肩站在一起，会是一种什么感觉。

然而陈梦很显然没有考虑这么多。

“我真的好喜欢他，从高中的第一次见面就好喜欢，如果现在不表白，以后我去了外地的学校就更没机会了，南潇，我不想留遗憾！”

南潇心头微动：“好，那就表白吧，我无条件支持你。”

陈梦给了她一个大大的熊抱，昂首挺胸走进了传达室，不知和保安说了什么，很快对方就拿起了电话听筒。

没一会儿，一抹瘦瘦高高的身影从暗淡夜色里行来。

燥热的晚风变换着方向，撩拨脸庞，他身上的白色T恤鼓满了风，随着脚下步伐，左右摆动。

一时间，南潇看傻了眼，除了“惊艳”一词，再也想不到任何形容词。

他单手插兜，停在K大门口，睡眼惺忪的样子。

陈梦红着脸朝男生跑了过去。

南潇呆呆地在远处看着，忽然特别佩服陈梦的勇气，她想，如果此刻是自己，恐怕根本不敢往那个方向靠近。

他太完美了。

整个表白的过程中，陆燃不曾开口，只静静地歪着脑袋听陈梦说。对面的陈梦激动极了，将准备好的表白词一字不漏地背了出来，因为太过紧张，整个人看上去就像是个机器娃娃，全身都僵硬。

南潇为她捏了一把汗。

长达十分钟的表白结束后，陈梦奉上自己亲手制作的蛋糕。

陆燃顿了顿，没有接。

“说完了？”

“嗯，完了。”

“想要我怎么答复？”

陈梦和躲在一旁的南潇都蒙了。

“学长想说什么，就……直说吧。”

“好。”陆燃点点头，微微一笑，对于她的直言表示欣慰。

他低头思忖片刻，南潇以为他是在准备长篇大论，可能是告诫陈梦要以学业为重，或者是委婉的拒绝说辞，不承想，就和当初电视台女记者采访时一样，陆燃的回答让南潇印象深刻。

“你的表白和蛋糕都太没新意了，所以很抱歉。”

南潇不记得最后是怎么把陈梦送回家的，只知道她哭了一路，凄惨又无助，只不停地问她一句话：“潇潇，我是不是很差劲啊？”

南潇无言以对，只能抱住她安慰她。

或许对陆燃来说，这没什么大不了，但他否认的是陈梦的努力和心意，这让南潇有种心堵的感觉。

第二天清早，她便趁父母还熟睡时，在高考志愿那一栏里，填了K大。

不知是天真的傲气，还是想对一件事刨根问底的倔脾气，她就偏要来K大瞧一瞧，他到底有多高高在上。

然而现实很快告诉南潇，他就是不可企及的。

记得刚入学那天，她拎着巨大的行李箱，拿着录取通知书办理好入学手续，开始闷头找宿舍楼，奈何方向感实在太差，只能求助于保安大叔。

“哦，清苑区5号楼啊，不远的，你就一直往前走，然后左拐，实在找不到的话就随便截个路人问一问，计算机系二年级那个陆燃住哪儿就行了，你们是对楼。”

……

这名气已经远播到了如此地步，她想不忽视都困难。

南潇蔫蔫地点了点头，按照保安大叔所指的方向继续前进，果然还是在半路迷失了方向，便很尴尬地拦下了一位面带倦意的中年男人，询问他宿舍楼的方向。

“请问，您知道计算机系二年级的陆燃住在哪儿吗？”她还偏不信了，随便一个路人都能知道？

“你说陆燃？那肯定知道啊，你看，那边是不是有根旗杆……对，走过去以后右转，有一条小路，再左转，就是陆燃的宿舍楼。”

从此以后，南潇再也没有怀疑过陆燃的名气。

陈梦去了一所远在他乡的文科学校，而南潇也开始了自己繁忙的理工科生活。

偶尔在校园里，也会有幸和陆燃擦肩而过，只不过他可能早就不记得自己的模样，那晚陪陈梦表白，她始终站在远处未曾靠近，想必他根本就没有注意到。

大一军训时，同营的女生们就已经排着队，争着抢着开始给某大神献殷勤了，南潇甚至怀疑，大部分女生考进K大，根本就是为了陆燃。

南潇才不想承认自己的喜欢。

默默的，默默的就好，否则不就背叛了陈梦，又给自己找不痛快吗？

然而促使“表白门”事件发生的导火索，是一个月前在大学生活动中心召开的颁奖典礼，南潇听说陆燃是主角，所以忍不住赶了过去，中场休息时，她到后台找洗手间，好巧不巧又看到了一起尴尬的表白。

女生青涩稚嫩，应该是大一新生，扎着马尾辫，怀抱着一束巨大的玫瑰花，羞答答地对陆燃说“我喜欢你”。

结局大同小异。

“你的表白和玫瑰都太没新意了，所以很抱歉。”

……

南潇开始怀疑，陆燃是个没有情感的怪人，脑子里只有冷冰冰的计算机代码。

到底什么样的表白，可以入陆大神的眼呢？

于是在极度挣扎和纠结过后，南潇决定躲在屏幕后，以自己能想到的最有新意的方式，来一场轰动全校的表白，也好让陆燃知道，表白方式可以有千万种，但每个人的心意都很宝贵，不能随意践踏。

然后……玩大了呗。

这一觉睡得天昏地暗。

翌日早晨没课，按照往常的习惯，宿舍四人一定会睡到自然醒，然后轮流负责下楼买饭，解决大家的伙食问题。

今天轮到二咪了，但南潇却被一股大力摇醒。

“潇潇快起来，出事了。”二咪伸手去扯她的被子。

“干吗呀……”南潇正睡得迷糊，大叫一声又把被子扯了回来，两个人就这么僵持住了，很快，交谈声吵醒了另外两张床的姑娘。

阿阮不耐烦地撩开蚊帐，冲着这边埋怨：“谁买早餐不一样吗？”

“不是买早餐，是网上，网上！”二咪捶胸顿足，一脸焦急，“潇潇你快打开电脑，有人入侵了咱们学校官网首页，发了些……不太好的东西。”

二咪欲言又止的模样，让南潇心里有种不妙的感觉。

她飞快起身，三步并作两步跳下床，打开笔记本电脑，直奔学校官网。

界面刚一刷新，赫然是一段同样长达 2 分 37 秒的视频，画面虽然粗糙，但内容相当劲爆，直言不讳地贴出了南潇的名字，甚至还有照片，但是点了雀斑，缩小眼睛，还加了两颗大龅牙，不过瘾，又将目标对准了她的计算机技术，毫不掩饰地嘲笑她是个没有自知之明的菜鸟，是计算机系有史以来最大的耻辱。

全程没有一个脏字，却句句戳心。

南潇感到全身的血液在迅速倒流，手脚开始冰凉。

她不知道这段视频出自谁手，更不知道它已经在首页上循环播放了多少次，被多少人看到，甚至传播，肆无忌惮地评论。

心头堵得喘不上气，南潇脑中一片空白，其余三人想安慰，却又不知道该说什么好，只能默默地陪在她身后。

走廊里很快传来此起彼伏的尖叫声，有兴奋的有疑惑的，丝毫不亚于那晚她的所作所为带来的震撼效果。

“潇潇，这是谁干的呀……”倩倩红着眼圈，握住了南潇的手。

她失魂落魄地摇了摇头，毫无头绪。

“哎哟，我这暴脾气！”阿阮一脚踹在了门上，气得抓耳挠腮，“我看八成是那个艺术系的，叫什么来着，林之语？系花了不起哦，哪有这么欺负人的。走，潇潇，咱们找她算账去！”

南潇坐着没动，整个人呆住了。

就在几人忧心忡忡的催促下，电脑屏幕忽然一闪，那段性质恶劣的视频便消失不见了，取而代之的是一条校科协的宣传广告。

“你想挑战自我，不断钻研吗？你想杀出重围，傲视群雄吗？你想拥有高端大气上档次的大学生活吗？那就快来加入校科协，和陆燃大神一起并肩作战吧！”

完了还贴上一张不知哪里偷拍来的陆燃大头照，像素极低，但效果极佳。

……

这回，教导员没有以百米冲刺的速度捉到凶手，只确定了大致范围在清苑区，但无法详细到哪栋宿舍楼，哪间宿舍。

“教导员在年级群里喊话了。”倩倩扯着羊角辫，将手机朝向大家，“让发视频的人主动站出来承认错误，向潇潇道歉。”

南潇有些尴尬地扯了扯嘴角。

可能吗？

能做出这种事的人，还伪装得这么好，不就是为了羞辱她一下？怎么可能会主动认错。

果不其然，年级群里如死寂一般，根本没人接话。

南潇很快接到了教导员的电话，教导员一边安慰她，一边希望她能提供些线索，看看谁最有可能是这件事情的发起人，学校一定会为她主持公道的。

“潇潇，快，快说是那个林之语。”阿阮一个劲儿地朝她使眼色。

南潇默了片刻，做了番强烈的思想斗争，微微松了口气：“谢谢教导员关心，我想不到有谁会做这种事，大概是个误会吧，还是别再追究了。”

教导员那边明显一愣，半晌后“嗯”了声。

“那就让安全中心的管理人员继续查吧，追究责任是必需的，有错就要受罚，你能这么想，真是出乎我意料。上回是老师气昏头了，不该那么说你，好好学习吧。”

“谢谢教导员。”

通话结束，阿阮十分不能理解南潇的想法。

“潇潇，昨天你怎么答应我们的？要勇敢，勇敢！”

“算了吧，收拾收拾，我们一起下楼吃饭。”

“南潇！”

“不去的话，我一个人去咯。”她飞快起身，抱着脸盆就冲去了洗浴间，五分钟后回来了，湿漉漉的刘海黏在额头上，手忙脚乱开始换衣服。

三人静静看着她，直到某一刻，气氛沉寂到让人再也受不了时，阿阮一脚踹在门板上。

“走走走，都下去陪她吃饭！”

三人鱼贯而出，阿阮还指着南潇的鼻子，骂她没出息，南潇反倒觉得没那么难受了。

看来陆燃的确是遥不可及的。

知难而退，是个好习惯。

下午最后一节课结束，南潇拒绝了三人帮忙打扫北操场的好意，自己一个人扛着笤帚过去了。

天灰蒙蒙的，厚重的云层压得极低，像是要下雨。

做运动的学生明显比昨天少了很多，隔壁篮球场难得安静，没了陆燃的身影，似乎根本没人愿意在那里多做停留。

零零星星的几名国际交流生不惧天气状况，在操场中心的草地里忘情地踢足球，一脚射门，球进了，还会学那些明星球员双膝跪地，从草坪上滑出一段距离，打开双手振臂高呼，好像自己就是足球场当之无愧的主角。

南潇看了会儿足球，也看不太懂，便又低头默默扫起地来。

“今天怎么没有帮手了？”

头顶幽幽飘来一句疑问，仿佛天籁之音。

她仰起头，视线越过主席台，和慵懒地趴在护栏上的男生眼光相交。

南潇注意到，一只斜挎书包静静倚靠在他脚边，看样子，陆燃应该来了很长一段时间了，否则不会把书包丢在地上。

“我不想她们来，就这点儿事，我自己搞得定。”

“哟，是不想，还是不敢？”陆燃一语道破她的谎言，“你怕她们也遭遇和你一样的事情，对不对？”

南潇心里“咯噔”一下，吸了吸鼻子，挪开视线。

“不承认？”陆燃莞尔，单手抓着栏杆，从上面一跃而下，跳到了主席台。他俯身，低头，清澈的目光定定地落在南潇脸上。

说不慌，是假的。

她下意识向后退了一步，想逃，却在决定转身的瞬间，刹住了车。

“我们之前见过……吧？”陆燃说。

“没有，绝对没有。”南潇脑子都不转地否认了。

“这样啊，那你昨晚说的，敢情是梦话？”

昨晚？

她昨晚说什么了？

南潇想装傻，可陆燃不是好糊弄的。

“你以前是K大附属高中的，我看过你当护旗手。”

……

“你昨晚说的那个朋友，是叫陈梦对吗？你陪她来表白过。”

……

“别说，这么一想，咱们还真的见过啊？那正好讲讲，你是抱着什么样的心情看待直系学长我的？”

……

完了完了，全都暴露了，南潇觉得这辈子的脸都丢尽了。她攥着笤帚，掌心被粗糙的麻绳磨得生疼，眼神飘忽不定。

“你是我的偶像。”南潇有些局促，还不忘补上一句，“不过是以前，现在不是了。”

陆燃挑眉：“为什么？”

南潇如实回答：“因为高三的时候想考好成绩，所以爸爸要我向你学习，但现在不用高考了。”

陆燃哭笑不得：“那现在是什么？”

南潇咬了咬嘴唇：“就……高高在上的学长。”

她用了“高高在上”一词，令陆燃微蹙眉头。他今天来，其实也没打算问出些什么，只是单纯地想来看一看，她有没有因为早晨的事情受影响，不过现在看来，她对自己的看法，超出了自己的想象。

陆燃从来没觉得自己高高在上。

“你照过镜子吗？”他忽然问。

南潇抬头，有些迷茫地点了点头：“照过。”

“那你觉得镜子里的人，一定和真实的自己，完全一样吗？”

“我……不知道。”

“那我告诉你，不一样。”陆燃将手肘搭在栏杆上，眺望远方，“一个人连自己都看不清楚，又怎么会完全看透别人？所以还是不要被自己想象出来的假象所蒙蔽，这不是件好事情。”陆燃走上台阶，拎起斜挎书包。

南潇还在原地品味他的话，似懂非懂。

陆燃从她身边缓缓走过，停顿了下，说：“别杞人忧天了，流言再怎么凶，无非也就是几句流言，作为茶余饭后的谈资而已。你底子不差，是方法有问题，我不信你忍得了早上的事情，有需要的话，可以随时考虑来校科协，我亲自带你。”

南潇摇摇头，态度坚决：“我不去。”

靠近他就有名誉扫地的危险，更别说亲自带了，省得又被人说闲话，她不想再惹是生非。

陆燃早猜到她的想法，轻笑了声：“怎么，害怕啦？别紧张，我只是单纯地想帮一把，如果你愿意一直做个技术渣，那当我什么都没说。”

书包甩上肩头，陆燃潇洒离去，他说的话却久久萦绕耳畔无法散尽。

技术渣……鬼才愿意一直渣下去呢。

“我自己会努力的，早晚有一天超过你，等着瞧！”南潇冲着那抹挺拔高挑的身影一顿拳打脚踢，引来踢球的留学生同学们惊诧的目光。

陆燃低头抿唇，笑意渐深。

有些人啊，啧啧，就得逼这么一把，否则可能就彻底堕落了。

有句话说得好，自己选择的路，跪着也要走完。南潇看着面前一堆纯英文版的互联网技术教程，忽然觉得自己是不是把话说得太满了？

K大拥有本市高校最雄伟壮观的图书馆，不仅是外表，还有内部空间，足足七层的高度，可以同时容纳近四万人，除却藏书室备受青睐之外，自习室也常常爆满。

自从在陆燃面前夸下海口后，南潇便终日郁郁寡欢，熬了两天茶不思饭不想的日子，毅然决然去图书馆排队办理了自习室的固定位置，当天下课就迫不及待地丢下铁杆儿舍友，一个人跑去畅享知识的海洋。

只是她似乎忘记了，自己并不会“游泳”……

“学姐，你真厉害。”隔壁大一的小姑娘满脸崇拜地看着南潇，指了指她面前的书，“全是纯英文版的，我读起来都费劲。”

是啊，读起来都费劲！

南潇内心咆哮。

倒不是她英语不好，怎么说也是高考英语接近满分的人，但这类书里的专业名词实在太多，每读几段就要查一查，还得放在不同语境里去感受。再说，大学之前的英语都是为考试而生，谁想得到这些？她一直以为，四六级考过，就可以宣告英语旅程结束了。

为了树立自己高大上的学姐形象，南潇嘴角颤了颤，表现出一副云淡风轻的模样：“啊，这没什么，看多了就习惯了。”

小姑娘的眼睛瞬间发光：“学姐这么优秀，那可以帮我看看这道编程题吗？是附加题，我想得分。”

南潇心里“咯噔”一下，自己几斤几两重，她心里明镜似的，只要是书本上出现过的题目，背过就万事大吉，毕竟自己的优势是记忆力，而不是理解力。

“别急，我看看啊……”她深呼一口气，接过题目，大眼瞪小眼研究了几分钟，整个人都不好了。

这确定是给大一孩子出的？

“这样啊，这个题不难的，不过我得去查一下资料，有些东西记不太清了，你可以等我一下吗？”

小姑娘小鸡啄米似的点头：“学姐快去快回，路上小心。”

南潇保持着优雅的微笑，从容不迫地走出自习室，刚一转身，脸上的笑容就垮了下来，一拍裤兜，笑比哭还难看。

糟糕，忘带手机了，这还怎么装？

现在回去拿手机求助，岂不是拆了自己的台？

那多丢人啊。

就在这火烧眉毛的时候，一抹颀长的、自带光环的身影，从对面电梯里走了出来，瞬间收获了无数迷妹迷弟的小桃心。

南潇的关注点比较奇葩，注意到他换了双阿迪达斯的刀锋鞋，和昨天相比，又拉大了几分彼此之间的身高差。

陆燃有这么高吗？之前两次的近距离接触，一次是他坐着，一次是他站在主席台上，南潇感受不到如此明显的身高差距。

可是现在不一样。他就这么若无其事地迎面走来，越近，南潇的脖子就仰得越高，脑袋都快要充血了。

“嗨……”南潇举起手，僵硬地和他打招呼。

陆燃停下脚步，眼神迷茫地看了一圈，最后幽幽地滑了下来，头低得很深，目光先是疑惑，转而恍然大悟：“原来你这么矮啊。”

……

“差点儿没看见。”

陆燃扬起嘴角，露出一个不能更善意的笑容。

南潇总觉得他这笑不怀好意。

“陆大神也来自习啊，真巧。”南潇望着他怀里和自己快要到达同一高度的教程书，干笑两声。

陆燃摇头：“我是来还书的。”

南潇震惊道：“这么多……你看了多久？”

“两周。”

“全部？”

“嗯，全部。”

南潇不敢相信自己听到了什么，这家伙是火星来的吧！

“看这么快，你确定都能记得住吗？”

陆燃诧异，反问她：“为什么要记住？”

“不记住，不就等于没看吗？”

“看书看书，又不是背书，怪不得你技术渣。”

陆燃再次露出了一个不能更善意的笑容。这回南潇十分确定，他这就是不怀好意。

两人旁若无人的对话，引起了部分陆燃追捧者的不满，尤其是认出南潇后，议论声自然而然大了许多。舆论的旋涡里，总归是不舒服的，南潇很识趣地闭了口，为大神让路。

陆燃刚走出几步，她又突然想到了什么，硬着头皮追了上去：“那个，能帮我看一下这道编程题吗？”

陆燃停住脚步，低头扫了一眼：“三楼 306 藏书室，B 区第五排有一本《C primer plus》，第二章里有这道题的实例分析。”

这么神的吗？南潇不信邪，坐了电梯就直奔三楼而去，果然在 306 藏书室里找到了陆燃说的那本书，翻到第二章，看到了和自己手中一模一样的题目，一个个英文字母手舞足蹈跃然纸上，仿佛在对她无情地嘲笑。

不知怎的，胸口里一股斗志之火熊熊燃烧了起来。这是许久都不曾有过的感觉，上一回还是在高考前，父亲指着电视里出现的某人的名字，说：“好好向人家学习，这是个人才，将来一定有大作为。”

想当初，她也是那些父母口中的“别人家的孩子”，学习刻苦努力，永远都是第一个背诵完英语课文的人。自从陆燃出现，她就有了目标，有了追赶的方向，稀里糊涂进入 K 大，发现人与人之间的差距简直天壤之别。当她还在为读不通纯英文教程而发愁时，某人已经将这些翻烂翻透了。

心里憋着一口气，南潇凭借记忆，将刚才陆燃抱着的那一摞书，全都借了一遍。

服务台，工作人员是个上了年纪的大婶，举着读码器，再次向南潇确认："这些都要一次性借走吗？"

"嗯。"她毫不犹豫地点头。

"奇怪，我还以为是那个叫陆燃的学生自我要求严格，原来是老师布置的任务啊！"

读码器机械地读取了每一本书的信息，南潇欲开口解释，想了想又放弃了。

"谢谢。"

她抱起书，坐电梯回了六楼自习室，为隔壁的大一小姑娘解决了那道附加题，然后将新一摞教程摆在了旧的那一摞旁边，撸起袖子认真看起来。

隔壁小姑娘的眼珠子都快要瞪出来了，学姐真拼……

南潇没注意到的是，斜后方相隔两排的位置上，某大神气定神闲地转着中性笔，扫一眼南潇，又扫一眼她的课桌，无奈地笑着摇了摇头，起身，静悄悄地离开了。

美好的学习时光总是飞快的。

南潇抱着书啃得如痴如醉，转眼一瞧，居然已经是晚上八点了。这个时间点儿，食堂怕是没什么饭菜了，看来只能绕路去学校旁的小吃街里凑合一下。

南潇想了想，反正都已经这么晚了，也不怕再晚一个小时。今天周五，图书馆九点钟闭馆，她可是放弃了和三位舍友共赴电影院的滋润生活才来的，怎么着也得够本儿，于是她搓了搓脸，打起精神继续奋斗。

隔壁的大一小姑娘早早就去吃饭了，一直没回来，直到图书馆里响起那首经典的萨克斯独奏乐《回家》时，才手忙脚乱地跑过来，手中抱着一摞书，脸上洋溢着花儿般的笑容。

“学姐！”

南潇被她吓了一跳，茫然地抬起头：“这些都是你借的？”

小姑娘点点头。

“看得完吗？”

南潇忽然有种负罪感，是不是自己给大一学生太多压力了？早知道就不该一次性把书全都借完的。

小姑娘倒是一脸的无所谓，笑嘻嘻地将书推到她面前：“是学姐看，不是我看，就这样。我的任务完成啦，学姐再见！”说完，小姑娘蹦蹦跳跳地离开了。

此刻南潇的课桌是这样的，一摞她自己借来后发现看起来极其费劲的纯英文书，一摞偷窥陆燃大神书单的互联网教程，还有一摞莫名其妙被学妹塞来的专业读物。

南潇忽然觉得脑壳痛……不过学妹塞来的这一摞，说实话相当不错，有中文也有英文，内容不是特别深奥，读起来十分轻松，简直可以秒杀前两摞带给她的无尽痛苦和折磨。权衡再三，南潇最终决定放弃难度的堆砌，还是从最浅显易懂的知识入手比较好。

服务台，不久前为她办理借阅手续的大婶表情复杂，有惊愕也有困惑。

“这么快就看完了？”

南潇嘴角抽抽，十分尴尬：“嗯，看完了。”

“现在的学生哟……”大婶举起读码器，边摇头边回收一本本崭新的书籍，显然这样的回答没多少可信度。

“给您添麻烦了，真不好意思。”南潇乖乖地递上借阅卡，连连道歉。

“哎呀，没关系的，谁让我就干这个，而且啊，还不是你一个这样借书，今天那个叫陆燃的连借了两次，最后拿不动，还让一个大一小姑娘给抱上去了。”

南潇愣了愣，有什么东西从脑海中一闪而过。

她盯着有些发白的帆布鞋尖出神，大婶喊了她两次才反应过来，接过借阅卡，道谢离开。

外面不知何时下起了雨。天气预报从三天前就开始提醒大家带伞，南潇连带了两天，但可气的是晴空万里，索性今天不带了，却下雨了。

还是暴雨。

沉闷的雷声在天边轰隆隆地酝酿，豆大的雨点噼里啪啦地往下砸，迎面吹来的风是潮湿的，裹挟着浓郁的泥土气息，有大自然最原始的味道。远处是万家灯火，朦胧的雨幕横亘在宁静与浮躁的灰色地带，时而大，时而小。

南潇和几名同样落单的学生聚集在门口的屋檐下，开始电话求助，可惜她找不到合适的人，因为最有可能顶着如此大暴雨来给她送伞的三个人，此刻正坐在偌大的电影院里，吃着爆米花喝着可乐。她不忍心打扰她们的休闲时光，虽然她知道，只要自己一个电话，她们绝对会赶过来。

她伸出手，试探了一下雨的大小，仅仅几秒钟，收回来的时候整条手臂都湿漉漉的，甚至有点儿冷。

“没人接你吗？”旁边最后一位姑娘从男朋友手中拿过伞，递给她，“要不这一把你先用，我让男朋友再回去一趟！”

南潇连连摆手：“不要紧的，我已经联系了人，很快就有伞了。”

“真的吗？”

“嗯，真的，谢谢你。”

姑娘还是有些不放心，临走前叮嘱南潇注意安全，南潇感激涕零。于是，整座图书馆门前，就只剩她一人孤零零地等待着，具体等待什么，连她自己都不清楚。

灯灭了，身后七层高的图书馆遁入梦乡。夜晚的黑暗扑面而来，几点幽幽灯火，萤火虫般点缀在瓢泼大雨里，显得有些力不从心。

学校什么时候能换新的路灯？

南潇的思绪从暴雨转向了奇怪的地方，开始一盏盏数对面那条小路的路灯数目。

一二三四五，五四三二一。

来回数了几遍，顿觉无聊，算了，还是想想该怎么回去吧。

苦想冥思间，朦胧的雨幕中传来奔跑的声音。刀锋运动鞋踩进积水的坑洼，雨水四处飞溅，打湿了裤脚和鞋面，留下一圈圈动荡颤抖的涟漪，白色T恤鼓满了风，一抹身影迎风而来，豆大的雨珠连成串儿，砸得伞面噼噼啪啪响，疾风骤雨里，一柄黑色雨伞横空出世。

“喂，你怎么还不回去？”陆燃胸口微微起伏，白T恤的正面湿了大片，背面却是干燥的。

南潇忽然想起佛尔摩斯探案集里的一段话——人在雨中加速奔跑时，身前的衣服会湿透，身后则不会受影响。

她怔怔片刻，抬起头：“你……来接我？”

陆燃抬了抬下巴，漫不经心地将伞收起，斜她一眼：“想多了吧你。我只是有东西落在图书馆，过来看看还能不能取。”他抬起脚，踢了踢锁死的大门，耸耸肩，“看来是白跑一趟了。”

南潇有些失落地低下头，攥紧手指。

透明的水珠从额前发丝滴落，陆燃甩了甩头发，又斜她一眼：“怎么，没带伞？”

“嗯。”

“拿走。”

他随手将湿漉漉的折伞塞给南潇，不忘叮嘱：“不是我的，爱惜点儿，下次见面了记得还。”

南潇霍然抬头：“那你怎么办？”

一把伞，也不够分的。

陆燃摆摆手：“这不是你该操心的事，赶紧回去吧。”

他的语气有些不耐烦，说完后环抱双臂，百无聊赖地数起了对面的路灯。

一二三四五，五四三二一。

南潇撑起伞，走进雨里：“谢谢你。”

“嗯。”

她顿了顿，还想说什么，张了几下口却又放弃了。踩进蓄满积水的坑洼，留下一条条逐渐扩散的波纹。雨声比之前要小一些，伞面叮叮咚咚响，拐着弯的冷风到处乱窜，纠缠裸露在外的每一寸皮肤，吹着吹着，冷不防就起了一层细密的鸡皮疙瘩。

吹着吹着，南潇忽然就清醒了。

她折返回去的时候，陆燃还保持双手抱胸的姿势，路灯迷蒙的光影里，映出一道面目俊朗的轮廓。

夜色中，那双眼睛沉静而睿智，不慌不忙地移向她。

南潇局促地眨了眨眼睛，沉下一口气：“那个，我还没有吃晚饭，要不……一起！”

片刻后。

“嗯。”

# 星光

## 第三章

NANFENGCHUIJIN
NIXINDI

说来也奇怪，明明看上去那么大一把伞，怎么撑在两个人头顶，就显得格外局促。

凉丝丝的风和雨贴着皮肤游走，南潇用空出的那只手搓了搓冰凉的手臂，伞面不由自主地向自己这边倾倒，她连忙扶正，努力往陆燃的方向挪了挪。

好高啊……南潇暗自腹诽，举伞的那只手有点儿酸，又不好意思开口。

“累吗？”一旁双手插兜的男生低头看过来。

南潇浑身的皮都绷紧了：“不累不累。”为陆大神撑伞，是她的荣幸。

陆燃有些好笑地哼了声，抬起右手，揉了揉太阳穴，顺势将伞接到自己手中，黑色的伞面忽然到达了一个前所未有的新高度。

真的好高啊……南潇的视野一下子开阔起来，她甚至能看到远处的路灯。

男生不经意往中间靠了靠，彼此裸露的手臂轻轻擦过，冰冰的、痒痒的，细软的汗毛触碰在肌肤上，好似微弱的电流划过。

南潇触电般地缩回了手。一股淡淡清香扑面而来，是洗发水的味道，还是沐浴露？她揉了揉鼻子，莫名有点儿神魂颠倒，感觉此时此刻像在做梦似的。

下一秒，某人就脆生生地打破了这该死的美梦。

“南潇，你该洗头了。”

南潇整个人瞬间蒙了，神色以光速凝重起来。

陆燃好整以暇地睇望一眼，低头，抿唇，忍笑。

这实在怪不得他，谁让她这么矮，只要一低头，脑袋顶的风光就一览无余，想不注意都不行。

沉默的气氛在两人之间蔓延，南潇实在不知道该怎么怼回去了，只得兀自低着头，不说话。陆燃不自在地咳了两声，擅做主张揉了揉那颗毛茸茸的小脑袋。

南潇愣怔了片刻，忽然发觉原本有些紧绷绷的气氛，以一种微妙的方式变柔和了，是她的错觉吗？

接下来的一段路，两人之间的交流频率明显高于刚才。

陆燃给她讲了许多关于网络攻防的知识，虽然听得懵懵懂懂，但南潇还是凭借异于常人的记忆力，将他所说的默默记了下来。

“不能这么学东西的。”陆燃见她在跟着自己默念，立时蹙起眉头，“你这种学法，应付平常的考试绝对够，但只要遇到需要实际操作的问题，信不信分分钟见光死？”

“那怎么办？”

“理解。”陆燃耐心地强调，“理解了，那些东西就是活的，不理解，就是死的，明白吗？”

“可如果不记下来，怎么理解？”

“所以你觉得记下来，就理解了是吗？”

“也不是……”南潇小脸顿时揪成了包子，有点儿绕不出来了。

陆燃想了想，觉得还是安慰一下比较好：“你的理论基础很扎实，至少看得懂入侵网页的教程，说明底子不错，关键是看谁能帮你促成那临门一脚。”

南潇抬头，似乎猜到了他下一句要说什么。

“我的球技还不错。”陆燃微微一笑。

果然。

他就是想拉她进校科协。

其实南潇怎么会不想去？早在大一刚入学那会儿，她就已经摸清了校科协的所有活动时间和地点，还托人拿到了面试申请表，可惜临面试前，她还是退缩了。

陆燃是座不可逾越的高山，可能穷尽一生都无法像他那样优秀，自己本来就是个平凡的人，明知不可为而为之，虽是心之所向，难免望尘莫及。

没有结果的事情，做一次叫初生牛犊不怕虎，做两次叫明知山有虎偏向虎山行，做三次就只能叫以卵击石不自量力。

默默地，默默地就好。

雨势渐小，不长不短的一段路，走出了万千滋味。

南潇没接话，陆燃也没再开口，气氛又再次微妙地回到了之前的感觉，紧绷绷的，棱角分明，急需什么东西将之打磨浸泡，撒上一把泡打粉，发酵成蓬松绵软的触感。

K大校园里以小路居多，据说当初是因一句“曲径通幽处”为意境，特地修成一条条纵横交错的禅学之路，以便莘莘学子能够品出当中奥妙。

然而，有些小路走着走着，就被赋予了更多微妙的含义。

譬如眼前这一条。

曲折小径延伸至林木深处，葳蕤枝叶交相掩映，幽暗的环境最容易滋生爱慕之情，基本上每座大学校园中都有这么一个地方，俗称约会胜地。

南潇以为，今晚这样恶劣的天气不可能有人在胜地流连忘返，但她显然低估了爱情的力量。

一对亲密无间的小情侣合打一把雨伞。女孩子娇娇弱弱，依偎在男生尚且宽厚的肩膀上，身上裹着一件男版夹克，长度盖过大腿，只露出下面一小缕碎花裙摆。身旁的男生细心地为她扫落发梢间的一片树叶，将伞往女孩子的方向倾斜了些角度，两人相视一笑，单纯美好得让人热泪盈眶。

气氛瞬间暧昧了。

不止前方的情侣，还有同一屋檐下的一对情侣。

情绪是一种极其容易被感染的东西。

南潇小心翼翼地捂住了胸口，掌心下，扑通扑通的心跳鲜活而仓促，脑袋里开始冒出一些不切实际的幻想。

“你猜他们接下来要干吗？”

“啊？”

陆燃扬起嘴角：“猜得到吗？”

“这……”南潇不自觉地脸红了。

没事猜这干吗呀，人家是情侣，想干吗就干吗。

“我猜，他们会这样。”

话音刚落，一只有力的手臂顺势搭上南潇的肩头，忽然扳过她的身体，彼此呈面对面的姿势。

南潇脑袋“嗡”的一声炸开，浑身的骨头都在刹那间收紧，脖子根落进了一缕头发丝，又痒又扎，她也没敢乱动，任由那骨节分明的修长手指轻扣在肩胛骨的位置。

酥麻，温热。

“陆……学长？”

镇静，要保持镇静。就算装也要装出样子来。

前方那对小情侣还在继续腻歪着，果不其然，男生很快就像陆燃一样采取了行动，揽过女孩子的肩，慢慢地拉近彼此之间的距离。

陆燃也照做不误。

面前俊美秀逸的脸庞在不断放大，眼底有微光涌动，目光绵密得像织了一层网，令南潇的呼吸陡然收紧，只觉得自己好似要跌进这张网里去，他花瓣般的嘴唇缓缓勾起，有点儿痞，有点儿坏，有点儿……

意乱神迷。

南潇皱起细眉，轻颤的眼皮不由自主地随着他慢慢地靠近，一寸寸闭合。时间仿佛在须臾中，被一双无形的手拉扯，变得格外缓慢，像电影里冗长的慢镜头。心头小鹿乱撞，撞着撞着，就撞死在了南墙上。

“我猜得没错吧！”陆燃悠闲地说。温热的呼吸扑面而来，带着淡淡薄荷清香，还有那么点儿不怀好意。

南潇猝然睁开眼睛，飞快回头瞄了眼，正巧看到不远处的男生低下头，在女孩子柔软的唇瓣上落下蜻蜓点水的一吻，两人相视一笑，依偎着彼此走远了。

“学长果然……料事如神。”她懊恼地低下头，恨不得立刻遁地逃走。

真没出息，胡思乱想些什么啊！

陆燃抿唇，似笑非笑：“刚才为什么要闭眼睛？”

“眼睛有点儿冷，用眼皮挡挡风。”

“那身上不冷吗？”

“也冷。”

“那我给你挡挡风。”他一把揽过南潇的肩膀，俊俏的眉眼里皆是笑意。

夏季的雨，来得猛，去得快。心尖久久不散的悸动如果也能这么干脆利落，那就更好了。

南潇原本是打算到学校旁的小吃街里解决晚饭的，然而自陆燃将她收入怀里后，去哪儿可都由不得她了。

K 大对面有一家档次不错的中餐厅，许多社团或学生会聚餐，都在这里包桌。

出了校门，南潇一路被陆燃带去了对面，黑色雨伞放进了大厅专门放伞的盆里，在服务生的带领下，她跟随陆燃拐进了“望洞庭”包间。

两人刚一出现，里面瞬间鸦雀无声。

一双双新奇又带着疑惑的目光，红外线似的精准落在南潇身上，这感觉相当不好。

反观陆燃，倒没有任何不自然，随手拉出了靠近门口的两张椅子，回头冲她招了招手。

“南潇，过来坐。”

她站着没动，有点儿尴尬。

陆燃又叫了她一次，她这才迎着越发汹涌的目光，慢吞吞地走过去。

“计算机系二年级的学妹，南潇。”陆燃将她摁到椅子上，介绍道。

听到这个名字，周围所有人的目光立刻暧昧起来。

陈凯是第一个认出南潇的人，迫不及待地冲过去，将陆燃拉到了门外。

“她是入侵网页给你表白的那个？”

陆燃并不否认，淡淡“嗯”了声。

“今天是校科协聚餐，你带她来干什么？”

“未来的校科协成员，不能带吗？你是会长还是我是会长？”

陈凯一愣，忽然反应过来自己可能是太激动了，语气不太对：“不是，我没有瞧不起学妹的意思，是因为隔壁的……”说着，他向陆燃使了个眼色，瞟了眼旁边的“虞美人”包间，“科协宣传部的今天也聚餐啊，那个林之语在，你就不怕学妹又被欺负？”

陆燃面无表情地斜他一眼：“你当我吃干饭的？”

会长和副会长双双离席，包间内炸了锅，大家纷纷放下筷子，开始“盘问”南潇。

“学妹今天怎么和我们陆大神一起过来了？之前就认识吗？”

“哎，是不是陆神答应你的表白了？”

“你别瞎说，他怎么可能答应！再说了，跟陆神在一起压力得多大啊，是不是学妹？”

等陆燃和陈凯前后进来时，南潇正遭遇围攻孤立无援，眼巴巴地瞧着门外。

“不好意思，来晚了，大家想加菜就加菜，超出经费的部分我补。”

陆燃拖出椅子坐下，敲了敲桌面。

“陆神就是好！服务员，菜单！”

简单一句话，成功将所有指向南潇的矛头移开了。

南潇不傻，自然看得出陆燃用意何在，微微松了口气，在桌子下小心翼翼地戳了戳他的手背。

“谢谢你。”

“嗯。”陆燃一本正经地点点头。

哎？好像有哪里不太对！

南潇很快反应过来，自己没必要向他道谢啊，明明就是他擅做主张带她过来，还陷自己于危险之地，她不和他计较已经不错了，干吗要道谢。说出去的话，泼出去的水，想收是不可能了，只有默默懊悔的份儿。

十分钟后，七八碟加的菜端了上来，大家大快朵颐，吃得心满意足，暂时忘记了还有南潇这么个局外人。酒足饭饱后，大家闲来无事，自然又想起了她。

“会长，咱们科协有没有规定聚餐可以带家属？”

陆燃没抬头，“嗯”了一声，继续夹菜。

“那是不是得首先证明是家属，才能带？”

他又“嗯”了一声。

“所以……”

“所以都赶紧吃吧，吃完我还要回活动室找伞呢！”陈凯大剌剌地打断了某成员的话，一副丧气的模样，“刚才不知道哪个将我的伞顺走了，就黑色的那把，害我淋着雨过来，被我发现就死定了。”

对面坐着的姑娘连忙接话：“我临走前还看到过，在活动室门外的墙上靠着呢。”

陈凯无奈地揉了揉还有些潮湿的头发，忽然扭头看向陆燃。

“陆神，咱俩是最后离开的，你走之前注意到了吗？”

陆燃特别淡定，抬头，平静的目光已经算是回答。

“那我的伞去哪儿了？”陈凯哀号一声，不知想到了什么，指着陆燃，“不会是你拿走的吧？那会儿我说外面下暴雨了，你直接站起来就往外冲，很可疑啊。”

陆燃坏笑道：“你看我长得像你那把伞不？”

“那是谁拿走了？”

“有些东西越急就越找不到，不如暂时忘记，可能待会儿会发现，它其实就在宿舍。”

“胡说，我明明带过来了。”

陆燃没搭理他，继续慢吞吞地夹菜。陈凯继续无头苍蝇似的怀疑，一圈人开始就“雨伞的去向”问题，展开名侦探柯南式讨论，唯有南潇静静坐在那里，放空了般。

心底淌过涓涓细流。

要不……去尝试申请一下校科协的面试资格吧！

讨论还在持续中，没人注意到南潇悄悄溜出了包间。

走廊里，她截住了一名服务生询问洗手间的位置，走到一半还是没忍住，遂折返回大厅，再次看了眼那把默默躺在脸盆里的黑色雨伞。

你是无意穿堂风，偏偏孤倨引山洪。

南潇站在洗手池前压装洗手液的瓶子时，有些戚戚然。

人哪，真是种奇怪的动物，看不到希望的时候无所畏惧，总觉得大不了就如此，还能怎么样？可一旦看到了些许希望的光芒时，就又开始瞻前顾后担惊受怕，总惶恐这希望不过是虚无缥缈的海市蜃楼。

所以做人可真难。

南潇出神地揉着手上的白色泡沫，一个个小气泡组成的泡沫，滑溜溜、软绵绵。

“好玩吗？”

身后忽然传来一声带着嘲讽和不屑的询问，南潇猝不及防，手一抖，泡沫就全散了。

回过头，鬈发美女化着精致的妆容，乍一看不太像是学生。

“愣什么啊，我问你，好玩吗？”林之语推了南潇一把。

南潇蒙蒙的，看了看水池里凋零的泡沫，又看了看她，有些迟疑：“还……行吧，你要来试试吗？”

“试什么，和你一起揉这些无聊的泡沫？除非我脑袋缺根弦。”林之语双手叉腰，今天倒是没站丁字步，一条腿绷直，另一条腿迈开，非常社会地冲南潇扬了扬下巴，“这样好玩吗？黏着陆燃，不觉得自己特廉价？”

南潇总算是听懂了她的意思。

“学姐想说什么？”

“别叫我学姐，我耳朵疼。”

“林之语你想说什么？”

“听不明白吗？那就竖起耳朵听清楚，我不喜欢你黏着陆燃，别以为入侵个网页表个白，就了不得了，那不可能是你的陆燃。”

南潇奇怪：“那是谁的陆燃？”

林之语高傲地拍拍胸脯：“我的。”

“不，不对。”南潇一本正经地纠正她，“是大家的陆燃。”

林之语被噎住了，半晌没接话。

“我怎么不知道，自己什么时候签了卖身契，卖给大家了。”后方拐角蓦地传来一声淡淡的、听不出语气的回答。

南潇和林之语都愣住了，转身便看到某人闲步走来。

陆燃有点儿想笑的样子，看着林之语，却对南潇说：“你刚才说，我是谁的？”

“大家的……”

“不，不对。”陆燃认真严肃地纠正她，“我是你的。”

话一出，四周寂静无声，南潇和林之语几乎同时怀疑起自己的听觉来。

然而，陆燃并没有给她们确认这一事实的机会，他拽过南潇，十分平静地对林之语说：“以后不要再欺负她了，校科协是大家的，有你也有我，宣传部不是打酱油的部门，你身为副部长就该以身作则，欺负学妹这种事，传出去总不太光彩吧。”

林之语无话可说。

陆燃几乎从不以校科协会长的身份压人，但此时此刻，不光是林之语，就连明明处在被保护一方的南潇都感到了一股无形中的压力。

也许并不是会长这个身份的缘故，而是因为，他是陆燃。他有足够的气场来做这件事。

南潇没有再回“望洞庭”包间，陆燃进去和大家打了声招呼，带着她离开，临走时还不忘拿走了那把黑色雨伞。

路上，南潇时不时就会望一眼陆燃手里的东西，想到待会儿那个陈凯回到宿舍，发现了伞，会是怎样一番鸡飞狗跳的画面。

想着想着，她不自觉地扬起嘴角，露出一抹浅笑。

“被欺负了还这么高兴？”陆燃扯了扯她细细软软的头发，“傻！”

“嘶，疼……”南潇咧嘴，从他手里抢回那一缕头发，小心翼翼地揉了揉。

陆燃“扑哧”一声笑出来：“你揉它干吗，头发知道疼？”

“说不定呢？”

“要不怎么说你傻呢。”陆燃抬起手，摁在她脑袋上揉了两下，“哪儿疼就揉哪儿，矫情个什么。”

她才没有矫情……南潇默默吐槽，吐了吐舌头，想到什么，于是犹豫片刻开口问道：“陆燃，之前我和你提到过的那个叫陈梦的女生，还记得吗？”

他想了想，点头：“怎么了？”

“你为什么要拒绝她？”

时间有些久远，陆燃蹙起眉头回忆了好一会儿，才记起大概的情形，然后笑了。

“我不想做被动的那个。”

“嗯？”

这回答有点儿深奥啊。

“我说，我不做被动的那个。”陆燃放缓脚步，手中的黑色雨伞还在往下滴水，落在两人走过的地面，“人生本来就是主动的，无论什么事，目标还是理想，包括做每一个决定，所以谈恋爱这种事，得我主动才行。”

南潇恍然大悟。

下一秒，如鲠在喉。

所以他这是在委婉地告诉自己，她的表白是被拒绝了吗？

有点儿难受。

不，是非常难受。

“这样啊，那你怎么不去喜欢林之语，人又漂亮还有能力，值得主动啊。”

语气有些酸酸的，陆燃听出来了，却当没听到。

“主动是需要前提的。”他展开眉宇，清朗的面容别有深意，“比如……”他拉长音调，目光幽幽落了下来，在南潇脸上逗留了一会儿，“算了，没事。”

“什么？”

“快到宿舍楼了。”

话题就这么被岔开了。

湿漉漉的夜晚，连风都在发潮，空气像被强力的清洁剂冲洗过一样，明镜如新。

分别前，南潇还是没忍住，问了个角度刁钻的问题。

“既然你喜欢主动，那会不会要求别人也一样主动。”

“不是我喜欢。”陆燃纠正她，“是每个人或多或少都得主动，这是态度问题。”

“那陈梦不就主动向你表白了吗？”

“但我对她提不起主动性，这是关键所在。”

南潇似乎明白了他的话，又似乎没有明白，但眼下，这个问题已经没有讨论的意义了，她深呼一口气，攥紧拳头，仰起脸：“那如果我主动呢？”

鱼儿上钩了。

陆燃曲起手指，敲了下她脑门：“我在校科协等着你。”

陈凯回到宿舍，果然第一时间发现了“失踪已久”的雨伞，像抱着亲儿子一样兴奋，可转念一想，不对。

“陆燃，你是不是……”

“嗯？”

陈凯若有所思地摸着下巴，贼眉鼠眼地观察某人平静的脸色。

“你该不会真对那小丫头有兴趣吧。”

“不知道你在说什么。”

陆燃放下书，从床上一跃而下，拧亮台灯，打开了笔记本电脑。

陈凯一个箭步上前，将电脑屏幕扣了下去。

“趁那两个没回来，咱哥俩儿有什么话直说。我对南潇倒是没意见，漂亮谈不上，长得挺清秀乖巧的，就是你，比较反常啊。”

陆燃翻了个白眼给他：“我看你挺反常的。”

“我给你讲，你还别狡辩，有本事就说说晚上拿我伞干什么去了！”

“我没拿。”

“你敢发誓？”

“我发誓我没拿，拿了你就是猪，行了吧。”

这话怎么听怎么别扭，陈凯反应过来，气得两个腮帮子疼：“不说是吧，行，你厉害，赶明儿我就给南潇写封情书去，追妹子谁不会啊。”

他说着，真就坐到桌前，开始找纸和笔。

陆燃顿了一下，没说什么，由着他去。

陈凯的性子他最了解，论冲动，陈凯排第二就没人敢排第一。

情书情书，陈凯和面前的纯白稿纸斗争了半个小时，愣是一个字都没憋出来，一方面是他从来没写过这类东西，另一方面也是他根本不了解南潇，除了知道那姑娘的名字外，好像再没别的了。

“哎，陆神，你知道南潇高中在哪儿上的吗？我给人家写情书，总得知道点儿底细才行。”

陆燃多聪明，早听出他是在套自己的话，默默笑了下。

“K 大附属高中，当过护旗手。”

“哦哟哦哟……”陈凯一脸的坏笑，认认真真将他的话记录下来，“奇了怪不是，你对人家没兴趣，怎么还知道这个姑娘当过护旗手？”

陆燃扬起嘴角：“因为印象深刻。”

这话不假。

其实早在陈梦当晚在 K 大门口表白时，陆燃就认出了南潇。

他记得很清楚，那时自己高三，每周一的升旗典礼都极其枯燥乏味，对于陆燃来说，最大的愿望是可以一觉睡过去，最好醒来后，典礼就恰好结束。

这状态一直持续到深秋，升旗手和护旗手换了一波人，陆燃就再没有过类似的想法。

南潇个子不高，尤其在一众高挑的旗手里，可以说是矮得让人无法直视的那一个。肥大的校服套在她小小的身体上，露出下方半截雪地靴，坠着两只粉红色的毛球，随着她的步伐来回摇摆，她停下，毛球也随着一起安静下来，然后激昂的国歌奏响，全体师生嘶吼着振奋人心的字句。

陆燃象征性地做着口型，全程都盯着那几只毛茸茸的圆球发呆。

再往上，小姑娘的脸蛋也是圆乎乎的，像只花栗鼠，在寒冷的季节里被风吹得通红。

这种状态持续了差不多两个月的时间，在前半学期最后一次升旗典礼上，他照旧晃到操场，等待着那只有点儿可爱的花栗鼠出现。

周而复始的流程，穿着毛球雪地靴的小姑娘随着鲜艳的国旗，一同跃入陆燃眼底。

她个矮腿短，所以步子要比别人迈得大才能跟上节奏，于是在即将靠近升旗台的时候，小姑娘左腿用力一跷，雪地靴上摇摆的那只粉红色毛球，“咻”的一声朝陆燃飞了过去。

没人发现这个小型事故，她站在原地没敢乱动，趁着国歌响起，所有人的注意力集中在缓缓上升的旗帜上时，飞快低头扫了一眼，许是看到鞋子上少了只小毛球，顿时拧起细眉，嘟起软软的嘴巴，可怜兮兮地回头偷瞄一眼。

只一眼。

眼波流转，眼睛晶莹透亮，印象深刻。

南潇利用两天空余时间，把之前有关技术类的课程全都粗略复习了一遍，在她的号召与带领下，喜欢睡懒觉的阿阮开始早早起床，熬夜煲剧的二咪开始按时熄灯睡觉，就连每天必照二十遍镜子的倩倩也放弃了大把臭美时间，大家一同捧起书本，开始过上积极奋斗的宿舍生活。

起初三人以为，南潇是受了前两天那个视频的刺激，才开始发愤图强，直到得知她打算去校科协面试后，都不约而同地向她投来暧昧的目光。

“苟富贵，无相忘。”阿阮用力握住她的手，郑重其事地拍了两下。

“潇潇，明天面试别忘了化个淡妆，我的眼影借你。”二咪贴心地为她双手奉上一盘腮红。

“喏，还有我的面膜，待会儿睡前敷一下。”倩倩大方地丢来一整盒面膜。

南潇看着面前这堆花里胡哨的物件儿，哭笑不得。拜托，她只是去校科协面试好不啦，又不是参加选美，至于这么大动干戈？

“谢谢你们，但我不需要这些东西。”

实力，才是征服一切不可能的可能。

包括陆燃。

秉着实力第一颜值第二的信念，南潇翌日起了个大早，再次梳理了一遍重点知识，忐忑不安地去了校科协活动中心，没想到来得太早，活动室里根本没人，她只好乖乖坐在第一排等候。

四十分钟后，柳予安打着哈欠推开了门。

“你怎么来这儿了？”他半张着嘴，伸懒腰的动作定格在半空，语气很是不满。

南潇一愣，忽然记起这人似乎也是校科协的成员，心里顿时有些发虚。

该不会是柳予安面试自己吧！

根据墨菲定律，越是担心某种情况发生，那么它就越有可能发生。

柳予安不耐烦地将书包甩到第二排，揉了揉睡得乱糟糟的头发，相当不客气地坐在南潇对面，敲了敲桌子。

“先自我介绍一下吧。”

南潇有点蒙，怎么还有这一项？

她嘀咕两句，清清嗓子，开始即兴自我介绍环节。

“同学你好，我叫南潇，南方的南，潇是……”

“这种就直接跳过吧，别浪费我的时间。”柳予安无情地打断她。

南潇有点儿不高兴，自我介绍不都是这样吗？连名字都不让说，还介绍个什么劲儿。

“那……我要介绍些什么呢？”

柳予安嫌弃地抬起头：“连介绍什么都不知道，我看你干脆别面试了。”他倏地起身，拎着书包打算离开。

“哎，等一等。”南潇连忙拉住他，小心翼翼地解释，“不好意思啊，我不太懂规矩。这样吧，你来提问题，我回答，然后你根据我的回答做判断可以吗？”

柳予安心里不舒坦，从推开门看到她的瞬间就不舒坦。

昨晚接到群通知，说拜托他今早来面试新人，本来还挺高兴的，谁能想到居然是南潇。如果早知道是她，打死他都不来。

可是讨厌归讨厌，毕竟是校科协的地盘，撕破脸就不太好了。

柳予安眼珠一转，计上心来。

“好，那就按你说的，我提问，你回答，只要答不上来，或者答案太离谱的，那你就主动收拾一下走人吧。”

他重新坐了回去，这次连书包都没放，就拎在手里。

南潇忽然有点儿想退缩了，看这样子，指不定这位要怎么刁难自己呢。

果不其然，柳予安哂笑了下，开始他刁钻的提问。

结果不必多说，南潇只能勉强回答一下第一题，其余的根本招架不住，他故意问些极其冷门又生僻的知识，有些南潇连听都没听过。

短短十分钟面试，结束的时候，南潇整个脊背居然都湿透了。

“那就这样吧。”柳予安甩了个讽刺的眼神，“面试结果会以短信的形式发给你，但别抱太大希望。”

南潇有些沮丧：“校科协平时都讨论这么深奥的东西吗？”

柳予安摇摇头。

“那为什么还要提问我？”

“因为看你不爽。”

这个理由简直简单粗暴得令人无话可接。

南潇胸口闷闷的，眼睁睁地看着他拂袖而去，心里头很不是滋味儿，这么被拒绝，总觉得不太甘心啊。

这边，柳予安刚从活动中心出来，迎面碰到了匆匆赶来的陈凯。

陈凯拉住他，问：“这么快，面试结束了？”

柳予安点头：“怎么了？”

陈凯又问：“有没有通知她什么时候来开会？”

柳予安不解：“为什么要通知她开会？太弱了，资格不够。”

“去去去，回去通知南潇，后天晚上七点来参加例会。”陈凯不耐烦地把他往里面推，“真的是，瞎搞。”

柳予安来了气，硬是站着没让他推动：“我怎么瞎搞了？就是不过，不能进。”

“科协里不如她的大有人在，怎么就不能进？你故意的吧！”

“就她，还我故意？”柳予安哂笑一声，“弱得抠脚。”

陈凯懒得和他废话，双手叉腰缓了两口气：“行，既然你这么坚持，那就一起进去再面试一回，如果真像你所说的那么弱，我就闭嘴。”

不等柳予安开口，陈凯拽着他又回了活动中心。

南潇刚把书包背上肩，门又开了，两个明显气场不对的男生走进来，给了她第二次面试机会。虽然有些荒谬，但至少不是件坏事，南潇重新坐回位置，放下了书包。

这回，问题正常了很多。

柳予安没敢问那些稀奇古怪的冷门知识，大多都是正常范围内的东西，而南潇准备得十分充分，几乎对答如流，听得某人脸色极差。

“这不挺好的吗？”陈凯对南潇的表现非常满意，“那就这样吧，没什么问题的话，后天晚上七点记得来活动室开会。”

“我……通过了？”南潇有点儿不敢相信自己的耳朵。

“不然呢？需不需要我拟一张大红喜报，张贴在校门口，恭喜你成功进入校科协？”

陈凯嘴贫，听得南潇捂着嘴咯咯地笑，最后礼貌地向他道谢，收拾书包离开。

柳予安全程黑着脸，等她走后，问陈凯：“副会长，咱们科协现在不缺人吧，为什么一定要让她进来？”

陈凯对两人之间的恩怨没有了解，所以也就口无遮拦，想了想，干脆直说了：“那天协会聚餐你没来，咱陆大神带着她一起来的，你觉得这意味着什么？”

柳予安脸色更黑了，不说话。

陈凯以为他迟钝，以一种过来人的口吻教育他：“也许过不了多久，南潇就正式升级为会长夫人了，哈哈。”

有些话，说者无心，听者有意。柳予安沉默了片刻，什么也没说，匆匆告别陈凯离开了。

了却心头一桩大事，南潇浑身上下都散发着轻松感，就连下午清扫北操场的时候，整个人都雀跃得像只百灵鸟。

雨后的空气，一天比一天清新。操场重新焕发活力，被新新时代未来的弄潮儿所占据，自由奔跑，放肆翱翔。羽毛球场聚满了人，篮球场依旧欢声鼎沸。

“陆燃，你最棒！”

“陆燃，我们爱你！”

熟悉的名字在一声声欢呼尖叫里，变了调，时而高亢时而低缓，奏响别具一格的交响曲。

南潇没有停留，扔下笤帚奔向篮球场。

“陆燃，加油！”

她站在最后方，一个毫不起眼的小角落里，人群你推我搡，在面前竖起屏障，阻挡着视线，连那一声细微的呐喊，也一并淹没在加油声的前赴后继中。

周围人听不见，她自己也听不见，可一定有谁听得见。

随着这声发自肺腑的助威，陆燃以一个漂亮的三分，结束了整场比赛。

又是毫无悬念的完胜。

围观群众歇斯底里地欢呼着，某个名字在如浪般的声潮里，逐渐成了一种难以磨灭的信仰。

星辰大海，万丈光芒。

滚烫潮湿的汗水湿透少年的白衣服，他单手托起篮球，用力掷向地面，球身亲吻大地母亲后，以更高的姿态一跃而起，腾空而上。

南潇望着那颗启明星般的篮球，忽然心潮澎湃。

她看到了那束属于自己的光。

微弱，渺小，不值一提，可它的的确确真实存在着，以一种微妙又令人遐想万千的姿势，在冲自己频频招手。

近点儿，再近点儿。

总有那么一天，自己终将跨越人山人海，与那束光比肩而立。

激烈的交锋过后，球场一片狼藉。获得胜利的球队队员们东倒西歪地坐在篮球场上，扇着风，喘着气，独独缺了某个大功臣。

南潇走回北操场，刚捡起笤帚，一个饱经沧桑的篮球骨碌碌朝自己滚了过来，轻轻撞上脚踝，又反弹回去。

她诧异地回头，看到陆燃隔着铁栅栏在向这边挥手。

南潇左右看看，确定周围没有别人后，这才将信将疑地指了指自己的鼻子："我？"

陆燃单手插兜，点点头。

她飞快扔掉笤帚，跑了过去："有事吗？"

陆燃咧嘴，露出一排皓齿："没什么，就想让你帮我捡下球。"

"哦，好……"南潇灰溜溜地转过身，走回刚才的位置，抱起篮球。

她还以为他是为校科协的事来的，现在看来，他应该还不知道，她已经通过面试了吧。

"这要怎么给你啊？"南潇晃了晃结实的铁栅栏，指指他，"要不，我送过去？”

“不用。”陆燃慵懒地打了个哈欠，脸上浮出淡淡倦意，“这球送你了。”

“啊，为什么？”

“以后不打了。”

“刚才不是赢了吗？为什么不打？”

“想知道？”

南潇用力点点头。

陆燃轻抿薄唇，汗涔涔的眉宇间酿着几分狡黠：“来，你过来，我悄悄告诉你。”

陆燃冲自己勾手指，南潇不疑有他，抱着篮球就走上前去。

“再过来点儿。”

她靠近几步。

“再近点儿。”

她迟疑片刻，又靠近几步，怀里的篮球抵住了铁栅栏，男生俊朗的脸庞就在咫尺之间。栅栏的空隙很大，离得如此近，南潇甚至看得到他瞳孔里自己的倒影，干净澄澈不惹尘埃。

“到底为什么啊？”她声音细细软软的，像棉花糖。

陆燃舒服地眯起眼睛，纤长的睫毛在眼睑处投下一小片暗影，忽然情不自禁地伸出手，穿过栅栏的空隙，捏了捏比这声音更软的脸蛋。

手感还不错，得再喂胖点儿，捏起来更顺手。

南潇目瞪口呆，完全忘记反击。

“因为还有比打球更重要的事去做。”陆燃点到为止，没有继续对面前呆若木鸡的小姑娘施以玩笑。

南潇对他的话恍若未闻，左耳进右耳出，此刻脑袋里只有一个感觉——

热。

手热，脚热，浑身都热，连心都像被丢到红彤彤的铁板上翻烤，滋滋地冒着白烟。

“跟你说话呢，脸红什么！”

他简直就是明知故问！

南潇觉得这人有时候可真恶劣，跟想象中的完全不一样，说出去谁会相信，堂堂K大公认的男神会趁她不注意，揩油！

注意了，是光明正大的揩油！

“我哪儿脸红了，那是被太阳晒的。”

陆燃失笑：“好好好，被晒的被晒的……对了，现在几点？”

南潇看了眼手机，不假思索：“六点四十七分。”

“嗯，那看来这个点儿的太阳确实挺烈的。”他用手遮住眉眼，故作夸张地眺望远方火红的夕阳，表情严肃得让南潇差点儿以为真是那么回事。

“你……”她鼓起腮帮子，哼了声，转身就走。

陆燃在后面踹了一下铁栅栏，笑得前仰后合：“哎，怎么说走就走，生气啊？”

“没！”

“我刚才不是故意的。”

“没生气！”

“之前欠我的那瓶农夫山泉，不用还总可以吧。”

“说了我没生气！”

“下回捏轻点儿行不行？”

“生气啦！再见！”

他眯起月牙般的双眸，微弓着身，两手扶在膝盖上，冲那抹纤细的背影喊道：“后天晚上七点，活动室，别迟到了！”

南潇脚步停顿两秒，然后落荒而逃。

陆燃目送她远去，笑容渐浅，默默向那只陪伴已久的篮球告别。

他其实并不经常打球，一周一次，绝不恋战。如今，有比打球更重要的事，比如校科协，比如某个需要手把手指导的小菜鸟，再比如……

一场如期而至又猝不及防的恋爱。

# 浅吻

第四章

NANFENGCHUIJIN NIXINDI

每周四晚上七点半，是校科协的例会时间。

校科协全称为 K 大校科学技术协会，重点在“技术”二字，基本代表了 K 大学生范围内的最高水准，当然，这其中有绝大部分是由于陆燃的存在，拉高了整体水平。

校科协的入会资格相对来说比较严苛，纯粹花拳绣腿的肯定没希望，能进来的都得有两把刷子，要不就是综合实力优于普通在校学生。当然，大家聚集在一起，也不是为了互相吹捧戴高帽的，磨炼技术的同时，还得不断完成限定任务，比如某些公司的外包项目。

这里并非一群志同道合的学生自发组织起来的协会，背后有 K 大资历最牛的蔡敏波教授坐镇，蔡教授是个特别潮的小老头儿，留着一小撮山羊胡子，常年不变的一身灰色中山装，仙风道骨的模样，单从表面判断，绝对猜不到他是国内互联网领域屈指可数的泰斗级人物。

蔡教授对陆燃青睐有加，只要不是瞎子，明眼人都看得出，完全就是在当亲儿子一样培养。

周四下午刚一放课，南潇就迫不及待地赶回宿舍，匆匆洗了个澡，换了条清爽的碎花小裙。

“哟，潇潇出息了啊，知道打扮自己了。”阿阮推开门，手指转着钥匙圈，从上到下打量她一番。

“哪有啊，这裙子去年就买了。”

“那也没见你穿过。”阿阮贼兮兮地冲她挑了下眉，凑过去，两只手的食指轻轻对碰了几下，眼神暧昧，“打算什么时候收了陆大神呀。”

“胡说什么呢你，听不懂听不懂！”南潇捂着耳朵，羞赧地跑开了。

阿阮岂会这么轻易就放过她。

“哎，你还别不好意思，就陆燃那一类的，整个 K 大你打着灯笼都找不出第二个来，既然现在有机会，那必须得近水楼台先得月啊！不信的话，你就等着吧，看这么耗下去谁吃亏。”

这话听起来似乎也不无道理，可是……

“女生过于主动了，是不是不太好？”

“你傻啊，欲迎还拒听过没有？”

南潇点点头：“可我没经验啊。”

阿阮“啧”了声，脚尖钩出椅子，大剌剌地坐上去，随手将钥匙圈丢到桌面上，抓了把瓜子嗑起来，开启情感专家式说教。

“没经验才更要锻炼呀，谁一生下来就是情场高手。记住，咱主动归主动，但千万不能让陆燃看出来，否则就掉价了，要学会收放自如，就比如……比如有句诗里说的那样，犹抱琵琶半遮面，藏一半露一半，这样准行！”

“真的吗？”南潇对此抱有些许疑惑。

“当然，我什么时候骗过你。”阿阮信念坚定地拍了拍她的肩膀，“不信今晚就试试。”

“怎么试。”

“来，耳朵过来，我悄悄告诉你……今晚你就这样，然后他就会那样，最后你们就可以了……”

一个精心策划的计谋跃然纸上。

南潇揉着热乎乎的耳朵，似懂非懂地点点头：“那……我试试。”

“去吧，少年，向着光明的未来勇敢前行吧！”阿阮强行和她击了个响亮的掌。

南潇搓了搓发麻的手掌心，回头看了眼时间，怪叫一声，抓起书包便往门外冲。

“今晚蔡教授会来，我得赶紧过去！阿阮，谢谢你！”

“不客气，晚上回来帮我捎一份炸鸡排就行，综合楼那家，孜然味儿的！”说完，她继续坐在椅子上优哉游哉地嗑瓜子，表情欣慰，似乎已经闻到了炸鸡排诱人的香味。

南潇之前蹭过蔡敏波教授的选修课，被他渊博的知识和幽默的谈吐深深折服，所以早就迫不及待想和这位泰斗级老爷爷近距离接触一回。

六点半，她提早半小时到了活动室，里面寥寥几人在闲谈，她先悄摸摸地从门缝里观察了会儿，发现都是之前在中餐厅聚餐时见过的，倒是没有看到同班的那个柳予安，不禁长舒一口气，推门进去，相互之间打了个礼貌的招呼，里面几人就又各自做各自的事情去了。

南潇有些无聊，扫了一圈偌大的活动室，最后挑了个靠后的位置，坐下后想到之前阿阮说的话，拿出数据线，把手机连上电脑，埋头捣鼓起来。

不多会儿，其余的科协成员陆陆续续赶到了，活动室里开始热闹起来。

某个瞬间，又突然安静了一刻。

南潇抬起头，果然。自带光环的男生一出现，就大有“艳压群芳”的气质，成员们收起之前的懒散，肃穆地朝他行注目礼。

“人都到齐了吗？”陆燃自顾自问了一句，沉静的视线扫过下方众人，到南潇的时候，南潇不自觉挺直脊背，有种在古代被皇帝钦点了的紧张感。

啧啧啧，这会儿倒是一本正经，也不知道下午在北操场，是谁使坏捏她脸来着。

南潇在底下思绪翻飞，殊不知，台上某人的视线自打看过来后，就没再离开。

“那边新来的二年级学妹，麻烦上来做一下自我介绍吧。”

话音刚落，所有目光不约而同投射过来。

南潇忽然感觉气氛有种诡异的凝固，缓缓抬头，被这阵势吓了一跳：“我……我？”

陆燃不慌不忙地点了点头：“对，上来吧。”

南潇有点儿茫然，但周围的视线实在太炽烈了，仿佛众望所归一般，她只好佯装淡定地走上台。

吸取了上回失败的自我介绍经验，她简明扼要地报出了姓名和所属院系，将重心放在了对校科协的憧憬上。

“……虽然我现在还没有独当一面的技术，但我相信，之后在和各位前辈的相处里，我一定会有所收获，争取追赶上大家的步伐，为科协做出自己的一份微薄贡献。”

介绍完毕，下方响起稀稀拉拉的掌声。

第三排戴眼镜的男生举起手：“那个，我有问题。”

南潇一愣：“什么？”

男生推了推鼻梁上的眼镜："你之前有单独完成过什么项目吗？"

单独的项目……南潇汗颜，按照教程入侵学校官网首页算不算。

"这个……应该不算有过吧。"

"那我们组就不缺人。"男生当机立断坐下了。

完了。

完了完了完了……

这才刚来，就已经惹人嫌弃了，以后她还怎么在校科协里混。

眼镜男生不提还好，这下，各个分小组的成员开始意识到问题的严重性，七嘴八舌地讨论起来。

科协的技术部里分了四个小组，真正有实力的几位担任组长，刚才率先提问的眼镜男算一个。每个小组都有相应的任务，做得好，整组都有希望在接下来的学期里拿到一笔可观的经费，那可是实打实的钞票，没人不喜欢，而且如果做得出彩，在大四应聘或者保研期间，都能或多或少得到一些帮助。所以，选择怎样的组员，是件十分慎重的事情，它关乎到了整组的综合实力。

南潇深深感受到了来自周遭赤裸裸的恶意。

"哎，你们说她会被分到哪一组去啊。"

"不知道，待会儿看陆神怎么安排，不过千万别来我们组，会拖后腿的。"

"不至于吧。她前段时间不还入侵了官网？"

"按照教程来的，谁不会。再说咱们这儿又不是黑客聚集地，没用的。"

嗡嗡嗡的声音吵得人脑瓜疼。

"安静一下行吗，不知道的人还以为咱科协内部多不和谐似的。"陈凯原本站在陆燃身后，此刻也忍不住了。

到底是副会长，有那么点儿话语权，当下就没人再敢随便发表言论了。

整个过程，身为校科协一把手的陆燃始终没表过态，就默默看着，观察南潇每一个细微的小表情。

他发现这姑娘特别可爱。

明明脸上写满了不情愿上台做自我介绍，却来了。

明明有值得说道的经历，却因为胆怯和顾虑，放弃了。

明明对下方无数的说辞感到不满，却在强撑着赔笑，隐忍了。

思来想去，陆燃觉得还是那回她在北操场果断反击的时候，最可爱。

不，应该是高中时期某天的升旗典礼，那只粉红色毛球从雪地靴上滚落，她哀怨又茫然地回头之时最可爱。

活动室内静了片刻，大家都看着陆燃，等待他做最后定夺。

“分组的事，等散会再说吧，蔡教授待会儿就到，大家准备一下。南潇，你跟我出来。”他说完，快步走出活动室。

南潇反应慢了两拍，匆匆追上去。

陆燃没有走太远，就在隔壁的楼梯间等着她。南潇有点儿忐忑，觉得刚才的情况给他带来了困扰，拼命在心里组织着道歉的措辞。

“不用浪费时间想怎么说对不起，现在我要听你的想法。”不愧是陆大神，一眼就把她看了个底儿透。

“想法？”南潇低着头，小声嘀咕，“我没什么想法……”

“骗鬼呢。”陆燃双手抱胸，倚靠在刷了新油漆的栏杆上，一米八几的个头天生自带高人一等的气场，即便是懒散地躬着身，也有不小的压迫感。

南潇委屈道：“真的。”

陆燃侧了侧视线：“好，那你就去宋铭杰的组。”

“宋铭杰？”

“就是刚才戴眼镜的那个。”

南潇噎住了，皱着细眉一脸不愿意。

“怎么，刚不是还说没什么想法吗？既然如此，那就这么定了。”陆燃起身，转身就走。

“哎，等等……”南潇一慌，顾不上多想，一个箭步冲上去攥住了他手腕，可怜巴巴地冲他眨眼睛，“陆燃我错了，真的真的。”

他回头，似笑非笑：“错哪儿了？”

“不该撒谎……”

“那就说说，有什么想法。”

南潇眼珠滴溜溜转，想了想，说：“其他组还缺人吗？我可以过去的。”

“你这叫逃避。”陆燃毫不客气地捅破了那层薄薄的窗户纸，“既然这么不好受，刚才当着他的面，怎么不敢直接反驳呢？你难道觉得在那种情况下，我会义无反顾站出来为你说话？”

是啊，刚才有那么一刻，她真的这么想过。可惜事实就是事实，陆燃没有为她说过一句话，他是会长，是大家心目中的偶像，偶像怎么会为她这种平凡小人物撑腰？

南潇眨了眨酸涩的眼睛，咬着嘴角：“我又不是你。”

“但你说过，你总有一天会超过我。”

她将头别向一旁，避开他的眼睛，不说话了。

半晌后。

“进去吧，散了会你留一下，我给你简单说说宋铭杰那组的情况。”

南潇没答应也没拒绝，转身默默地推门进去了。

陆燃望着她有点儿失魂落魄的背影，胸口隐隐有些闷，索性走到楼梯尽头，推开窗，任清凉的晚风拂面而过，驱散沉郁。

不多会儿，身后传来推门声，紧接着是缓缓的脚步声，最后停下了。

陈凯慢悠悠地从口袋里掏出一包烟，点燃了一根咬在嘴里，合上烟盒盖子丢给他。

两秒，又被丢了回来。

“你什么时候见我抽过烟？”

“没见过。”陈凯笑了声，收起烟盒，“但也不见得就不会抽啊。”

陆燃缓缓侧目，格外严肃：“我不会。”

陈凯愣了愣，“扑哧”一声笑出来：“我说陆神，你这一天天的，活得不累吗？对人南潇有意思就有意思，还搞得挺神秘，明知道今天例会上可能会有人故意刁难她，还专程托我来解决问题，这么感动女孩子的事，你怎么就不能亲自做呢？”

陆燃抿唇，嘴角拉成一抹紧致的弧度。

“帮了这次，那下次呢？下下次呢？以后要一直帮下去吗？”

“怎么就不行？”陈凯诧异，“你如果真喜欢，一直帮下去又怎么了？你该不会指望每个喜欢的女孩儿，都得足够优秀足够努力，和你站在同一个高度，这要求未免太苛刻了吧！”

“你不懂。”陆燃静静地凝视着天边新月，眸中淬着薄薄一层缥缈流光，有那么点儿惆怅，“你不懂的。”

陈凯摘掉了嘴里的烟：“嗯，我是不懂，不懂你怎么就能纠结成这个样子？喜欢就追，不喜欢就撤，吊着别人胃口特别不道德。”

“有吗？”

“没有吗？”

“那就有吧。”陆燃耸肩，笑了笑，“她既然想站在某个更高的位置上，就要承受得起这个位置带来的压力和质疑，我没有自诩多了不起，但不可能每件事都替她摆平了揉碎了，万一哪天我不在，她是不是就只能找个地儿偷偷抹眼泪，连一个‘不’字都不敢说？她如果真喜欢我这么个人，就必须得学会坚强，否则我不敢随随便便就拉她下水。”

话，没问题，道理陈凯都懂，可为什么越听就越觉得，他怎么好像会随时消失不见似的？

“我现在有点儿同情那些喜欢你的姑娘了。”陈凯哭笑不得，“跟你谈恋爱，真累。”

不就是一场简单纯洁的恋爱吗？虽然自己也单身，但想想，真没这么复杂，无非就是你喜欢我，我也喜欢你，然后两个人就可以光明正大地牵手了。

陆燃气笑了，一把夺下他手里的烟，将烟头戳在窗台上摁灭，丢进垃圾桶里：“能不能给学弟学妹们树立个好榜样，不抽会死？”

“公报私仇了噢，再这样，你可能会多一个难缠的情敌。”

“谁？你？”陆燃眼里有着毫不掩饰的轻蔑，“南潇眼不瞎。”

“哎，那你别说，女孩儿瞎不瞎还真不是靠猜的，谁对她好，谁更直接，谁就是赢家，不信的话敢不敢和我打个赌，正好也试探一下那丫头的决心。”

陆燃握拳，虚虚地在他胸口捶了一下，转身就走：“那你自己慢慢试探吧，这么不道德的事，我不干。”

“是不想干还是不敢干啊？”陈凯在后面哈哈大笑，“陆神，别呀，我觉得特别可行，正好我那还有上回没写完的情书，明天拿给文学社的润色润色，送给小潇潇去！”

陆燃回头，警告地剜他一眼：“你试试。”

蔡教授因为路上堵车，晚了四十分钟，但活动室里没人离开，大家都专注地做着自己小组的事，只有南潇一个人无事可做，孤零零地缩在最后排的小角落里，盯着死气沉沉的电脑屏幕发呆，直到蔡教授姗姗到来时，才将她从这种极其尴尬的氛围里解救出来。

蔡教授基本每隔一两个月就会来科协看看，和大家交流一下最近的所见所闻，也包括就业形势，哪些技术又得到了更新，这对活动室里的一群生活在象牙塔里的学生来讲，实在算得上是弥足宝贵的经验。

今天蔡教授进门的时候满面春光，八成有好事，大家纷纷停下手里的动作洗耳恭听。

“你们继续忙，我说几句就走。”蔡教授有节奏地捋着那撮山羊胡，“是这样的，以前我带过的一个学生自己创业，开了家公司，你们知道叫什么吗？”

所有人疑惑地摇了摇头。

蔡教授神秘一笑：“百佳迪。”

三个字一出口，有些人还处在蒙圈状态，有些人则立刻激动地跳了起来。

“我知道我知道，就是那个创下今年手游下载最高纪录的开发公司，听说最近还被评了个什么2018年最佳游戏产品奖，谷歌点名表扬了的。”

“专门做历史题材的吧？我看过游戏画面，简直不能更良心！”

一语引爆全场，大家都没想到，这么一家牛气哄哄的游戏公司，居然是K大学长做起来的，说不骄傲是假的。

蔡教授给了大家充分释放激情的时间，然后酝酿着下一个更加振奋人心的消息。

“老师我呢，有幸做了个牵线人，帮各位争取来了百佳迪的一个大型外包，如果做得好，每个小组至少有十万块的经费资助，另外还能去百佳迪参观学习，大四招聘季还能拿到面试特权，直接和大老板面谈，大家意下如何啊？”

所有的激动瞬间消散。

全场寂静无声，连掉根针都听得见，每个人都处在脑袋放空的边缘。直到不知道是谁先喊了一声，一石激起千层浪，所有人都像打了鸡血似的，抛起书包，还没真正开始，就已经大有成功者的姿态了。

蔡教授也跟着热闹，闹完了不忘拍拍陆燃的肩膀，给予了一个信任又鼓励的眼神。

“这回看你的了，机会难得，做出成绩来说不定会直接保送出国。”

“谢谢教授。”

由于蔡教授还要回研究所，之后的细节都会和陆燃沟通，也就没多停留。他离开的时候路过后门，恰好看到南潇默默坐在最后排，盯着电脑屏幕不知在看什么。

“哟，新面孔啊。”

南潇怔了下，连忙起身：“蔡教授好，我叫南潇，刚来校科协，之前上过您的课。”

“加油干。”蔡教授笑逐颜开，指了指身后的陆燃，“跟着这臭小子，有肉吃。”

有没有肉吃南潇不知道，她现在觉得自己可能连汤都喝不上。

蔡教授走后，科协的内部例会很快结束，大家伙儿陆陆续续地离开了，最后整个活动室里就只剩下她和陆燃。

气氛有一点点尴尬。

南潇坐在椅子上没敢乱动，目光始终在电脑屏幕上飘忽，看似认真，实则内心煎熬得要命。第一排那道清冷笔直的背影，压得她喘不过气，早知道她就应该趁着人多逃走的。

后悔死了。

正在她暗搓搓念叨的时候，眼前的光线忽然被什么东西挡住了，倾倒下一片朦胧的阴影，似张密不透风的网，将她网在其中。

南潇抬起头，对上一双清澈的眼睛。

“看什么呢？”陆燃单手插兜，半个身子越过桌面，一探究竟。

她脑袋短路了几秒，电光石火间想起什么，“砰”地扣上了电脑，紧张兮兮地看着他：“没什么没什么，我们还是说一下分组的事吧。”

陆燃挑眉，目光意味深长地逡巡着，顺势绕过桌子，在南潇旁边坐下了，没有征求她同意，拿出手机干脆利落地将她拉进了科协大群和宋铭杰的小群。

意思很明确，她以后归那个眼镜男管。

纵使南潇心里一百个不愿意，但事已至此，也只能默默接受。

“这段时间可能会比较忙，你要做好心理准备。”

例行公事的口吻，听到耳中，不免有些失落，她点点头，默不作声地开始收东西。

“着急回去啊？”陆燃似乎对她的反应有点儿不满，修长的双腿搭上隔壁的椅子面，堵住去路，“现在是不是有点儿后悔来了？”

“没有……”

“对不起。”

“嗯……”南潇一愣。

“我说，对不起。”陆燃漫不经心地揉揉她脑袋，“刚才在外面。”

南潇的动作僵在原地，头顶绒绒的发丝被温暖包裹，暖流顺着发麻的头皮汩汩而下，直达血液骨骼。真奇怪，心里头原本那么点儿躁动的小情绪，忽然再也找不到了。

这是双有魔力的手。

南潇心脏怦怦跳，小心翼翼地想，这样的手牵起来一定特别温暖。心猿意马之时，最易分神，她一下没注意，已经打算塞进书包的笔记本电脑，蓦地被人抢了过去。

打开屏幕，是普普通通一张网页。

陆燃顿了两秒，四根手指在触摸板上轻轻那么一滑，屏幕赫然被一张修饰过半的照片所填满。

和煦阳光照在棱角分明的男生侧颜上，看得出来，拍摄的人相当用心，找了最佳的角度，配合着傍晚柔和的霞光，背景经过模糊处理后，画面更显清新温和。

陆燃好看的嘴角不自觉勾了起来：“你偷拍我？”

南潇内心是崩溃的。阿阮出主意，要她把修过的照片装作不小心错发给陆燃，以达到“勾引”的目的，再口是心非地道个歉，营造出“我既喜欢你，还要等你主动来追”的氛围，这样就可以顺理成章地坐等男神投怀送抱。

可惜……计划夭折了。

“没有！陆燃你听我说，这不是……”

“嘘。”陆燃伸出食指，轻轻放在她唇上，笑容蛊惑，“偷拍多没意思，偷那啥才刺激，你说是不是？”他起身，顺势将她逼上角落，手掌贴心地垫在她后脑勺，身形呈包围状，结结实实将她困在墙壁与自己的胸膛间。

方寸之地，做什么都得心应手。

南潇像只被抓了现形的小老鼠，紧张得连手都不知道该往哪里放，垂在身旁，攥在胸前，最后又慌不择路地推在男生瘦削的肩膀上。

“陆……”

“想清楚了再开口哦，所有的解释，我都会当作是狡辩的。”

“我没有……”

刚一开口，额头就落下一个湿漉漉的亲吻，像一枚圆滚滚的小石子投进平静的心湖，激起层层涟漪。

“忘了告诉你，狡辩是会有惩罚的。”他垂着眸，坏笑。

南潇的脸似被大火烧过，红得快要滴出血来。欲迎还拒，谁能告诉她，她到底要怎么拒嘛！

“还想狡辩吗？”陆燃问。

南潇睁着滚圆圆的大眼睛，感受着额头热辣辣的一片，拼命摇头。

“很好。”他满意地抿起嘴角，目光促狭，“说，为什么要偷拍我？”

南潇低下头，赧然嘀咕：“你知道的……”

“我不知道。”

“那我也不知道。”

“不说，我也会理解为恶意狡辩。”

“你不讲理！”

“那你给我讲个理听听。”

南潇发现自己不光技术比不过陆燃，就连话都说不过他，这人怎么这么讨厌啊。

“因为喜欢，喜欢！可以了吗？”

“喜欢什么，说清楚。”陆燃没那么好糊弄。

她原本憋着一口气，这么耗着耗着，那口气就硬生生给耗没了，索性彻底投降。

“陆燃，我喜欢陆燃，这下听清楚了没有？”

嗯，听清楚了，一个字都没落。男生展开眉宇，双眸是从未有过的澄澈清明，他薄唇翕动，扬起一抹勾人魂魄的笑。

“南潇，这是我听过最烂最没有新意的表白。”

比任何人的都要简陋，甚至牵强。

她以为他会说一句“很抱歉”，然后自己就瞬间成了他的追求者道路上的又一块垫脚石。

可陆燃没有。

“再说一遍吧！”

喂，这就过分了啊。

爱情在二十岁左右的年纪里，从来都惹不得半点儿尘埃，就像一颗易碎的玻璃球，捧着举着呵护着，生怕任何一点点的损伤致使其支离破碎。

从踏出活动室的那一刻开始，南潇有种奇妙的感觉，仿佛跨越了某种说不清道不明的隔阂，前路更清晰了。只不过到头来，她还是没能熟练掌握“欲迎还拒”这件事的精髓。

和陆燃对弈，首先在立场上她就输得一塌糊涂。

而输的代价就是，被吻同一个地方，两次。

路灯昏黄，摇曳着整座即将遁入梦乡的校园。

南潇曾无数次在梦中臆想过这样的画面，遥不可及的人就在眼前，冲自己微微一笑，整个世界都因他而黯然失色。

就在今天，她真正体会到什么叫作难以抗拒的魅力。

陆燃就像海面上一个看不出异样的漩涡，静静地流淌着，存在着，离远看是一道惊心动魄的风景，离得近了，你就彻底陷入其中，再也回不来了。

但向来敢靠近的人，都没想过要回来。

比如她南潇。

推开宿舍门，南潇灵魂出窍般，顺手把书包丢给阿阮，自己拎着炸鸡排坐到了位置上。

“喏，你要的夜宵。”

阿阮蒙了一瞬：“你确定？”

南潇没回答，也可能是没听见，捏着装满鸡排的油乎乎的塑料袋，静静发呆。

“嘿，你魔怔了？”阿阮走过去，拿书包换回了自己的炸鸡排，伸出一只手在她眼前晃了晃，“怎么回事，去开个会，把魂儿给开没了？”

也许……是吧！

“我去洗澡了！”南潇生怕被这几个鬼精鬼精的舍友看出端倪，连忙抱着洗脸盆就要跑。

阿阮一把拽住她：“有没有搞错，你下午不是刚洗过澡吗，怎么还洗？”

是哦，怎么忘记了呢。南潇尴尬地挠了挠头，将脸盆放回原位，不等阿阮反应，一个箭步扑上了床，被子一卷，就把自己包了个严严实实。

“我先睡啦，晚安！”

事出反常必有妖。阿阮稍稍那么一想，就猜了个八九不离十，冲那团蝉茧似的被子默默竖起大拇指，心满意足地回去啃鸡排了。

瞧，俘获男神还是得有技巧，听自己的准没错。

一切都在磕磕绊绊地进行着。自从被陆燃拉进宋铭杰那组的微信群后，群里没有一人主动和南潇说话，连个打招呼的都没有，满屏都是大写的尴尬。

更尴尬的是，她居然在群里看到了个最不想看到的名字，柳予安。真是时运不佳流年不利。

终于在第二天晚上，南潇忍不住了，决定率先打破僵局——

二年级组员 + 南潇：【大家好，我是南潇，以后承蒙各位关照啦，有什么需要我做的尽管开口！】

信息发送出去，半个小时都没人接话，气氛似乎比之前更尴尬了。

南潇盘腿坐在椅子上，耷拉着脑袋，被自己蠢得头皮发麻，早知道是这样，应该先和组长私聊的，现在这种情况有点儿棘手啊……

又十分钟过去了。

群里忽然冒出了新的消息，她迫不及待点开一看。

三年级组长 + 宋铭杰：【下周端午节都有谁外出，举手。】

不等南潇反应，嗡嗡嗡的振动声连续响了好几次，七个组员里，六个都秒回消息，清一色全部外出。

这……故意的吧！

来不及细想，她连忙硬着头皮跟上队形。

二年级组员 + 南潇：【举手，我回家。】

三年级组长 + 宋铭杰：【蔡教授下周可能会发详细的项目计划，需要每组至少一人到场。】

群内静了一分多钟。

二年级组员 + 柳予安：【不是有新人进来吗？正好拎出来锻炼锻炼呗，组长觉得呢？】

宋铭杰秒回：【@ 二年级组员 + 南潇，有问题吗？】

南潇被他们这一唱一和的本事，弄得彻底傻眼了，这不明摆着欺负人嘛！忍不了……

二年级组员 + 南潇：【好，没问题，提前祝大家端午节快乐！么么哒！】

没办法，人尿志短。

于是乎，这件不大不小的事就这么看似平静地解决了。

临睡前南潇给家里打了通电话，其实她早就和爸妈约好，端午节要一起回姥姥家吃饭，然而计划赶不上变化，只得放弃和家人团聚的美好时光，待在学校里陪三个家在千里之外的铁杆儿舍友了。

不得不说，有那么点儿小郁闷。

正怅然若失，手机忽然传来两下振动，一条请求添加好友的信息冒了出来，显示来自校科协大群的某人。

南潇好奇，点了确认添加，对方立刻发来一条消息。

社会你凯哥：【南潇，我是陈凯。】

看得出来，这么嚣张的名字，也没谁了。

潇潇南风起：【嗯，我知道的，有什么事吗？】

社会你凯哥：【下周端午节有空吗，约你出去玩。】

潇潇南风起：【去哪儿呀？都是科协里的人吗？几个？】

社会你凯哥：【就咱俩。】

潇潇南风起：【……】

社会你凯哥：【不乐意啊？】

潇潇南风起：【没有，你误会啦，端午节我要留在学校等蔡教授的

项目计划，凯哥还是找别人吧。】

社会你凯哥：【那个啊，你跟着我就行，保证给你安排得妥妥的。】

潇潇南风起：【可是我已经和舍友们有约啦，所以……】

社会你凯哥：【哪天？几点？在哪儿？你们总不可能连着三天都约吧？】

潇潇南风起：【好，我去，多谢凯哥带我出去玩。】

俗话说得好，人不要脸天下无敌，陈凯现在倒是体会得淋漓尽致。他攥着手机跳下床，夹着人字拖三步并作两步跑过去，踹了一脚某人的桌子腿：“哎，陆神，上回给你说的打赌还记得吗？”

陆燃停下飞快敲击代码的手，回头不耐烦地看他一眼：“来劲了是吧？”

陈凯嘿嘿一笑：“南潇答应了。”

陆燃蹙眉：“答应什么了？”

陈凯划亮手机：“你自己看。”

陆燃飞快浏览了一遍两人的聊天记录，末了，投给他以鄙视的眼神：“想约架？”

“你就说，你是不是怕了。”

“陈凯，我怎么发现你最近特欠揍呢？”

“别岔开话题，我就问你，怕不怕！”

陆燃冷笑一声，把手机扔给他，继续敲代码：“想去就去，我是怕你自找没趣。”

“有你这句话，够了！”陈凯得意地打了个响指，“那我可真去了。你说，一般约女孩儿都去哪儿啊？”

陆燃手里的动作停住，忍无可忍，抄起手边的卷纸就砸了过去：“滚。”

陈凯精准地接住了，掂在手里抛了抛，笑眯眯地看着他：“行了，不和你瞎扯皮。选个地方，到时候你好好带人家玩，有机会就一举拿下，你要再磨磨蹭蹭，我真下手了噢。”

最深还是兄弟情，只可惜……苦了南潇。

临近端午节，学校食堂里的每个窗口都卖起了粽子，酸甜咸辣应有尽有，不过都没有倩倩家里寄过来的香。

宿舍里有一口电锅，是之前四人偷偷摸摸从网上买回来的，因为害怕被查收，严格控制使用次数，每逢重大节假日才会拿出来用一用。

接水，起火，下粽子。四人端着各自的碗，围坐一圈，盯着锅里被沸水煮得乱滚的粽子，垂涎三尺。

二咪舔了舔嘴角："好了没？我要吃那个蛋黄的。"

倩倩翘起一根手指摇了摇："不行，蛋黄是阿阮的，豆沙是潇潇的，给你留了个五仁馅儿。"

二咪瞪眼："我才不吃五仁的。"

"拿我的枣泥和你换。"

"不要，我就吃蛋黄的，否则明天不陪你去百盛买衣服了。"

倩倩一听，二话不说就把蛋黄的捞起来，恭恭敬敬放在二咪的碗里："你吃你吃，都给你吃。"

"这还差不多。"

两人你一言我一语的互动，在另外两人眼里宛如一对智障儿童欢乐多。

南潇扯了扯嘴角，心里压着事儿，显得有些心不在焉。

"你们明天都干什么去呀？"她问。

二咪和倩倩的行程是一早就定好了的，两人结伴去逛街买衣服，阿阮所在的英语社团有集体活动，也要外出，最后就剩下南潇自己了。

"潇潇有什么打算？不回家吗？"二咪问。

"嗯……"她倒是想回，奈何不给她这个机会啊。

"校科协有事，我得待在学校。"

“哦……我们懂我们懂。”

三人相视一笑，互相撞了撞胳膊肘，美滋滋地开始剥粽子了。

她们懂个什么呀，明天陈凯约自己吃饭看电影这事儿，怎么想怎么不对劲。

一晚上南潇都没有睡好，导致第二天起床的时候，眼睛下方挂着深深的黑眼圈。

假日的校园里，格外清冷，连食堂都没几家窗口在营业。

随便在宿舍解决了一下早饭，南潇打开衣柜，巡视一圈，挑了身宽松的T恤牛仔裤穿上，把那条碎花小裙挂了起来，头发也没洗，懒得扎，揣着手机和一个零钱包就出门了。

她打算就近吃个便饭，然后以身体不适为由，直接撤。

天气一天比一天热，炽烈的阳光下，烤着心焦气灼的某人。她该不会被陈凯放鸽子了吧？

南潇看看时间，决定再等最后五分钟，再不来她就真走了。

时间一分一秒地流逝，校门口一拨接一拨外出的人勾着肩搭着背，从南潇面前嘻嘻哈哈地过去了，她专注在最后的倒计时里，重重舒了口气。

“太过分了。”南潇抱怨一声，抓了抓泛着油光的头发，转身撤退。她发誓，以后再相信陈凯的话，就让自己变成个傻子吧！一路怨气满腹，却不知，身后早有一道悠闲的身影缓缓跟了上来。

广场有对情侣，男生在教女生骑自行车，之前路过的时候，女孩子连平衡都把握不了，这会儿倒是能骑起来，只不过方向掌控得不是很好，明明那么宽敞的地方，偏就冲着南潇直勾勾地过去了。

“让一让让一让，啊啊啊……”

一路杀猪般的叫声，南潇不是被自行车吓的，而是被她的叫声吓傻的，愣在原地不知所措。眼见那车子朝自己飞驰而来，电光石火间，她第一个想到的问题居然是，往哪边倒地的姿势比较优美。

事实告诉她，往后，这样就会倒在某个温暖的怀抱里。

陆燃眼疾手快将南潇捞了过去，从背面环着她的脖子，由于惯性，两个人一起向后退了两步，险险地躲过那辆失了控的自行车。

“你是不是傻，看见了也不会躲啊。”他语气有点儿不高兴，伸出一根手指敲了敲她脑袋，“又不洗头？”

南潇整个人瞬间怔住了。

要知道，被男神连说两次不洗头的感觉，绝对不好受！

可这赖她吗？陈凯那个浑蛋就是看她好欺负，有事没事约一下，还故意放自己鸽子，真是岂有此理。

心里头对某人一通暗骂，转过身的时候，南潇以迅雷不及掩耳之势换上了一副甜美笑容：“哇，是陆神哎，好巧哦，你也被放鸽子啦？”

“是。”陆燃似笑非笑，伸手在她脸蛋上狠狠捏了一把，“被一个随便就答应别人约会的人放了鸽子。”

……

“快说，看什么电影，我现在订票。”他看似不耐烦地抓抓头发。

南潇愣了一秒。

“那个，你等我十分钟，就十分钟！我很快就……”

她转身想跑，却被陆燃一把捞回来，连拖带拽地原路返回校门口。

“你以为我会相信，一个女生洗头换衣服加化妆，只需要十分钟？就这样吧，看得过去。”

天哪，她真的不想这么邋遢地和男神逛街，奇耻大辱啊！

# 追 逐

## 第五章

NANFENGCHUIJIN
NIXINDI

端午节的街巷，空气中都弥漫着粽子的清香。

还没到正午，街上的人就已经多了起来，姑娘们打扮得花枝招展，亲昵地挽着男朋友的手臂，一双双一对对，得成比目何辞死，愿作鸳鸯不羡仙。

借着传统节日的火爆人气，沿途许多店铺都在搞活动，尤其是餐厅，恨不得直接站在店门口往路人身上丢粽子，然后告诉他们今天店里打折扣，所有菜品六折带走，还附送十只牛肉馅儿的粽子。

然而，整条街最醒目的并不是这些花枝招展的门店，而是身旁自带光环的陆燃。

迎面而过的万千少女撞上他，心荡神摇，错开后还会情不自禁地扭头，恋恋不舍地追寻他的背影，感叹一句“好帅”，而后鄙夷地瞪一眼跟在他身后小尾巴似的某女。

南潇此时此刻悔得肠子都青了。

瞧瞧自己这该死的T恤牛仔裤，是旧款倒也罢了，关键是这么宽松，根本显不出半点儿身材的优势！自己虽然个子矮，可也是有料的好不好！

再瞧瞧这该死的能挤出油来的头发，一缕一缕黏在头皮上，都可以直接拿来炒菜了！

反观身旁玉树临风的陆大神，浅青的翻领全棉短袖，米色的七分涤棉休闲裤，脚踩一双阿迪达斯炫酷的刀锋，清爽利落，丢在人群里，立刻就能焕发出耀眼的光彩。

南潇望着那道巍峨高山般的背影，欲哭无泪，只能在心里默默祈祷不要遇见同校的人，否则她可能会羞愧到咬舌自尽。

然而这个世界就是这样，你怕什么，就会来什么。

还没走几步，右手边的人行道里就冲出来两个满眼冒小星星的女生，手里还拿着不知哪个店面的宣传单，看上去是趁着假期来做兼职的。

陆燃先一步被她们拦下，南潇自然也难逃一劫，被迫停住脚步，接受两双审视犯人般的目光。

陆燃单手插兜，笑容可掬："你们在做兼职？"他十分自然地握住她的肩膀，向前推了一把，"介绍一下，这是南潇，校科协的。"

南潇顿时慌了手脚，她压根儿没想到他一开口就把自己推上了风口浪尖，尴尬又不失礼貌地扯了下嘴角，同两人打招呼："你们好啊……"

"哦，原来是校科协的，吓我一跳，还以为是你女朋友呢！"其中一个戴棒球帽的女生如释重负地拍着胸脯，长舒一口气，笑眯眯地伸手攥住了陆燃的衣角，旁若无人地撒起娇来，"大神大神，我的上机作业还没写完呢，可不可以借我抄一抄？"

尽管南潇内心波涛汹涌，表面却尿得只敢摆出一张谦和的笑脸，一双眼直勾勾地盯着那只不怀好意的手，强迫自己转移注意力。

陆燃在一旁，轻描淡写地觑了她一眼，不必多想，什么小心思都看得明明白白。他倒要看看她能忍到何种程度。

“上机作业是吗？回去后我发你，先加一下微信吧。”他飞快掏出手机，动作流畅地点进了微信，添加好友，在女生震惊万分的表情下，彼此互换了微信号。

“谢……谢谢陆大神……”棒球帽女生沉浸在不可思议的梦里，半晌都没回过神，手还攥着他的衣角，一时竟有些不舍得放开了。

要知道，多少人排着队都要不到陆燃的微信，她居然成功了！

陆燃趁着两人发呆的空当，打了招呼，很快便带着南潇离开。

路，还是刚才的路，不知为何走起来有点儿沉重。南潇已经没心情纠结看什么电影了，她现在只在意一件事，就是他回去后真的会给那个女生发答案吗？

这是个极其折磨人的问题。

南潇整整纠结了一路，直到陆燃把电影票和爆米花桶塞到她手里时，才猛然惊醒。

“这个电影……”她默念了一遍名字，忽然记起不久前在网上看过相关的影评介绍，当时就觉得这片子很有趣，一直想看来着，可惜舍友们与自己的小众口味合不来，所以就这么耽搁了。

陆燃从前台服务生手里接过两杯加冰可乐，走过来。

“电影有什么问题？”

“没有，没有。”南潇连连摇头，又扫了一眼名字，心头悄然雀跃了下，“没想到你也喜欢看这种类型的。”

“我啊……”陆燃低头思忖片刻，忽然笑了，“我对电影不挑的，有什么就看什么，选这个是因为时间比较合适，而且人少，就当打发时间了。”

南潇心头的小火苗倏然熄灭。

她觉得自己掉入了一个怪圈里，总是莫名其妙产生错觉，既期待陆燃是故意的，又莫名害怕他是故意的，明明不想表现得那么刻意，但情绪这种东西根本不受自己控制，她的开心难过，一秒钟都藏不住，这让南潇困扰极了。

电影还要十几分钟才能进场。由于是假日，观影的人比较多，休息区已经没有空位了，陆燃便带着她走到大厅角落，避开来往的人群。

“干吗总低着头？”陆燃将两杯冰可乐放在一旁的宣传架上，接过她手中的爆米花桶。

南潇蔫蔫地“嗯”了声，盯着脚上洗得发白的帆布鞋，视线缓缓移动，落到了对面的人的脚上。

“我在看你的鞋子。”

陆燃垂目，向前迈出半步，亮色的刀锋鞋在灯光下散发光芒。

“好看吗？”

“挺好看的。”

“很喜欢？我记得有女款的。”

“我没穿过这种款式，不知道能不能驾驭得了。”

“那就去试试。”陆燃想到什么，忽然笑了，“不过我觉得你最适合雪地靴，就那种带毛球的。”

南潇一愣：“我以前好像有一双粉色的，不过……”

“不过什么？”

她默叹一口气，说：“不过坏掉了，毛球不知道落在哪里，我难过了好久呢。”

“那你知道什么东西可以让你不难过吗？”陆燃问。

南潇缓缓摇头，这世上难不成还有驱散坏情绪的良药？

“这个。”

没等她做出反应，一只手就势伸了过来，往她嘴里塞了个甜甜软软的东西。

一颗爆米花。

浓郁的奶香味儿在口中慢慢发酵，香甜气息弥漫在嗅觉与味觉间，腻得让人无法呼吸。

刚才……他的手指好像不小心擦过了她的唇。

痒痒的、热热的，仿佛一枚包裹着糖果外衣的毒药，融化之后，封禁住南潇的喉咙，想说的话统统消失不见了。

她呆呆地抬起头，双颊一片绯红。

陆燃微微抿唇，捏了下她滚烫的脸颊："甜吗？"

她点头。

"还难过吗？"

她摇头。

"刚才那两个女生，是隔壁班的，问我要上机作业答案的是课代表，叫什么我不太记得了，回去后我会把这种联络班级感情的好机会交给陈凯，懂我的意思吗？"

南潇的脑袋快要转不过来了，她赧然别开脸，小声嘀咕："干吗说这么多……"

她又不在乎那两个女生是谁，又不好奇他会怎么做，奇怪了。

陆燃手指轻点眉骨，若有所思："这样啊，那怨我多嘴了。"说完他忍不住笑出声，捧着爆米花桶，笑得弯下了腰，"你怎么这么好玩！"

……

电影开始了，他们排队入场，按照号码找到对应的位置，是靠后排的中间位，最佳观影角度。

南潇的头低得更深了。

男神近在咫尺，拿着两杯冰可乐坐下了，递给她一杯，自己留一杯，爆米花桶歪靠在中间的扶手上。南潇想了想，把自己那杯可乐放在了左手边的圆框子里，中间的留给陆燃，还十分贴心地将爆米花桶扶正了。

很快，头顶的照明灯暗了下来，两人将手机调成静音，陆燃正要收回的时候，收到了一条新的微信消息。

社会我凯哥：【约会如何？刺不刺激？】

L燃：【看电影，先不说了。】

社会我凯哥：【哟哟哟，果然是重色轻友的家伙，看的哪部片？】

L燃：【评分不高的那部文艺片。】

社会我凯哥：【不像你风格啊，昨晚提前做功课了？我听说南潇就喜欢这种。】

L燃：【听谁说？】

社会我凯哥：【这你别管，说，怎么调查到情报的？】

L燃：【只要技术到家，就没有查不到的东西。】

社会我凯哥：【陆神厉害！晚上别回来太早啊。】

陆燃忍不住嗤了声，懒得回复，果断收起手机专心于电影屏幕。

这一场的观影人数不算多，也许是时间尚早，又或许是这部文艺片节奏过于缓慢，满足不了大多数人追求刺激的欲望，成了叫好不叫座的典型。

淡雅朦胧的柔和画面很能让人平静下来，静着静着，也就慢慢融入电影情景当中。

这是个爱情片，悲剧。

故事循序渐进地展开着，南潇看得很投入，高潮部分几度哽咽，又怕在男神面前丢脸，于是就拼命往嘴巴里塞爆米花，最后齁得要命，抓起面前的可乐咕咚咕咚喝下了几大口。

“这是我的。”陆燃凑近，俯在她耳旁小声提醒，指了指左边，“你的在那里。”

“对不起对不起……”南潇涨红着脸，慌忙将可乐放回原处，捧起了自己那杯。

两人比刚才都正襟危坐了不少，似乎是在努力消化这尴尬的一刻。

两分钟后……

“你故意的吧？”陆燃眯着眼睛，似笑非笑地靠了过来。

“没有！”南潇举双手发誓，“绝对没有。”

“我不信。”

“我真不是故意的。”南潇欲哭无泪，好像越解释就越显得自己心虚。

陆燃侧了侧视线，目光重新落在她手里的可乐杯上：“那就礼尚往来。”

“嗯？”

南潇有些蒙，看看他，又看看自己的可乐，似乎明白了，又似乎不明白。

陆燃伸手，全然没拿自己当外人，从她手里不客气地夺走了杯子，咬着吸管，一连喝了好几口，这才心满意足地还回去。

“这下公平了。”

“你……”

“不过怎么办，我就是故意的。”

……

间接接吻。

两次。

这大概是南潇一整天最大的收获吧。

后半场电影具体演了什么，南潇一概不知，脑子里全是某人咬着自己咬过的吸管喝可乐的画面，怎么都挥之不去。电影结尾，女主角和男主角生死相隔，背景音乐格外悲情，周围有人在默默啜泣，南潇心头乱糟糟的，捏着所剩无几的爆米花，有点儿魂不守舍。

“如果你是女主角，你会哭得这么伤心吗？”陆燃忽然问。

南潇抬起头，胡乱扫了眼屏幕，看到里面的主人公哭得梨花带雨，不免悻悻然。

“我没她那么好看。”

“哭起来都一样的丑。”陆燃百无聊赖地伸了个懒腰，放松筋骨，“以后少看这类悲剧，徒增烦恼。”

南潇顺势点头。

是啊，以后少和他出来逛街，徒增烦恼。

然而令她没想到的是，最大的烦恼是陆燃接下来的一句话。

“如果你喜欢的人像电影里那样，再也见不到了，会不会很遗憾？”

会不会呢？

南潇也不知道，因为她觉得这种事永远都不可能会发生。

永远。

从电影院出来，街道两旁的人似乎更多了，熙攘的人群推着他们缓慢向前行，走着走着就分散了，不多会儿又被挤了回来。

南潇身形娇小玲珑，在浪潮般的队伍里艰难前行，她已经很努力地跟上陆燃的脚步，可是眨眼就被冲散，于是又更努力地往前挤。

这仿佛就是他们彼此间无法忽视的巨大阻碍。

于陆燃而言，每迈出一步都显得那么轻而易举，可她不一样，必须跳着跑着挣扎着，才能紧跟他的步伐不落下，这是件非常辛苦的事情，以前是，现在是，未来也是，停滞不前就意味着被抛弃，没有谁能停在原地等着她，没有。

一切都需要勇气，一切都必须有恒心。

南潇停下脚步，深呼吸，望着面前无数攒动的人影，默默攥紧了身旁的拳头。

“手给我，快。”

不等她自我激励，从前方伸来一只手，五指修长骨节分明，跨越万千人海，自她头顶悄然降临。

无人知晓，就在这方寸的天地间，拥挤的人潮里，心动的滋味多么刻骨铭心。

她犹豫着伸出的手，被一把握住，用力攥进掌心，轻轻那么一拉，就将她整个人拉到了自己身旁，比肩而立。

“别走丢了，你矮，我找不到你。”

陆燃坏笑了声，拽着她开始在人群里穿梭起来。

南潇忽然有种乘风破浪的感觉，原本触礁打算停港靠岸的小船，不经意间获得了巨大的动力，开始扬帆起航，向着广阔未知的领域前行。

粽子香，叫卖声，统统被甩在了身后。

陆燃之前预订了一家日料店，去的时候人还是很多，两人在店外等了十几分钟才有空位置，店长为表歉意，给打了折，还特意提醒他们总店那边在搞活动——比赛吃粽子，赢的人可以得到一对手工刺绣荷包，是专程从日本的一位手艺人那里求来的，非卖品，可以去瞧瞧。

南潇原本还有点儿兴趣，但一听总店在市中心，非常远，立刻摆手：“不了不了，那也太麻烦了。”

陆燃倒是兴致盎然，主动要了总店的名片，连哄带骗地把她掳上了地铁：“出都出来了，不如直接去市中心，正好我还有那边一家电玩城的会员卡，快过期了。”

“可是……”

南潇扭扭捏捏地低下头，悄摸着看了眼时间，已经下午两点多了，等到了市中心估计四点，还没怎么玩呢就晚上了，万一到时候放假人多，挤不上地铁或者公交车怎么办？

担忧归担忧，她现在人已经在地铁上了，也只能默默接受这个事实。

节假日，放眼望去到处都是人。

陆燃带着她七拐八拐，终于找到了那家日料总店，一进门，活动正好刚刚开始。

穿着和服的漂亮主持人一眼就锁定了某张帅气俊逸的脸，笑容灿烂，盛情向台下发出邀请："那边的帅哥，有没有兴趣带着女朋友一起参加活动？"

全场人齐刷刷回头，看到陆燃的那一刻，不约而同爆发出一阵骚动。

"天哪，这么帅？我没看错吧？"

"应该还是学生吧，我上学那会儿怎么没见长这么帅的。"

"我感觉我要换老公了怎么办！"

陆燃的出现犹如平地一声惊雷，炸响人群，而跟在他身后默默无闻的小女生就显得相当平庸了，畏首畏尾的样子不免惹人唏嘘。

陆燃坦然一笑，带着南潇走上台子："请问参与活动需要什么条件？"

女主持被他这笑迷得心花怒放："没什么限制条件，你们两个是情侣关系吗？"

陆燃："是。"

南潇："不是。"

女主持愣了愣，再次确认："我们的礼物是情侣手工荷包，你们到底是不是情侣？"

陆燃："不是。"

南潇："是。"

……南潇尴尬地吐了吐舌头，一时间，手脚都不知该往哪里放。

"既然来了，那当然就是。"陆燃霸道地握住南潇的手，在女主持面前晃了晃，"现在可以开始了吗？"

一锤定音，下方无数少女的美好幻想瞬间破灭，一片窃窃私语的议论声，围绕着南潇油光发亮的长头发开始了声讨。

“她都不洗头的吗？”

“不怎么样啊，长得也一般般。”

“身材不知道好不好，但穿着搭配也太随便了。”

南潇最怕听到这种话，尤其是当自己和陆燃站在一起时，每一句话都仿佛化作尖锐的刀子，扎在她心上。

她知道自己不出众，平凡得如同一颗沙粒，丢到人群里根本找不见的那种，这些她都心知肚明，不需要别人一遍遍挖开伤疤来提醒她，但又能怎样呢？她只有默默接受，没有开口辩驳的份儿。

“我不太想参与这个。”南潇轻轻拽了下陆燃的衣角，声音怯怯的，“要不你重新找个搭档？”

陆燃蹙眉：“为什么？”

南潇抿唇：“没什么，就是不喜欢凑热闹。”

陆燃回头，目光渐深：“好好说，我要听实话！”

她有些局促地挪开视线：“我没自信帮你赢到荷包，而且我觉得假扮情侣挺不合适的。”

“没自信？”陆燃眉宇微凝，反问道，“你是不自信能赢到荷包，还是不自信站在这里？”

南潇低下头，想了想：“都有吧……”

“那现在你身边站着的是我，陆燃，这个理由够不够给你自信的？”

她愣了一下，忘记回答，恍恍惚惚地被他带下台子，等待活动开始。

你的存在，是我一腔孤勇所向披靡的保护伞，不惧当下，不畏前程。

突如其来的感动，真要命。

陆燃的出现成功吸引了一大波人，日料店里人声鼎沸热火朝天，女主持先维持了五分钟的秩序，然后开始宣读比赛规则——

“感谢大家如此热情来捧场！今天是端午佳节，比赛自然是和吃粽子有关的，但不是普通地吃，游戏必须由情侣双方合作完成，女方会戴上眼罩，男方的双手会被固定在身后，由女朋友亲手剥粽子喂到男朋友嘴里，彼此不准有任何语言和肢体上的交流。获胜的条件很简单，在规定时间内，吃得最多的那一组可以赢得日本著名手艺人坂田先生的纯手工荷包一对儿，非常有纪念意义，另外还会获得本店金卡一张，在所有连锁店用餐终身五折优惠！”

台下掌声雷动，用餐的人此刻也都放下了手中餐具，静看花落谁家。

参与活动的一共五组，助手很快将眼罩分发给五位女生，监督她们戴好。

南潇拿着看了看，愁眉苦脸抬起头：“我怕我待会儿把粽子喂到你脸上怎么办？”

陆燃扬起一侧嘴角：“那正好，结束后你负责帮我清理干净。”他笑得有些坏，点了点自己下唇，“我不介意你用嘴的哦。”

“……打扰了！”南潇脸腾地一热，麻利地戴上了眼罩，生怕他再说出些什么令她耳根子发烫的话来。

陆燃笑容肆意，边扶额边感叹，这世上怎么会有如此可爱的姑娘，动不动就脸红，搞得他好像总欺负人似的。

他俯身，薄唇贴上她耳畔，轻声低语：“南潇，今天是我生日，一定要帮我赢到这个作为生日礼物，可以吗？”

温柔的语气，似一股暖流淌过心田，南潇微微怔住。

原来今天是他的生日。

她点点头，不知该说什么，想了想，只好轻轻“嗯”了声。

“祝你生日快乐。”

“谢谢。”

陆燃抿唇一笑，揉了揉她脑袋，又在她耳旁说了些什么，随即伸出双手，握拳，一根柔软的红丝带绑在了他手腕上，助手打了个漂亮的蝴蝶结，随着一声哨响，比赛正式开始。

女主持高举话筒，鼓动场下的人为台上选手加油助威，但很显然这是个搞笑比赛，刚一开始，第一组的女生就闹了个大乌龙，直接把粽子喂给了第二组的男生，台下立刻笑倒一大片。

“这边这边，你的男朋友在这边！”

女主持笑得合不拢嘴，把她往回拉，女生在原地晕头转向，看得她男朋友又好气又好笑。

“嘿，小傻子，这里。”

女生听到召唤，顿时找到了方向，羞羞答答地朝男生扑了过去，粽子是喂到嘴里了，“狗粮”也撒了一地，但由于擅自开口说话，所以也就失去了比赛资格。

“目前还剩下四组参赛选手，大家一定要注意，不能够违反比赛规则哟！”

女主持这边正提醒着，第四组很快又出了意外。

留着清爽短发的女生举着豆沙馅儿粽子，凭借直觉往前一送，整只粽子不偏不倚正好掉进男生衣领里，骨碌碌滚了下去。

“哈哈哈……”

底下的人笑得人仰马翻，就见她男朋友气不打一处来，低头，作势在女生脸蛋上咬了一口。

又一对小情侣叽叽喳喳吵着下台了。

还剩三组，比赛进入到尾声，现场气氛变得紧张起来。

“还有最后三分钟时间，选手们加油啊！”女主持从台子的那一端走到这一端，当看到南潇和陆燃面前的盘子时，顿觉惊讶，“第五组选手太棒了，居然已经解决掉四只粽子，还剩最后一个，另外两组也拿起第三只！看来比赛的胜负就在于这一个粽子了。”

三分钟时间很快就过去了，毋庸置疑，南潇和陆燃的默契配合完胜其他两组。

做工精细的手工荷包装在同样精致的礼品盒里，助手交到女主持手中，她把两个盒子赠予获胜的两人，还有一张终身用餐五折的金卡。

“恭喜你们，以后要常来我们店用餐哟！另外，这两只荷包还有互相锁定位置的功能，以后你们就能时刻关注彼此的动向，感情一定会更加亲密。那最后，我想替在场的所有人问两位一个问题，可以吗？”

陆燃抿唇：“除了隐私，其他都可以。”

“没问题。”女主持清清嗓子，将话筒递到他面前，“刚才我们都注意到，你和你女朋友的配合简直可以说是天衣无缝，她剥粽子，然后举起来，你负责吃掉，不知道比赛前有没有进行过沟通？”

陆燃点头：“其实没什么，我只是告诉她，只需要把最基础的做了，剩下的一切都交给我，不需要她寻找我的方向，也不需要她衡量我的高度，她举到哪里我就跟到哪里，高了我踮脚，矮了我弯身，很简单。”

轻描淡写一席话艳压全场。

寂静无声的十几秒过后，掌声雷动。

无数单身少女听了这席话心驰神往，还有不少名花有主的姑娘，听到这番话，不约而同将质疑的目光投向自己的男朋友。

瞧瞧别人家的，再瞧瞧自己家的，真是人比人气死人！

从料理店走出时，天色已然暗淡。

晚饭解决后，两人去了电玩城，搞定陆燃那张快过期的会员卡。

南潇很少来电玩城，因为技术不好，最拿手的只能是夹娃娃，于是她在陆燃鄙夷的目光下，夹了一晚上的娃娃，收获的却只有一只可怜的绿色毛毛虫。

去地铁站的路上，她扭捏着将那只绿色毛毛虫玩偶塞给了陆燃："这个送你。"

他怔忪片刻，笑着收下了："哎哟，定情物哦。"

南潇脸皮薄，翘着嘴就要伸手上来抢："算了，不送你了！"

"哎，别啊，我第一次收到娃娃，挺新鲜的。"

"不送了不送了，快还给我！"

"来，拿得走算你的。"他毫不费力地将毛毛虫举过头顶，笑容有那么点儿坏。

南潇这小个子跳来跳去也没抢到手，气得直跺脚，后槽牙磨得咯咯响，气鼓鼓的模样活像一只花栗鼠。

算了，赏给他了，不就一只毛毛虫呗。

她大义凛然地一挥手，豪气万丈："拿走拿走，下回再来，我把一箱子毛毛虫都夹光。"

"是吗？那你可要加油咯。"

电玩城距离地铁站还有一段距离，两人并排走着，一路引来无数艳羡的目光。

天色暗，视线蒙眬，南潇有机会偷偷打量男神的侧颜。

上帝在造人的时候一定偏心了，否则凭什么他就是这样的，而别人都是那样的！有趣的灵魂和好看的皮囊，向来是鱼和熊掌不可兼得，但陆燃两者兼备，还拥有令人羡慕的身高，实在是太不公平了。

想着想着，南潇开始纠结于如此完美的一个人，究竟有没有缺点。

傲？他有资本。

痞？他恰到好处。

冷漠？暂时感觉不到。

想了一圈，最后南潇好不容易找到一个，毫不犹豫地按在了陆燃头上——恃强凌弱。

谁叫他总是没事就欺负自己呢。

心里数着那些小九九，到地铁站的时候，注意力就全都放在了入站口。

在节假日挤地铁是件相当可怕的事，比如此刻，光是队伍就已经排到了站外的街道上，黑压压一片，全是人头，南潇跟在陆燃身后慢慢地随着大部队向地下走，后方油腻的中年大叔不甘落后，脚尖跟着她脚后跟，就差用前胸贴她后背了。南潇心里硌硬，但无奈实在太过拥挤，也不好说什么，只能默默忍耐着。

“过来，走我前面来。”

陆燃回过头，推开周围人潮，为她开辟了一条窄仄的小路。没有多说什么，只淡淡地向后扫了一眼，目光掠过中年男人的脸，寒了几分。

南潇眼睛里充满感激，点点头，飞快挤了过去。

就这样，身后没有了危险物，心里到底踏实多了，淹没在浪潮般的人群里，也不觉得有什么可怕。

热气腾腾的人潮像一锅煮开的沸水，一个个人就是一只只皮薄馅大的饺子，而她和陆燃是紧密相连的两只，任凭沸水咕嘟咕嘟冒着气泡，也没有被冲散，就连出锅时都还没有分开。

历经四十分钟的艰苦等待，他们终于挤上了地铁，恰好是最末班，运气算是相当好的。

列车里人很多，摩肩接踵，陆燃带着她往里挪，一路喊着“借过借过”，最后挪到了一个小角落，她站过去，陆燃很自然地用一只手撑在她身旁，用身体在她面前撑起了一片不大不小的四方天地，阻挡着周围铺天盖地的拥挤。

“今天玩得开心吗？”

南潇垂着眸，盯着他身上那件浅青色的短袖 T 恤，衣角那一块有点儿脏，不知道在哪里蹭到了灰尘，她想也没想就将手伸过去，拍一拍，干净了。

“很开心呀。”

“以后还随便答应别人的约会不？”

南潇一愣，直觉告诉她情况似乎有些不对。

“约会？”她眨巴眨巴眼睛，“什么约会？我可没答应别人的。”

“哟，是吗？”陆燃眉心轻跳，飞快掏出手机，翻开了聊天记录，把一张张鲜血淋漓的截图拿给她看，“陈凯约的谁，你给解释解释？”

南潇死鸭子嘴硬，打死不承认：“这我哪知道啊，他是你舍友，又不是我舍友，回去可以好好问一问。”

“行，我知道了。”陆燃看出她是打算嘴硬到底，无妨，他有的是办法让她记得教训。

他动作利落地收回手机，接下来的半小时内，什么都不做，就一言不发地盯着南潇看，直看得她面红耳赤心潮澎湃为止。

南潇受不了了，临下车前用力推了他一把：“干吗一直看我？”

“说，还答应别人不？”

“说了我没有……”

“再狡辩，今天就不用回学校了，我们还有很多地方可以去。”

此话一出，某人瞬间㞞了，乖乖低头认错。

下了地铁，距离学校已经不远了，这个点儿没有公交车，滴滴打车也要排队，两人一合计，干脆步行回去，权当散心了。

沿途夜景绚丽，灯火辉煌的城市生机盎然，远方天边，忽然传来爆竹的声响，一朵接一朵硕大的烟花在头顶的星空绽放，无数纷飞的流火扭摆腰身，在夜幕苍穹烙下隽永的光痕，照亮世间天地。

一高一低两道身影先后驻足，静静欣赏壮丽的烟火表演，接近尾声时，陆燃忽然用胳膊肘撞了撞身旁的姑娘：“那只荷包呢？”

南潇诧异，从口袋里掏了出来，打开，拿给他看：“两只都给你，我不要的。”

“不，这只就是送你的。”陆燃拿起来，又朝她伸出手，“手机给我。”

南潇乖乖照做。

他灵活的手指很快将粉色的荷包系在了她的手机壳上，又掏出自己的，按照相同方式拴好，两部手机，一大一小，分别拴着粉色和蓝色的荷包，乍看过去，有那么点儿相配。

“今天谢谢你陪我过生日，这是你应得的礼物。”

他莞尔，将手机放回她手中，而头顶的烟火表演也恰好在此刻谢幕。

“不客气……”

南潇摸着那只手感上乘的荷包，轻抿的嘴角不自觉上扬。

节假日，宿舍楼锁门也相对迟了不少，两人的宿舍楼是相对的，距离很近，也就不牵扯谁先送谁这种无聊问题。

陆燃双手插在口袋里，手臂和身体间夹着那只青绿色毛毛虫玩偶，晚风轻拂，吹乱他额前发丝。

“早早休息，明天可能要去蔡教授那里讨论项目细节。”

南潇用力点点头：“知道的，不会耽搁。”

“那……”他拖长音调，似乎想再说什么，可到最后还是忍住了。

“晚安。”

“晚安。”

暧昧，终将夜不眠。

# 涩味

第六章

NANFENGCHUIJIN
NIXINDI

春风吹，春风吹，春风一吹想起谁。

清晨的宿舍楼前，花红树绿。

南潇昨晚睡得早，但仅限于躺在床上，真正遁入梦乡，怕是要算到凌晨时分。她不是个容易失眠的人，但昨晚真真切切地失眠了，脑海中不断闪过白天时发生的一幕幕，越想就越辗转反侧，最终导致早晨照镜子的时候，黑眼圈又加重了一层，不由得发出感慨，别人都是女大十八变，越变越好看，她倒好，越来越丑了。

在食堂解决了早饭，南潇背着书包往活动室赶去，途中好巧不巧撞见了同样背着书包的陆燃。

“哟，早。”

陆燃手里握着一杯红枣豆浆，还是昨天那身装扮，书包斜斜地挂在左侧肩膀上，熹微的光芒从头顶树叶间投来斑斑点点的痕迹，映在他干净的脸庞，嘴角一抹若有似无的浅笑极具杀伤力，让南潇有种“今儿一整天都值了”的感觉。

“早。”她下意识攥紧书包带，朝他小跑两步，害羞小媳妇儿似的跟在陆燃屁股后头。

陆燃顺手揉了揉她的头发，盯着她的眼睛笑说：“啧，昨晚没睡好吧，都成国宝了。”

南潇连忙摇头狡辩：“昨晚舍友回来得晚，吵到我了，我本来睡得可香了。”

“这样啊。”陆燃轻声咳了咳，视线偏到一旁，似笑非笑，“可我昨天睡得很晚。”

“为什么呀？”

“睡不着。”

“为什么睡不着呀？”

“因为想到你了。”

南潇的脸红了一路，到活动室的时候，其余小组的代表都已经到场，蔡教授正在往下发项目文件，看到前后脚走进来的两人，捋着一撮小胡子笑得意味深长：“外面很热呀。”

陆燃一本正经地将书包放在第一排，取出笔记本电脑，说：“还行。”

南潇默默抱着书包去了第四排，和活动室唯一的一个女生坐在一起，低头掏笔记本电脑的时候，就听蔡教授继续说道：“我看是挺热的，小姑娘脸都晒红了。”

在场所有人不约而同将视线转移到后方，两秒，又带着不清不楚的暧昧移开了。

蔡教授点到为止，清清嗓子开始向大家讲述项目的具体细节和内容，整个过程下来，南潇人在这儿，心早不知道跑到什么地方去了，虽然她也很想将注意力集中在蔡教授所讲的话上，但脑海中挥之不去的都是陆燃那张洋溢着笑意的脸庞，瞄一眼他的背影，更是浑身烦躁。

完了完了……

自己是不是快要走火入魔了？

于是乎，蔡教授讲完话，南潇脑袋里一个字都没记住。

“那个，打扰了，可不可以麻烦你给我解释一下这个地方？”

自由讨论期间，她十分虚心地请教了邻座的女生，原本已经做好了被拒绝的准备，毕竟校科协这个地方的人，似乎对她并不怎么欢迎，好在一旁的女生很友善，不光为她解答了疑惑，还将自己抄记的笔记推到她面前。

“这个如果你需要的话，可以拿去。”

南潇望着面前的笔记愣了几秒，感动得要掉眼泪：“谢谢，太感谢了，我叫南潇，请问你叫什么名字，我们交个朋友吧。”

“田甜，微电子学院的，和你同级。”女生咧嘴一笑，露出两颗小虎牙。

南潇心里暖烘烘的，再三道谢后接过了笔记，认认真真把之前没有听明白的地方做了批注，总算是对这次的项目有了初步的理解。

周围讨论得热火朝天，来的人大部分都是组长或者技术强人，只有她和田甜两个苦命的小组员，所谓惺惺相惜，两人很自然地便借着项目内容搭上了话，南潇这才知道，原来田甜也算半个新人，是这学期才正式加入校科协的，之前在宋铭杰那组待过一个半月，就被无情赶走了。

“他们为什么要赶你啊？”南潇心里头打鼓。

自己的现任组长就是宋铭杰，看着就很难沟通的样子，再加上组里还有个柳予安，她预感自己之后的校科协生活八成不会太顺利，早早取经早早渡劫。

“一言难尽。”田甜瘪了下嘴，“宋铭杰组长倒还好，就是人比较刻板，有个叫柳予安的，我给你讲哦，那个男生你可千万别惹，尤其不要在他面前提陆燃。”

“为什么？”

“据说他是陆燃的忠实拥护者，所有关于陆燃的事，无论好坏，他都要来插上一脚，总之很讨厌就是了。”

原来是这样啊。

南潇略略点头，算是弄清楚之前柳予安为什么对自己有那么大的敌意了。不过话说回来，陆燃的拥护者大多是女生，她还是头一回听说有如此疯狂的男性拥护者。

知己知彼，方能百战百胜。

南潇了解到重要情报，心里头有了底儿，蔡教授再讲话时，她的注意力比刚才集中不少。

这次项目分工明确，四个小组各司其职，分别负责后端、前端、测试与需求分析设计，田甜那组被分到了测试，而南潇就没那么幸运了，被分到了后端开发，这是她最不拿手的方向，也是整个项目最困难最重要的部分。

她将这个消息发到了群里，很快就收到回复。

三年级组长＋宋铭杰：【大家最近充充电，项目一开始就直接上手了，没时间等，尤其是南潇，跟不上进度就直接退科协吧。@二年级组员＋南潇】

二年级组员＋南潇：【……我会努力的！】

二年级组员＋柳予安：【就怕是说得好听，呵。】

南潇气不打一处来，握着手机半晌，也不知道该怎么怼回去，索性放弃。

这种人还是少惹为妙，杠精（网络用语，喜欢抬杠的人）。

蔡教授最后又鼓励了大家几句，临走前问陆燃打算跟哪一组，以往他是负责全局的，但这回任务重，得亲自撸起袖子加油干。

陆燃敲键盘的手停顿了下，头也没抬地淡声道：“我跟前端吧。”

“可以，有你在，我放心得很！”蔡教授笑得慈眉善目，“孩子们加油啊，一定要珍惜在学校的每一次实践机会，成绩归成绩，等真正到了社会上，动手能力才是发家致富的根本。我还有会要开，你们再继续讨论讨论，没什么问题的话就可以正式开工了。”

大家不约而同起立，目送蔡教授离开，然后纷纷拿着各自的项目文件围到了陆燃身边。田甜还有事，边收拾东西边和南潇告别。

“前端那组真好，有陆大神坐镇，好羡慕。”

“是啊。”南潇闷闷地点了点头。

她以为陆燃会选后端的，没有原因，就是一种直觉，可事实告诉她，那不过是她的自作多情罢了。

“我先走咯，南潇再见。”

“嗯，路上小心。”

田甜一走，整个活动室就只剩她一朵小花，前排讨论渐入佳境，科协里的几个技术强人在和陆燃敲定细节，专业用语太多，听得南潇脑袋发胀，干脆从书包里掏出一本《数据库原理》看了起来。

不知听谁说，真正的大神看程序都是活的，资质平庸的人看都是死的。

南潇觉得自己就是第二种。

一行行英文字母凑成的代码在她眼里没有任何生气，它们就只是代码而已，表面什么意思就是什么意思，多一分都理解不透，考试的时候能做的顶多是完整背下来，真让她创造出自己的东西，恐怕太过牵强。

各组代表一个接一个离去，几个技术强人撑到了最后，项目的基本框架已经逐渐成形，陆燃看了眼时间，让大家先回去休息，有问题再开会讨论，他会为每组都做出一份详细的计划说明书，保证项目顺利展开。

果然，有大神做靠山，一切都似乎胜券在握。

南潇刚看完第二章的关系模型，就发现活动室里不知何时已经变得空荡荡，第一排摆放着一台笔记本电脑，亮着屏幕，她环顾四周，意识到眼下只有自己一个人时，按捺不住的好奇心驱使着她走了过去。

陆燃的电脑界面十分干净有条理，文件夹分门别类排放整齐，桌面壁纸就是一张纯灰色底图，没有任何装饰，简洁利落，就像他的人一样。

南潇原本就只打算观摩一下大神的电脑桌面，没想多看，可是偏偏在这时候，微信弹出了一条新消息，她手一抖，点开了，看到了一份全英文的医院检查报告，下方紧跟着一句话：别再打球了。

她看不懂报告上写了什么，但有一项结果是红色的，意味着超出了正常值范围，再结合这句话去想，南潇心里“咯噔”一下。

“你在看什么？”

身后忽然传来一声询问，吓得她豁然起身，心脏怦怦乱跳。

“没有，没看什么。”

这个时候再想掩饰，那就太欲盖弥彰了。

陆燃并没有生气，侧目看了眼电脑屏幕，又看了看她，忽然“扑哧”一声笑了出来：“你这什么表情，有点儿吓人哦。”

南潇露出一丝难看的笑容，支吾片刻，谨慎地指着那份报告，问：“陆燃，你是不是……”

“你觉得那是什么？”

“我不知道。”

“那你瞎紧张个什么劲儿？”

对啊，她紧张什么？

南潇在心里问自己，却没能问出答案来，有些迷茫。

“行了，别一副大难临头的样子，不知道的人还以为我把你怎么着了呢。”陆燃没好气地将她推开，随手关闭了微信界面，抬起头，“刚才发消息的是我妈，之前我打球把胳膊弄脱臼了，估计她怕我好了伤疤忘了痛，故意把检查报告发来提醒我的，明白了吗？”说完，他还特意将左手臂伸到南潇面前，指了指肘关节的地方，“瞧，这儿还能看到疤呢。”

南潇定睛一看，果然如此，心里缓缓松了口气：“那你还是别打球了，脱臼很疼的。”

“是啊，很疼的。”陆燃戏精上身，忽然捂着手臂夸张地“哎哟”了一声，趴在桌面上朝她求救，表情很是痛苦，“南潇，南潇快扶我一下，我胳膊又扭了！啊……好疼啊！”

南潇一愣，手忙脚乱地冲上去握住了他的手，边摇晃边焦急地问：“哪里扭了？怎么个疼法儿？你等一下啊，我这就送你去……”

“医院”两个字还卡在喉咙里，她只觉得手臂被一股大力猛地扯住，身体随着这力道向前扑了出去，整个人都狼狈地摔进了男生怀中。

好疼！她揉着发酸的鼻子，生气地抬起头，刚刚还叫苦不迭的某人，转瞬间便换了另一副得意又使坏的面孔。

陆燃眉眼带着笑意，邪气地勾了勾嘴角：“你真的好蠢哦。”

“你……无聊！”

“你这么蠢，还怎么在后端做事？”

“哼，要你管，大骗子！”

南潇涨红了脸，在他怀里挣扎，陆燃两只手轻轻松松将她禁锢住，偏就不放。

“你求我，我就帮你。”

“不！稀！罕！”

“真的？”

“真的！”

“那你可别后悔。”

陆燃松开双手，她惯性地向后倒退几步，便见他活动着十指，开始在键盘上噼里啪啦敲击起来。不多会儿，一份有关后端详细分工的说明便新鲜出炉了，不用看，南潇被分到了最难的一项，依她现在的水平，根本不可能完成。

眼看着陆燃要把文件发给宋铭杰，南潇忍不住了，一把拉停了他。

“陆燃，陆大神，冲动是魔鬼。”

“你见过长我这样的魔鬼？”

这倒是没见过，但谁说不能有帅得掉渣的魔鬼呢？

南潇笑眯眯地看着他，一点点地将他的手从键盘上拉远：“有话好商量嘛，你看，昨天可是我陪你过了生日的，没有功劳也有苦劳，能不能分我一些稍微简单点的任务？这个太难，我怕做不好，耽误整个项目的进程。”

“所以你可以求我帮忙。”

南潇嘴角轻颤，这会儿才算明白过来，他这是在惩罚她偷看他电脑啊。

没办法，谁让她理亏在先，犹豫再三还是妥协了。她乖乖地双手合十，眼巴巴地恳求：“陆大神，帮帮我吧。”

“看我心情咯。”陆燃愉悦地打了个响指，顺手就将那份文件丢进了垃圾站，“具体分工是各组组长来安排的，我不管这些。说你蠢，不假吧？”

南潇有些蒙，合着他还是在骗她？过分了啊！她咬着唇，气不打一处来，说又说不过，怼又不敢怼，想假装动手吓唬他更不可能，她头一回觉得自己弱爆了。

“以后再也不陪你过生日了！”她攥着拳头，在陆燃面前乱挥一通，像只奓毛的小兽，张牙舞爪之后，又跑回去丁零当啷收拾东西，背起书包就往门外走。

陆燃没拦她，甚至连句告别都没讲，目送她冲出活动室，无奈地扶额笑起来。

她怎么就这么可爱呢？

南潇一路大步向前走，半点儿没回头，直到飞奔下楼走出几百米后，才停下，站在原地正缓和心情的时候，手机忽然传来两下振动，掏出一看，居然是陆燃发来的一份文件，点开，里面写着项目的所有重点，尤其是后端部分，记录得十分详细，还贴心地在最后标注了相关参考书籍，看来是特意为她准备的。

南潇看着一个个书名，心头涌出一股暖意，刚刚的小怨气早就消散不见，取而代之的是丝丝缕缕的愧疚感。

她得努力变强才行，否则总是拖陆燃的后腿，早晚有一天她连他的背影都看不到了。

点开微信，她正思索着要给他说些什么，陆燃倒先发来了消息。

L燃：【想了想，明年还想你陪我一起过生日，所以文件发你了，加油哦。】

潇潇南风起：【明年我一定超过你！】

L燃：【坐等。】

潇潇南风起：【等着瞧。】

南潇默默为自己定了一个小目标，明年先看五十本书，再熟练两门编程语言，追赶陆大神的前进步伐。她坚信，现在所遇到的一切艰难困苦，都是好事多磨，既来之则安之。

调整好心态，她感觉连脚步都变得轻快不少。

然而这美好的心情并没能持续太久，从操场走出来时，远远的，她看到了一张非常不愿意看到的脸。

怎么办，是柳予安……装作没看到吧！

她低下头，匆匆加快步速，却不想对方就是冲她来的，擦肩而过时伸手拦住了她。

“装没看见是什么意思？”

南潇尴尬地扯了扯嘴角："我不是故意的，真的没看到，抱歉啊。"

柳予安不耐烦地双手抱胸，斜睨着她："开完会了？"

南潇点点头："嗯。"

他伸出手来："文件呢，组长让我来拿。"

南潇愣了一下，飞快从书包里翻出蔡教授下发的文件，递了过去："里面我已经做好了批注，之后如果需要……"

"不需要。"柳予安很不客气地打断了她的话，随手翻了翻，便揣进了背包里。

南潇被噎得胸口冒火，忍啊忍，还是凭借强大的意志力将火气忍了下来，冲他点点头，转身就要离开。

"等一下。"柳予安叫住了她，语气不善，"我有几句话想问你，跟我过来。"

不等她回应，他自顾自地往操场角落走去了，南潇站在原地怔了几秒，实在是不想去，但理智告诉她，如果现在不跟过去，之后的日子恐怕更加不好过，倒不如一次将话说透得了。

她咬咬牙，跟了上去。

柳予安挑了一处阴凉地，这个点儿，周围也没什么人，的确是个谈话的好地方。

南潇攥着书包带，站在他面前两米远，等着听他如何发难。

柳予安眉头紧蹙，一双单眼皮眼睛浅眯着，似乎是在考虑该怎么开口。

"我先说明一下，我没有针对你的意思。"他微抬下巴，眼神似有不耐烦，"是你在针对陆燃，所以导致我不得不那么对你。"

"嗯？"南潇愣了，什么叫她针对陆燃？

"我说，你针对陆燃，意思就是你拖了他的后腿，听明白了吗？"

"你凭什么这么说？"

“就凭我知道陆燃有多优秀，你这种人根本配不上他，你每出现一次，都是对他的骚扰，会让他分心的。我不允许你这么平庸的人站在他身边，那简直就是侮辱陆燃。”

这番话着实刺耳。

南潇眼底有些发涩，胸口处积蓄了一股说不清道不明的东西，似团棉花堵住了呼吸，上不去也下不来。她张了张口，发不出一丝声音。

柳予安仍未罢休，向前一步，居高临下地盯着她。

“你扪心自问，你哪一点配得上陆燃，他以后的人生轨迹可能和你有交集吗？你难道都没察觉到，校科协里的人都是怎么看你的？菜鸟一个，就只会向陆燃求助，就算他是自愿的，在我们眼里你就是没资格这么做。话就说到这儿，你最好有自知之明，主动退出吧，陆燃的时间浪费不起，你别耽误他。”说完，他冷笑一声拂袖而去。

南潇直挺挺地站在那里，双手双脚都是僵硬的，后背透着一丝丝凉意，眼底由酸涩到模糊，她觉得委屈极了。

“所以你就配，是吗？”她忽然冲着柳予安的背影喊道，“你们都配，就我不配是吗？你是他的谁啊，凭什么和我说这些，除非陆燃亲口告诉我，我耽误了他的时间，骚扰了他，否则我该怎么做还怎么做，你没权利说半个‘不’字！”

柳予安脚步顿住，讽刺地笑了声：“我有没有权利，也不是你说了算的。”

谈话不欢而散。

不，不能说是不欢而散，而是针锋相对。

看来田甜说得没错，柳予安的确是陆燃的忠实拥护者。直到现在，南潇才真切地意识到，柳予安对自已心存了多深的怨念，如果不是对陆燃崇拜到骨子里，不可能会有这样大的情绪反应，她一时竟也不知该为陆燃感到高兴还是难过。

两人在操场分道扬镳。

身后不远处，一道高挑的身影拎着书包站在楼梯口，轻蹙眉心，望着柳予安离开的方向片刻，提步跟了上去。

“家里还好吗？”

听到声音，柳予安先是愣了一下，倏地回过头，露出乖乖的笑容来。

“好着呢，我妈前天还来学校看了我，拿来许多粽子，有学长的一份，待会儿我给你送过去。”

“那就谢谢了。”陆燃冲他笑了笑，拍拍他肩膀，“最近校科协事情多，辛苦你了。”

“不辛苦，帮陆神做事嘛，没什么好说的。”

“帮我做事？”陆燃失笑，“你这理解有问题，应该是为自己做事才对。”

柳予安摇摇头：“就是为你。”

陆燃抿唇：“既然如此，那这项目也就没什么意义了，干脆推掉得了。”

柳予安一听，立时急了：“为什么？”

“因为我不需要任何人为我做事啊。”陆燃摊开双手，无所谓地耸耸肩，“我喜欢主动出击，不喜欢被动承受，要一个学弟为我做事，这件事本来就不怎么光彩。”

柳予安停住脚步，脸色有些不好：“你刚才……是不是听到什么了？”

陆燃摇头：“没有。”

柳予安不信：“你一定听到我和南潇说的话了，对不对？”

陆燃挑高眉峰：“哦，是吗？你刚才和她说话了，都说了些什么？”

柳予安微微攥住了拳头，干涩的唇抿起来，踌躇了片刻：“对不起。”

“没什么好道歉的。”陆燃将书包甩上肩头，同他擦肩而过，轻声说，“粽子还是留着自己吃吧，我不喜欢糯食。”

想象当中，大学校园生活一定多姿多彩，其实等真正体验了就知道，那也不过是在另一个地方和另一拨人过另一种生活，随机排列组合，就能够碰撞出完全不同的火花。

大一一整年，南潇是和三个奇葩舍友腻在一起度过的，生活节奏缓慢，每天悠然自得，而当她真正开始投入到校科协的项目中时才发现，原来还有这样一拨人，抓着时间的尾巴，努力钻研废寝忘食。

她开始没日没夜地泡图书馆了。

后端的知识体系相当庞大，她缺乏基础，眼下又没有多余的时间留给她细细琢磨，就只能死磕书本，硬碰硬虽然不可取，但总比什么都没有强。

南潇之前办理过自习室的固定位置，此刻派上了用场，每天三点一线的路径，宿舍、教学楼、图书馆，有条不紊地进行着。

邻座的那个大一小姑娘偶尔来写写作业，没几天，她就开始收拾桌面上的东西了，看样子是要大搬家。

南潇诧异："你以后不来自习室了吗？"

小姑娘脸一红，扭捏地指了指门口："我男朋友在隔壁，以后我和他在一起自习，学姐加油呀！"

南潇恍然大悟，原来是找到男朋友了啊，真好。

她有些羡慕地朝门口望了一眼，果然看到一个瘦瘦高高的男孩子倚靠在护栏前，手里握着两个水杯，左手蓝色右手红色，一大一小特别相配。

小姑娘背起书包，怀抱着一摞书本同她道别，欢天喜地地朝那男孩子跑了过去。

南潇看着右手边空荡荡的座位，莫名有种失落感，再加上看书看得头疼，索性抓起手机离开了自习室。

"爸爸，我当初是不是不应该报考 K 大的？"她趴在护栏上，低着头数楼下亮着的一盏盏照明灯。

“怎么，我家宝贝闺女遇到什么困难了，给爸爸说。”

她攥着手机，支吾了会儿：“书太多，背不过来，看得脑袋疼。”

“那就和舍友出去逛街，放松一下。”

“为什么不是找个男朋友出去逛街，放松一下？”

那边沉默了几秒，忽然声音渐行渐远，说：“你等等，等等啊……”

南潇一头雾水，握着手机等啊等，五分钟过去了，实在等不及，正想挂断电话的时候，中年男人的声音从听筒里传了出来。

“刚才我和你妈妈进行了严肃的谈话，一致认为以你现阶段的情况，不适合谈恋爱。”

“为什么？”

“我们自己养的闺女，难道还不清楚是什么样吗？潇潇，没人要没关系，爸爸妈妈要你，千万别一时冲动做不理智的事呀。”

她真的是亲生的吗？

南潇原本以为和老爸说说话，能够缓解一下失落的心情，没承想，比刚才更郁闷了。

蔫蔫不乐地走回自习室，她远远地看到，自己位置旁边坐着一抹熟悉的身影。

她心一沉，皱着眉头走过去。

“你怎么坐在这里？”

林之语从红色真皮背包里取出两本书，嫣然一笑：“好巧哦，南潇。”她开口说话，搭在肩头的茶色卷发微微晃动，刺得南潇眼睛疼。

“这里已经有人了，你换个位置吧。”

林之语怡然自得地跷起二郎腿：“不要，这里挺好的。”

南潇奓毛，却又没理由再撵她走，只好忍一时风平浪静，坐了下来继续看书。

林之语瞧她一眼，也幽幽地翻开手里的书。南潇悄悄瞄了过去，一眼，差点儿吐血。

桌面就那两本，一本是《天才少年爱上我》，一本是《论谈恋爱的一百种姿势》。

……哎，自己还是走吧。

南潇刚离开，一个小姑娘匆匆忙忙跑了过来，怀里抱着一本书。

“请问，这边坐的学姐去哪里了？”小姑娘指着南潇的位置。

“不清楚。”林之语的目光落在那本书上，“有事吗？”

小姑娘犹豫了下，将书拿出来：“这个是有人托我给学姐的，刚才我忘记了，现在要和男朋友出去吃饭……”

“那先放我这儿吧，我和她认识，等下就给她。”

小姑娘一听，眼睛亮了：“真的吗，那拜托你了。”

“小事儿，给我吧。”

林之语目送学妹离开，她一个艺术系的，对这种几乎全英文的专业书根本没兴趣，随手翻了翻，往面前一丢，谁知却从书中抖落出了一张小卡片——

之前的文件里漏写了这本书，图书馆没有，我帮你从别处借来了，看完记得还我。另外晚上请你吃饭，六点半，校东门，不见不散。

陆燃

原本看前面的内容，林之语只觉得有些好笑，都什么年代了，居然还玩如此老套的传卡片招数，直至看到最下方的那个名字后，整个人倏地愣住，如遭雷劈。

南潇回来时，林之语还在翻那本粉色的言情书，不过她似乎看得相当慢，这么久过去，只看到了第二页。

南潇坐在自己位置上，振奋精神，继续开始啃书本。

时间滴滴答答地流逝着。

林之语坐立难安。

“那个，刚才有人找你。”林之语忍不住撞了她胳膊肘一下，把那本书递给她，“隔壁一个大一女生给你的，她要和男朋友出去吃饭，你不在，我就帮你收下了。”

南潇诧异地看了看，是一本有关操作系统的书，之前她在活动室听他们提起过，但图书馆没有，所以一直没借到。

“她给我的？”南潇没接，向她确认，“确定吗？”

林之语有些不耐烦，干脆一把塞到她手里：“有什么确不确定的，这种书不给你，难道给我？”

南潇怔怔地拿着书：“谢谢你。”

“嗯。”林之语不自然地撩了撩头发，低着头又去看自己的言情小说了。

六点过五分的时候，周围已经走了不少人，大家都赶去吃晚饭，只有南潇和林之语纹丝不动。

“你不去吃饭吗？”林之语问。

南潇正看到重点处，摆摆手，连话都没顾上搭。

林之语自讨了个没趣，瘪瘪嘴，噼里啪啦地将书装进背包，没好气地站了起来：“这么看书，早晚看成书呆子，哼。”

校东门。

林之语紧了紧背包带子，朝陆燃走过去：“嗨，等人吗？”

他回过头，额前的碎发轻飘飘地随风扬起，在空中划出一抹柔软的弧度：“嗯，等人。”

“等谁呀？”

陆燃抿唇，没说话，墨黑色的瞳孔映着夕阳的火红，酿着浅薄的一层情绪。

林之语不敢直视他的眼睛，那光亮灼目极了，她生怕一个不小心，就被照进心底，什么秘密都藏无可藏。

“那人什么时候来啊？”

陆燃蹙眉：“你问这干吗？”

林之语吐吐舌头，俏皮地说：“哎呀，别紧张，我没别的意思，今天没人和我吃饭，如果你等的人不来的话，我们一起如何？”

陆燃摇头：“她会来的，你还是自己吃吧。”

林之语扬眉：“我是说如果，如果她不来，我请你。”

陆燃没接话，低头看着手机上的数字一点一点增加，直到六点四十分，南潇也没有出现。

“你们到底约了几点呀？还来不来？”林之语在一旁催促，“走吧，正好我还要和你商量下个月宣传部的活动计划，顺便吃个饭。”

陆燃沉目，忽然攥着手机往远处走去：“我打个电话。”

他拨通南潇的号码，两遍，都是无人接听，最后收到了一条信息：我在图书馆呢，不方便接电话，有事吗？

后面还附了张现场图，拍了她面前的桌子，前方摆放着一摞专业书籍，而画面正中央摊开的，就是陆燃托大一小姑娘给她的那本书。

看来她拿到了，但是忽略了卡片上的约饭内容。

所以，这算是拒绝了他的邀请吧？

于是，他回复：没什么，打错了。

陆燃忽然有些迷茫。

他回想起那天在停车场，柳予安给她说的那些话，他一字不落地都听到了，却不知道该如何做。冲上去为她撑腰，教训柳予安一顿吗？那太冲动了，不仅不能帮到她，反而会适得其反。可他也无法忽视那些在自己听来都刺耳难忍的话，于是他跟了上去，旁敲侧击表明了自己的态度，柳予安也道了歉，但南潇所承受的打击，他却无计弥补。

陆燃很清楚，之所以会出现这些事，和他自己密不可分。如果他没有故意接近南潇，没有邀请她来校科协，这一切都不会发生。

或许是自己太贪心了吧？又或者是急于求成？

“好了吗？走，我知道那边新开了一家广州小吃店，我请客，顺便给你看下个月的活动计划。”

林之语走过来扯了扯陆燃的衣角，声音又嗲又甜，目光一偏，看到了他手机上拴的那只荷包，款式和模样非常眼熟，和南潇的像是情侣款。她顿时火从心起，不由分说便伸手挽住了男生的手臂，硬拖着他往前走。

后方不远处，阿阮和倩倩肩并肩走着，看到眼前场景，立刻拍照发给南潇。

这边，南潇正计划晚饭吃什么，手机突然狂振起来，她连忙翻看，界面瞬间被十几张照片刷屏了。她先是惊讶不已，可看着看着，就看出了照片里的男生是陆燃，而跟在他身旁的女生绝对是林之语，不知是真的，还是拍摄角度问题，两人显得亲密无间。

南潇有些蒙，心尖涌出酸酸的感觉，耳畔莫名想起了林之语不久前的那句话——

“这么看书，早晚看成书呆子。”

一时间，脑袋里乱作一团。

她不希望自己多想，可能他们就是单纯地出去吃个饭，但没办法，人就是这样，越劝诫自己放宽心，就越无法从这样的死循环里逃出来。

南潇面对屏幕，无奈地扯了扯嘴角。

夜色凉薄。

她心中戚戚然想，天才少年是不会爱上她的。

# 蜜甜

## 第七章

NANFENGCHUJIN
NIXINDI

6月5日，农历五月十一，芒种。

天气，晴。

百佳迪项目逐渐步入正轨，端午节后的第一次全科协讨论大会如约而至。

技术部、秘书部以及宣传部的人鱼贯而入，活动室被分成了三块区域，技术部在最里面，剩下两部门就像挎刀骑士，守护着奋斗在第一线的诸位大神。

南潇发现，除了自己以外，似乎技术部的人天生自带一种优越感，坐在最前排高昂着头颅，时不时回头扫一眼，居然有种坐着比站着还要高的错觉。

正当她思忖着，要不要也顺应大流挺直腰杆儿，一旁的田甜暗暗地在底下戳了戳她的胳膊肘。

“哎，你看，林之语今天穿的那是什么呀？”

南潇顺着她的视线看过去，后方宣传部，赫然一抹亮色鹤立鸡群，抹胸，碎花超短裙，交叉带细跟凉鞋，走起路来摇曳生姿，妥妥的大美女。

“这才刚立夏，至于这么凉快吗？”田甜瘪了瘪嘴。

“今天天气热。”南潇小声说。

“那你怎么不穿？”田甜眯着眼睛凑过来，“之前听人家说，你和陆大神……”她拉长音调，小眼神暧昧地瞟过来，冲南潇对了对手指。

“你可别瞎说。”南潇低下头，假装掏笔记本，“没有的事。”

“明白，明白。”田甜笑嘻嘻地坐正了，那表情，很明显是不相信的。

活动室里吵哄哄的，坐镇的陆燃一直没到，陈凯急得团团转，握着手机跑进跑出，嚷嚷着电话打不通。

“静一下，静一下！”他抹了把额头上的汗，揪着 T 恤领子边扇风边喊，“你们谁见陆燃了？”

“没有啊。”

“没见，昨天在图书馆楼下见过。”

“陆神干吗去了？”

一片吵闹声此起彼伏。

陈凯不耐烦地搔搔头，“啧”了声：“奇了怪，他昨晚就没回宿舍，该不会出什么事了吧？”

大家闻声都安静下来，你看看我，我看看你，面面相觑之下皆一脸茫然。

“要不……咱们通知教导员吧？”

“是啊，失踪可不是小事，安全第一。”

技术部的几个组长纷纷起身围到了陈凯身旁，七嘴八舌出主意。

南潇离得远，听不清他们在说什么，只能隐约看到每张脸因讨论的激动程度而越发红润，大概是无法统一意见吧，陈凯急得像热锅上的蚂蚁。

昨晚没回宿舍。

南潇想起陈凯刚刚说的话，心尖涩涩的，偷偷向后排瞧了一眼。林之语已经拿着手机在焦急地打电话了，不用猜，一定是打给陆燃，昨天他们一起去校外吃晚饭，然后陆燃就一整晚没回宿舍，那林之语……是不是也没回？

这个问题像是一粒小种子，在南潇心头深深扎了根，每往深处想一次，就为这种子浇一次水，渐渐长成了小树苗。

“陆燃电话关机，陈凯你先去通知教导员，我到校外找一找吧。”林之语攥着手机，头也不回地跑了出去。

顷刻间，小树苗长成了参天大树，枝叶葳蕤的树荫里，有谁在轻轻叹息，风一过，徒留落叶铺满了地。

南潇从口袋里掏出手机，划亮屏幕，盯着“陆燃”两个字愣了很久，最后还是放弃了，没拨通。

陈凯安抚了几位组长，让大家少安毋躁，他先到宿舍进行确认，如果陆燃还是没回来，那就直接通知教导员，说完他转身跑出了活动室。

陆燃是校科协的灵魂人物，一时间，周围七嘴八舌地讨论起来。

南潇心里沉甸甸的，仿佛压着一块大石头，连呼吸都变得重了起来。

“我去一趟洗手间，顺便到外面透透气。”她从田甜的椅子后面绕出去，大步离开。

门合上的那一刻，喧嚣和吵闹统统被甩在身后，可沉重的感觉非但没有减轻，反而越加强烈，双脚像是灌了铅，每向前挪动一步，都万分艰难。

走廊尽头的落地窗前，立着两道人影，身姿最挺拔的那人微微低着头，似乎在听对面的人飞快说着什么，然后懒洋洋地打了个哈欠。

“哟，你还知道来啊，怎么不野外面去？”

南潇走近了，听到陈凯语气讥诮。

他话音落下，陆燃的哈欠也正好结束，一副没睡醒的样子，似有不耐烦：“抱歉。”

“道歉有用？”陈凯气得七窍生烟，“你赶紧把林之语叫回来，她出去找你了，幸亏你来得及时，否则待会儿我们就要报警找你了。”

“嗯。”陆燃点点头，朝他伸出了手，“手机借我用一下。”

陈凯瞪眼：“你的呢？”

他从兜里取出来，晃了晃：“没电了。”

陈凯没好气地嗤了声：“昨晚你干吗去了？夜不归宿，春宵一刻值千金？”

陆燃浅浅凝眉，掀起眼皮，捕捉到一抹娇小的身影。

南潇硬着头皮走了过去，没办法，去洗手间的路必须要绕过这个拐角，她垂着头，加快步速。

“嗯，我昨晚在外面过的。”一个低沉的嗓音，似午夜庙宇的钟声，轻飘飘地从头顶落下来。

南潇顿了一下，却没停下脚步。

陆燃低着眸，眼角的余光倾斜着，某个瞬间，两人的视线隔空相撞，交织在一起，拧着搅着纠缠着，一高一低，一明一暗，两个世界。下个瞬间，又忽然松散开来，没有任何纠结挣扎，再无瓜葛。

他目送她的身影消失在拐角处，没有叫住她，她亦没有同他打招呼，就像完全陌生的两个人。

“哎，那不是南潇吗？”陈凯抻长脖子，看了看女生离开的方向，又抬头看了看某张神色凝重的脸，若有所思，“难道说，你和南潇昨晚……”

“想什么呢。”陆燃握着拳头往他胸口虚虚地捶了一下，“叫林之语回来，开会。”

南潇从洗手间回来的同时，林之语也一路从楼梯跑了上来，大口大口喘着气，因为跑得太急，脸颊红扑扑的，撞开南潇先一步进了活动室。

“陆燃，你来了！”她黏牙糖似的贴上陆燃，两只手抓着男生的手腕晃啊晃，打着哭腔说，“吓死我了，还以为昨晚你离开后，出了什么事呢！”

话毕，底下不明真相的吃瓜群众立时起哄。

陆燃眉头皱了起来，将她的手从自己身上推开，表情淡淡的：“坐回去吧，准备开会。”

说着，他很自然地向门口看了一眼，对南潇说：“你也快进来。”

林之语动作有些僵，怎么说自己也是堂堂的艺术系系花，除了陆燃，就没人敢这么忽视她的，而这一切皆因半路莫名其妙杀出来的某个程咬金。

林之语心里不痛快，回头瞪了南潇一眼。

所有人都看出来了，这两个人不对付，可南潇不明白自己做错了什么，又或许她根本就没错，错就错在，那个人叫“陆燃”。

测试小组和需求分析设计小组任务比较轻，前端和后端才是今天开会的重头戏，一开始，宣传部和秘书部的人还能听懂陆燃在说什么，到了后面，仿佛在听天书，一个个迷茫地坐在位置上，纯粹就在欣赏他的颜。

“搭系统框架期间我会全程接手，前端和后端必须要及时沟通，还有需求分析设计，这是基础，从最开始就要保证项目的质量，咱们的开发期限只有一个半月，这期间还有一周的期末考，所以大家酌情考虑，实在参与不了的现在就请假，一旦被分配了任务，就不能临阵脱逃了。”陆燃人很困，声音也很倦，但并不妨碍他校科协会长的强大感染力。

“有你在，谁还会请假呀。”林之语双手握在胸前，一脸崇拜，“大家说是不是？”

“当然了。”

“谁敢请假，那就不是咱们科协人。”

“那就辛苦各位了，手机都拿出来，大群，红包。”说着，陆燃毫不犹豫地往科协群里丢了两个大红包。

一众人激动得乱嚷，纷纷打开手机开始抢红包，南潇在田甜的催促下，默默点开了第一个，界面一转……

手气最佳。

“哇，南潇你好厉害！”田甜惊奇，指着下面那个，“还有一个，再点。”

“还是别了吧……”南潇咬咬嘴唇，她已经察觉到周围人朝这边看了过来，尤其是林之语，隔了五六排的距离，那眼神都快能把她撕烂了。

“为什么啊？”田甜撞撞她胳膊肘，“怕什么，手气最佳还不乐意，管他们呢。”

说着，她伸手抢走了南潇的手机，故意作势要点那个红包。

“哎，别……”南潇一急，手指顺势就按了上去，界面一转……又是手气最佳。

周围一片哗然。

林之语脸色非常不好，冷哼一声，打开红包，看着自己的一个两块，一个九分，气得将手机摔到了桌上。

南潇没敢回头看，默默放下手机，捧着笔记本也不知道在看什么，尽量降低自己的存在感。

陆燃和技术部的四名组长对接后，又和宣传部和秘书部交代了些后勤任务，这边，宋铭杰将组员集中到了教室后排，开始分工。

“周齐梦飞和李岩负责服务器搭建，唐琦和高知晓负责建模，我和靳辰负责游戏框架设计，最后……”宋铭杰拖长音调，目光环视一周，落在南潇身上，“你和柳予安负责数据库设计和管理吧。”

“我不同意。”柳予安毫不犹豫站了起来，“我想做建模，我和唐琦换。”

宋铭杰皱眉：“不行，组里就你们两个是大二的，这样比较稳。”

柳予安眼睛都要翻上天了：“那我一个人做数据库。”

“那她呢？”宋铭杰指着南潇问。

“她？”柳予安嗤笑了声，“站旁边看着呗，给我们端个茶倒个水，挺合适的。”

众人面面相觑，都强忍着笑。

南潇脸上火辣辣的，头抬起来，又低下去，紧紧攥着手里的笔记本：“数据库我可以的。”

“用不着。”

柳予安将书包甩到肩头，微扬着下巴，轻蔑地瞥了她一眼，径直走出活动室。

宋铭杰大概知道柳予安不喜欢南潇，但没想到居然严重到这种地步，一时也不知该说什么好，索性就当没看见，和其他人开始讨论具体细节，放任南潇一个人自生自灭。

数据库南潇并不陌生，但也仅限于课本上那些基础知识，若说实际应用，那还真没有过，但是她这两天都在看同类型的书，真正上手后，应该也不会有太大困难，况且眼下最大的障碍并不是她的技术，而是柳予安这颗指不定什么时候就会爆炸的定时炸弹。

老实讲，她也很不情愿和他一起共事，光是想想那种场景，就令南潇不寒而栗。

宋铭杰和其他人都讨论完毕了，这才想起还有个南潇，于是走过来，和她简单说了下之后的计划，从后天开始，每天晚上七点半准时在这里集合，测试和需求分析设计小组在同一间教室，前端和后端小组则分别占据两间不同的会议室，正式启动项目进程。

为了保险起见，宋铭杰要南潇明晚给自己交一份数据库设计方案。

“这个东西你得和柳予安沟通一下。你们不是一个班的吗，要团结。”

“好。”

南潇乖乖答应，心想，光她自己团结也没用啊，某人讨厌她，就是想将她从校科协赶走，还能怎么办？

想归想，南潇决定回去后再好好和柳予安说一下，他心胸狭窄，自己要以和为贵。

正这么计划着，肩膀忽然被人拍了一下，她抬头，居然是柳予安。

“你……不是走了吗？”

柳予安面色平静，随手从书包里掏出两页 A4 纸，上面写写画画了一些东西，交给南潇。

“我刚才想了想，可以和你合作，但前提是你得把这些全都做出来。这都是以后要用到的，如果做不出来，那你就自己申请离开校科协，没问题吧？”

南潇的手僵在半空，没敢接。

柳予安笑了声：“怎么，这就怕了？”

南潇摇摇头：“不是。我只是在想，既然你这么说了，那就是要和我打一个赌，对吗？如果我输了，我就离开校科协，那如果你输了呢？”

“我输了？”柳予安哼了声，“我不会输的。”

“我是说如果。”

“那我就离开科协，满意吗？”

“好，一言为定。”

南潇接过那两张纸，对折一次，塞进书包。

柳予安不忘提醒她：“不过有个条件，那就是你不能拜托任何人帮你完成，尤其是陆燃，否则你就输了。”

“嗯，我明白。”

她答应得干脆利落，倒让柳予安有些怀疑，不过无所谓了，他心中冷笑，这些东西不可能在短短几天内吃透，所以她输定了。

他转身再次走远，却不想，在门口被人拦住了。

“等下有空吗？我想和你说几句话。”

南潇和田甜闲聊了会儿天，临走前又向宋铭杰确认了几个模糊的地方，想起下午还有课，这才开始匆匆收拾东西。

活动室的人已经走得差不多，她本想和陆燃打声招呼再走，但没找到他人，同时也没在宣传部看到林之语，稍稍一想，心头就泛酸，索性抓起书包往外走。

等电梯的时候，她隐约听到旁边的安全通道里传来说话的声音，有些耳熟，于是便悄悄走了过去，屏息一听，是陆燃。

她心跳加速，不自觉地从半开的门缝里挤了进去，低头一看，下方的楼梯拐角处站着两个人，陆燃面对她，另一个看背影，应该是柳予安。

陆燃单手插在口袋里，表情非常严肃：“我刚才说的话，可以明白吗？”

柳予安沉默，片刻后，说：“你完全可以不管她的，为什么要在那种女生身上浪费时间？”

“这是我的事，不用你来操心，我想对谁好就对谁好，你欺负南潇一次两次，我能忍，但你觉得还会有第三次吗？之前入侵学校官网诋毁她的人是谁，你心里应该很清楚。”

“我那不叫欺负，我只是让她认清事实！”

“那你告诉我，到底什么是事实？”陆燃眼神凌厉起来，寒着声，“我知道你在想什么，但柳予安你别忘了，我并不是什么神，我只是比平常人努力了一些而已，是你把我想象得太完美，所以你接受不了任何与你想象不符的存在，你从小就是这样，小学、初中、高中，到了现在依旧没有任何改变，我看该离开校科协的人不是南潇，是你才对。”

“所以你现在是要赶我走？”柳予安难以置信地笑了声，“你确定？”

“我不赶你走，但也希望你别再针对南潇。”

“你喜欢她，是不是？”

陆燃蹙眉：“这是两码事。”

柳予安摇头：“不，这是一回事，你说，你就是喜欢她，你喜欢南潇对不对？”

陆燃沉默。

“你看，你根本就不承认自己喜欢她，那你做这些的意义到底是什么？”

“我不承认喜欢她，是有原因的，对任何人都不能讲的原因！”陆燃突然拔高音调，清澈的目光里，浸染着令人疼惜的无可奈何，“不是什么事情都要有个明确的界限，我是喜欢她，从高中时见的第一面起就喜欢了，那又能怎么样？有些事实在很残忍，我自己都还没想好怎么面对，何必带上她。”

起风了，不大不小的风，从窄窄的窗户缝里钻进来，撩起少年鬓角浓密的黑发。

风停了，又酸又甜的味道，像从少女口中吹出来的草莓味泡泡糖，越来越膨胀，越来越香甜，最终破裂，归于安宁。

南潇忘记了自己是如何离开的，如果要形容，那应该是一个“逃”字。

她也不清楚自己为什么要逃，只是听到了陆燃最后的那番话，心跳的速度很快很快，快到她险些以为要炸裂开来。

电梯一沉到底，她的心却怎么都安分不下来。

“南潇，你怎么还没走呀？”田甜从后面追了上来，挽住她的胳膊，“要不要一起约个饭？”

一句“好啊”，卡在喉咙里，上不去也下不来，她忽然停住脚步，眼睛直直地看着对面不远处那棵挺立的青松，葳蕤茂密的枝叶顶着浓烈的阳光，清凉的荫蔽里，一只羽翼未丰的小鸟从天空滑行而来，栖息枝头抖落一身疲惫，绿叶温柔，查看它羽翼伤痕。

青松不语，万古长青。

有一双无形之手推在南潇的肩膀上，连拖带拽地催促她，快一点儿，再快一点儿。

柔弱的女生突然狂奔，朝着盘旋而上的楼梯，凌乱的脚步声在窄仄的空间内乱作一团，一声压着一声，一层连着一层，波澜壮阔地向着目的地涌去。

陆燃看到南潇的时候，她弯着腰，趴伏在护栏边缘，气息急促，像是刚从马拉松赛道上跑回来。

他微愣，倚靠着墙壁的身体稍稍前倾，向楼梯下方瞥了一眼，问道："后面有狼在追你吗？"

南潇摆摆手，先是剧烈地咳嗽一阵，而后平复心情，以手作扇来降低周围的温度。

"我……我有话想对你说。"

"什么？"

"我不会离开校科协的。"

"嗯？"

"我说，我不会离开。"南潇终于把气喘匀了，清亮的眸子里缀着星辰般的光，一眨又一眨，"之前我就说过，总有一天会超过你，我们来打个赌如何？"

陆燃愣怔，继而笑开了："打什么赌？"

"百佳迪项目结束的时候，我能让组里的所有人信服，赌吗？"

"这有点儿困难啊。"陆燃笑得意味深长，"包括柳予安？"

"嗯。"

“好，赌什么？”

南潇翘着嘴角，一双月牙般的眼睛眯起来，弯弯勾勾：“如果我输了，那我自动申请退出校科协，但如果你输了……”她扬唇一笑，精灵一般，“你就得当众向我告白，求我做你陆燃的女朋友！”

陆燃愣了愣，眉眼间皆是笑意，伸手拍了下她脑门：“你哪来的自信，嗯？”

“你就说，赌不赌。”

“赌啊，为什么不赌。”陆燃闷闷地笑，“不过得追加一个条件，如果你输了，不光要退出校科协，还得当众向我告白，求我做你南潇的男朋友。”

“一言为定！”

“好，一言为定。”

南潇眉眼弯弯，冲他伸出小拇指。陆燃无奈扶额，先是摇摇头，后又好笑地勾勾唇，伸出自己的，缠住她的小指头，在那根翘起的拇指上盖了一个章。

“告诉你一个秘密。”陆燃弯身，在她耳边吐着热气，搔得耳朵直痒痒。

南潇缩起脖子，猫儿似的：“什么秘密？”

“昨晚，我在外面。”陆燃坏笑。

南潇身体僵了下，扯扯嘴角，说：“我知道。”

“不，你不知道。”他俯首，薄唇蹭了蹭她毛茸茸的发顶，浅眯着眼，“你猜，我在哪里过的夜。”

她猜不到，也不想猜，伸手推了他一把：“我没兴趣，走咯。”

刚要转身，手腕一紧，就又被拽了回去。

“吃的哪门子醋，嗯？”

“谁吃醋了？”南潇陡然拔高音调，两道好看的细眉皱着，往后挣扎了两下，“你和我又没什么关系，干吗要吃醋。”

陆燃垂眸凝视着她，额前柔软的发丝遮住眼睑，显得五官格外立体深邃。他指尖轻扫眉骨，几分摩挲，似笑非笑地将她从头至脚审视了一遍，轻叹了声“女生真麻烦”，便上前，弯着身子蹲下来，背对她，招招手：“上来。”

南潇有些蒙，望着他的姿势愣住了。

“机会只有一次哦，过了这村就没这店了。”陆燃侧目觑她一眼，“我背你下楼。”

“不用了吧……”

“来不来？”

“哦。”

南潇终究没能抵挡得住诱惑，扑上男生清瘦的脊背，手臂环住他脖颈，将脑袋歪在他肩头。

“坐稳了？”

“嗯。”

“出发咯！”

笑容灿烂的少年迈着轻快脚步，跨越世间万丈沟壑。

一步一世界，一脚一乾坤。

笔笔画画皆是美好。

林之语推着自行车从停车场里走出来，瞳孔猝然一缩，丢开车子就要冲过去，眼前却横生一条手臂拦住去路。

陈凯叼着一根毛毛草，吊儿郎当：“你现在过去，不合适吧？”

林之语用力推了他一把，没推动，瞪着一双漂亮的大眼睛：“碍你什么事啊，走开。”

陈凯“啧”了声：“你这女人不厚道，不厚道。”

林之语气笑了：“说谁呢？”

陈凯眼皮一翻，念起经来：“你说谁就是谁，我说谁就不是谁，你管我说谁是谁，反正还不就是那谁谁。”

林之语张口就咬住了陈凯的手臂，狠狠一下，疼得陈凯怪叫一声，“嗖”地把手收了回来。

“嘶……属狗啊你？”

她翻了个白眼：“让你拦我，再拦啊。”

“我拦狗呢。”

“你……”林之语拿他没辙，无赖见得不少，还就是没见过这样的，“你到底想干吗？”

陈凯摘下嘴里的毛毛草，放在两个手掌间揉搓，语气幽幽然：“没什么，就是突然想起来点儿事，问问你。”

“什么事？”

“昨晚你约陆神出去吃饭了？”

林之语心里“咯噔”一下。

“约了，怎么了？”

“在哪儿吃的？”

“就在校东门对面的那家广州小吃店，你问这干吗？”

林之语说完，下意识别开了脸，目光躲闪。

陈凯一听，笑了：“不对吧，昨晚我也在那家吃的，怎么没看见你们？”

“应该是……我们去得比较晚。”

“我看不是晚，是根本就没约到吧？”陈凯一语道破，随手将毛毛草丢到地面，一脚踏了上去，“我就说今天怎么看你们都怪怪的，随便一打听，什么都知道了。”他抬起头，嘴角淬着抹不明意味的笑，“说出去谁信呢，堂堂系花林之语居然跟学妹抢男人，况且手段好像还不是那么光明磊落？”

林之语心窝揪了起来，打死不承认：“你说什么，我听不懂，没事的话我先走了。”

她飞快转身，脚步凌乱。

陈凯没追，是根本没打算追，就静静目送她的背影远去，忽然喊道：“要不你追我吧，我好追。”

女生回头，愤愤地剜他一眼。

赌约这东西，说好也好，说不好也不好。

前几天里，南潇还像打了鸡血一样，可越往后，她就越后悔当初答应得太痛快了。

为什么呢？

因为校科协的整体节奏实在太快了，比她想象当中的还要恐怖，尤其是前端那组，由于有陆燃的加入，进度快得飞起，直接将其他三组给远远甩在了后面，她又属于组里最弱的那一个，简直就是拖后腿。之前宋铭杰给她布置了一个任务，写一份数据库设计方案，要求她和柳予安沟通，然而一连几天，他根本就不回她的消息，也不来上课，南潇又不能直接到男生宿舍楼去堵他，只能硬着头皮自己写，结果就是被宋铭杰一顿批评，回炉重造了。

松散的生活突然间上紧了发条，让人快要喘不过气来。

阿阮、二咪和倩倩难以置信，以前从来都嗜睡如命的南潇，居然可以每晚钻研到两点才上床，第二天早晨六点钟就又爬起来到图书馆看书，简直励志得叫人害怕。

阿阮还调侃她说：“潇潇，你这每天睡得比狗晚，起得比鸡早，小心变丑追不到男神。”

南潇头也不抬地摆摆手，“不怕，我自有制胜之道。”

赌约在身，有恃无恐。

另一边，科协的每个人都像上了发条的机器，做起事来风风火火，而团队协作，最难避免的就是意见分歧，而只要有意见分歧，就难免会有争吵。

这天，南潇下了课直奔食堂，草草解决了晚饭就往活动室赶，还没进门，就听到里面吵得乌泱泱一片。

“你这需求是来搞笑的吗？玩过百佳迪的游戏没？”

“我没玩过你玩过？”

“废话少说，这需求做不出来，哪儿凉快哪儿待着去。”

“我看你不是做不出来，是技术不到位吧？”

“你找陆神来做，一样做不出来！”

……

前端组长和后端组长吵起来了，两个大男生叉着腰，斗鸡似的，大眼瞪小眼，谁也不让着谁，南潇灰溜溜地顺着门缝溜了进去，本以为他们正吵在兴头上，看不到自己，不料这战火不知怎的，就烧到了她身上。

宋铭杰冷笑一声，指着南潇：“你给她做，这种智障需求我不做。”

前端组长也是个硬茬：“给就给，真以为自己多能耐是吧？”说着，他将一摞A4纸打印的文件塞到南潇怀里，“这个交给你了，做得好，以后来我们组，我罩你！”

南潇抱着文件一脸蒙，看看他，又看看宋铭杰：“我……”

“别看我，你爱做就做，懒得管。”宋铭杰没好气地哼了声，甩手走人。

得，这下算是栽了，她自己的任务都还没完成，又莫名其妙多了一份。

南潇暗自叹息，不情愿，但又不能不接，只得打碎了牙往肚子里咽。她默默放下书包，扫了两眼文件，原以为是什么特别难的东西，只要和前端好好沟通，应该不会太为难自己，却没想到文件里的设计部分十分有趣，吸引着她往下看，竟一口气读完了。

“组长，这个做不出来吗？”她趁着时间尚早，忐忑地找到了宋铭杰。

“做肯定能做，但百佳迪的游戏风格不是这样，这种游戏机制太直接，重复性操作很多，玩起来会腻。”

“但剧情很好，也没有那些打怪升级的老旧设定，说不定能火起来。”

宋铭杰眼珠子一斜，睨着她，颇为鄙夷：“还没学会走，就想跑？你知道什么叫火吗？”

南潇面露尴尬，摇头。

“那不得了。就这样吧，反正我不同意做这个需求，如果你真的感兴趣，那你做，到时候出两套方案，说不定连你都一起火了呢。”

这……南潇心寒，她哪有金刚钻呀，出一套完整方案这种技术活儿，也就陆燃搞得定。

于是一整晚，她在赶项目进度的同时，脑袋里时不时就浮现出这个念头，有点儿心不在焉。

和大家一起做事情，最大的好处就是不会偷懒。

南潇将写好的数据库代码打包发给柳予安，他扫两眼，随手删掉一大半，把剩下的又发回来，要她重新写。

“写那么长，绣花呢？”

南潇不敢反驳，默默打开编程软件，开始精简。

二十分钟后，再发，又被打了回来。

“标点符号错了。”

好吧，她继续改。

就这么来来回回四五遍，南潇受不了了。

一开始没做好，她承认，但后面很明显就是他在故意找碴儿，比如格式没按照他的喜好来排版，再比如发过去的文件名不好听，等等。

南潇气得脑袋疼，找了个借口出去了，顺便带着那份需求文件，打算再好好研究一下，没想到刚 出门，迎面就撞上了从隔壁会议室走出来的某人。

“不好好做事，偷懒啊？”陆燃单手抱着笔记本电脑，淡蓝色的光打在脸上，有些清冷。

南潇瘪瘪嘴，“嘁”了一声：“你不也没在做事吗，还说我。”

陆燃耸耸肩：“我的事早就做完了，现在在帮测试组处理bug(漏洞)。”

“哦……”南潇吸吸鼻子，有点儿惭愧，转身打算回去继续奋斗，忽然又想到什么，朝他走了过去，“有件事可不可以问问你？”

陆燃抬头，盯着她的脸看了一会儿，顺势将笔记本电脑屏幕合上了，夹在胳膊肘与身体之间：“说，什么事。”

“就是这个。”南潇将那份需求文件拿给他，指着上面的几点重点内容分析了一通，向他说明了自己的想法，“我觉得这些值得试一试，你说呢？”

陆燃眉心微蹙，沉思片刻，没说什么，打开电脑点进一个程序，捣鼓了几下，递给她：“来，你玩玩看。”

南潇诧异地接过来，发现是百佳迪开发的一款小游戏，这个游戏她以前听说过，虽然排名不尽如人意，但口碑相当不错，也为之后百佳迪的大手笔投入打下了坚实的基础。

她看看陆燃，得到了眼神的鼓励，于是便点击了“开始”按钮。

这是一款快速对战类小游戏，玩家可以拉帮结派壮大自己的势力，扩展地图，由于是新注册的账号，所以南潇一进去就直接到了新手村，开始领金币做任务，第一个就是找到地图东方的幽冥山谷，打败火龙捡装备，途中会遭遇各种各样的阻碍，也能结识许多其他玩家，不断壮大队伍。

南潇没怎么玩过游戏，一来不喜欢，二来浪费时间，可一旦投入进去，很快就上瘾了。

陆燃瞧她单手抱电脑的姿势很辛苦，索性当苦力，帮她拿着，让她能够玩得更痛快。

十五分钟后，南潇和一位新玩家结为盟友，两人互送了鲜花，然后道别。

“怎么样？”陆燃收起电脑，问道。

“还不错。”南潇有点儿意犹未尽，“为什么让我玩这个呀？”

“百佳迪的游戏风格都很类似，近几年虽然越做越好，但有点儿后劲乏力，应该是市场上同质化内容太多，它的竞争力在逐渐降低，所以你刚才给我看的那份需求，在剧情上很有创新点，可以尝试，但它有点儿剑走偏锋的感觉。”陆燃细细为她分析，“你对比一下就能感受得到，刚刚玩的那个游戏，很容易让人爱不释手，原因就在于它的升级设定非常明确，就是要让你变强变厉害，所以你刚才说，传统的升级打怪比较落俗套，我不是很赞同，但相似的作品严重泛滥，也的确是个致命点，所以我觉得可以把那份需求稍微改一改，说不定有戏。”

南潇听得一知半解，但还不至于两眼一抹黑，仔细品味了一下他的话，似乎抓住了重点：“你的意思是，既要升级打怪，又要不那么明显，做得隐晦一些，好让玩家在不知不觉中投入精力。”

“没错。”陆燃欣慰地揉了揉她的头，“很聪明嘛，那你说说，应该怎么做得隐晦些？”

“这……”南潇尴尬，“我就不知道了。”

陆燃没急着打破砂锅问到底，而是话锋一转，问：“你想尝试做第二方案吗？”

“想。”

“好，交给我。”陆燃潇洒地打了个响指，冲她眨眨眼睛，“嘘……这是我们之间的小秘密哦，不准告诉别人。”

南潇连忙拿手捂住嘴巴，声音闷闷的：“嗯，明白。”

陆燃莞尔，英俊的眉眼里透着别样的气质：“还有事吗？”

南潇摇摇头：“没了。”

“那轮到我了。”他低低地笑了声，将她拽到了没人的楼梯间，困在墙角，“我帮你的忙，有没有点儿表示啊？”

“什……什么表示？”南潇有点不知所措。

陆燃故意凑上去，沉着声音在她耳畔呼了一口热气：“你说呢？”

南潇奓毛了，握着小拳头拼命推他的肩膀，脸颊烧得火红，似要滴出血来，希望不是自己想的那样。

陆燃一把捉住她乱挥的小手，轻轻一带，将她整个人收进怀中，笔记本电脑还是温热的，横在两人身体间，令周围更燥热了。

“南潇，你在……想什么呢？”陆燃的声音充满了诱惑的味道。

南潇慌了神，像受惊的小兔子似的，乌溜溜的黑眼睛到处乱瞟，试图寻找逃跑的好机会。手腕被攥着，力道很大，她自知根本挣脱不开，只能可怜巴巴地望着他，殊不知，就是这副模样，搅得某人心潮澎湃。翘鼻红唇大眼睛，一点莹润的婴儿肥，鬓角柔软的碎发衬得她可爱极了，像个精心捏制的搪瓷娃娃。

她没化妆，只涂了淡淡一层粉色唇蜜，喘息间，幽香四溢。

他们离得那么近，只要一弯身，做什么都显得理所应当。

所以，还需要等什么呢？

陆燃垂首，轻抿的薄唇翕动几下，忽然向前一探，照着粉嫩唇瓣便亲了上去。

软软的触感似一针催化剂，点燃了飘浮在周围的暧昧因子。

心脏好像罢工了，怎么都跳不动，狠狠定格在这漫长的角落里。

谁也没敢乱动。

青涩又稚嫩的姿势，僵着，伴随着擂鼓般的心跳。

扑通扑通……

南潇觉得自己快要窒息了，清澈的双眸里噙着一层湿漉漉的雾，水光荡漾，明净无比。

一阵微风席卷，这浅浅的吻，蜻蜓点水般抽离。

“好甜。”陆燃低沉着声音，声线有些不自知的暗哑。

“嗯。”

“什么东西？”

“嗯……”

“说话。”

“唇蜜。”

“不是。”他勾唇，眉眼盈满笑意，“你比唇蜜甜。”

那个少年哟，他还在。

# 栽赃

## 第八章

NANFENGCHUIJIN NIXINDI

百佳迪项目有条不紊地进行着，校科协每晚的活动时间很固定，七点半到九点半，有事的可以提前走，不强制，然而随着项目内容的不断深入，结束时间从九点半延长到了十点，又延长到了十点半，最后一票人硬生生拖到了十一点还不肯走。南潇心里头记挂着和柳予安的赌约，攒着一股劲，也跟着熬，田甜那组相对轻松，走得早，一连几天邀她一起回宿舍，都被南潇婉拒了。

“这么拼，你们这怕是要往凌晨熬呀？”

南潇推开电脑，伸了个长长的懒腰：“笨鸟先飞嘛。”

对面坐着柳予安，听到她的话嗤了声：“鸟太笨，是飞不起来的。”

“嘿，你这人怎么这样啊？”田甜为南潇打抱不平，“损人不利己，真坏。”

柳予安耸耸肩膀，一脸无所谓。

南潇拽了拽田甜的肩膀，示意她别和他计较，想了想，问：“你们测试组不赶进度吗？”

田甜神秘一笑：“之前赶，但自从陆燃过来以后，我们的工作量就骤减，他简直就是神，一个顶十个，我们搞不定的东西都交给他，实在太厉害！这不，我们组长都快成甩手掌柜了，要不是等你，我早就回去了。”

南潇羡慕不已，刚想说什么，余光一瞥，发现柳予安目光犀利地盯着自己，立刻蔫了下去。

他们之间的赌约是有条件的，绝对不能向陆燃求助，她最近遇到了瓶颈，看的东西越来越难，感觉快要吃不消了，可没办法，谁让她之前信誓旦旦地答应了呢，现在只能自己硬着头皮想办法渡过难关。

“要是陆燃也能来我们组，那就好了……”南潇无力地趴在桌上，呢喃着。

田甜若有所思：“也对哦，明明最需要他的就是你们后端组，却不见他关心一下，奇怪。”

“那你的意思是，我偏心？”

身后有人冷不丁接了一句，两人愣住，连忙回头。

田甜脸上臊得红，抱着书包吐了吐舌头：“陆大神，你就当什么都没听到，我先走咯！”说着，她冲南潇挤挤眼睛，一溜烟逃走了。

南潇很无辜，傻愣在原处，白炽灯投下一片荧光，将男生的身影拉得细长，越看越心慌。

那晚的吻……

她红着脸站起来，握着水杯逃也似的出去了，同陆燃擦肩而过的那刻，脑袋晕乎乎的，有种奇妙的感觉。

宋铭杰正和靳辰讨论得热火朝天，没注意到陆燃，倒是正在写代码的周齐梦飞看到了，冲他招招手：“陆神，这边！”

陆燃扫了眼南潇电脑屏幕上写到一半的代码，微微抿唇，收回视线走过去：“怎么了？”

“刚想过去找你呢，今天服务器协议一直无法通过，耽误了很多事，刚才我和李岩把底层的所有数据都检查了一遍，也没发现哪里有问题，你给看看吧。”他起身给陆燃让座，同时打开了底层代码，一一指给陆燃看。

“这里的数据存储有问题，是数据库那边出错了，你们谁负责的数据库？”

这话一问，整间屋子顷刻间鸦雀无声，大家你看看我，我看看你，最后将目光落在了柳予安身上。

陆燃蹙眉：“你对接的时候有没有认真检查？这种低级错误尽量少出现。”

柳予安探身过来看了两眼，面无表情：“这是南潇负责的部分，我不清楚。”

陆燃眉头蹙得更紧，众人面面相觑，等他开口。

南潇没料到，只是出去打个水的空当，再回来，整个后端组都停工了。

“发生什么了？”南潇攥着水杯，局促地站在门口，有点儿紧张。

柳予安沉着脸指了指电脑屏幕：“你到底会不会？这么简单的东西都做不好，你能干什么？”

南潇一脸蒙，匆匆走过去，一看。

“这和我当初写的不一样。”她语气十分坚定，指着那处出错的地方解释道，“这个地方我印象很深，因为之前出过一次错，所以我特意多检查了两遍，不可能发错的给他们的。”

柳予安嘲讽地勾了勾唇：“做错事还不敢承认？这部分是你负责的，现在出了问题就想推卸责任，我看你不光技术差，连人品都有问题。”

“喂喂，学弟，你这就有点儿过分了啊。”周齐梦飞看不过去，替南潇圆场，“又不是什么天大的事，找到错误就改，没什么的，对吧南潇？”

南潇感激地看着他，虽然有人肯为自己说话这件事的确令她欣慰，但事实并非如此，她不想随随便便背锅。

“谢谢学长，但这个错误真的不是我造成的，不信的话，我可以给你们看我电脑里的源代码。”说着，她转身就抱来了笔记本电脑，飞快打开了编译程序，却怎么也找不到之前保存过的源代码，“奇怪了，我之前明明有保存的啊……”额头上逐渐渗出细密的汗珠，她焦急起来，而这副模样在所有人眼中，俨然就是做贼心虚。

柳予安走过来，伸手将笔记本屏幕压了下去，发出“啪”的一声闷响。

“行了，别演戏了，你以为我们都是傻子吗？我现在很怀疑你到底有没有用心在做这次的项目，我们每天加班加点赶进度，你倒好，白白浪费大家时间，存心的吧你？”

“我没有……”

“那你的源代码呢？”

“我真的保存了……”

“装模作样。”

南潇委屈极了，原本的那点儿底气，被他连续的质问全都磨光了，站在那里手足无措，脸颊一片火辣辣的烫。

周齐梦飞一开始还想着替她解围，看到眼前这情形，也不免怀疑起来：“南潇，你真是故意的？”

她拼命摇头，可惜没有任何说服力，前后矛盾的话语和行为，让她看上去就像一个十恶不赦的罪魁祸首。

一时间，场面僵在这儿，连组长米铭杰都不知道该怎么化解，如果真如柳予安所说，那南潇肯定要离开校科协的，他们不可能接受一个故意捣乱的组员。

时间分分秒秒地过去了，没人作声，周围只有电脑机箱里传来的嗡嗡声萦绕耳畔，吵得人心烦意乱。

须臾间，一直未曾开口说过话的某人，云淡风轻地扫了眼众人，说：“想知道究竟是怎么回事，查查底层记录就可以了。”

他的话如平地一声惊雷，炸醒了所有人。

宋铭杰率先反应过来，感慨道：“对啊，咱们陆神什么人，查一下南潇电脑的使用记录不就得了。她究竟有没有保存，到时候自然见分晓。”

大家纷纷点头表示同意，很快就都围了上来，打算见证奇迹的时刻。

陆燃掀目，看着南潇：“我可以查吗？”

“当然可以。”

南潇用力点了点头，她根本不怕查，因为她记得非常清楚，自己的确保存了源代码，这一点毋庸置疑，肯定有人偷偷删除了她保存的东西，还故意将错误的代码发给周齐梦飞，往自己身上泼脏水。

陆燃抿唇，收回视线的刹那间，捕捉到一丝耐人寻味的焦虑从柳予安脸上划过，他愣了愣，没有犹豫，开始查电脑的底层记录。

纸包不住火，经陆燃那么一查，真相大白了。

南潇的确保存过源代码，但就在昨天晚上临走前，不知道被谁恶意删除了，还刻意抹掉了自己的使用记录，企图掩盖事实，好在陆燃技术到位，先进行了历史修复，这才还给南潇一个清白。

“昨晚你走的时候，谁碰过你的电脑？”陆燃问。

“我不是很清楚，临走前我去了一趟洗手间，回来的时候……”南潇陷入沉思，想着想着，脑袋里忽然一道霹雳打下，某张脸从眼前一闪而过，最后定格在脑海里。

柳予安。

错不了，就是他。

昨晚她回来的时候，他就站在自己位置旁边，说等了她好一会儿，要她接收一封邮件，是相关的数据库代码，她不疑有他，直接点了进去，电脑却莫名其妙死机了，只好重新启动再接收。现在想想，那应该就是一封携带病毒的邮件，他删除了她的源代码，然后利用病毒邮件清除了使用记录。

南潇一时愣怔，感到后背发凉。

“想到什么了吗？”陆燃又问。

她垂首，眼睛盯着自己的白色帆布鞋鞋尖，沉默了片刻，忽然抬起头，缓缓摇了摇：“没有，昨晚没人碰我的电脑。”

“那就奇怪了。”陆燃意味深长地看着她，“你确定没人接近过你的电脑？”

“嗯，确定，我猜大概是昨晚电脑突然死机，我重新启动了一遍，导致数据丢失吧。对不起，给大家添麻烦了，我现在就改。”她拉出椅子，埋头修改代码，不顾周围人疑惑的目光。

这件不大不小的事，就这么过去了。

接下来的一整晚，大家都很默契地没有再提，毕竟都是校科协的人，基本常识还是有的，电脑突然死机之后重启，的确可能会导致数据丢失，但想要清除底层记录，可不是随随便便就能搞定的，很显然，南潇撒谎了，但也因为这样，宋铭杰一组的人忽然就对这个大二的小姑娘有了些许好感。毕竟不是每个人都能够顾全大局，肯为别人留最后一丝情面。

由于中间出了段小插曲，导致进度停滞，所以大家都自觉熬到了凌晨，直到宋铭杰提醒，这才陆陆续续收拾东西离开。

南潇正在纠结一段冗杂的代码，没注意到身后有人停下了脚步。

柳予安在原地逡巡片刻，想开口对她说什么，嘴角动了动，最终还是放弃了，提步离开，临出门前又有些犹豫，回过头，面色复杂地对南潇说：“之前的赌约，算了吧……”

她闻言一愣，倏地抬起头：“什么？”

“赌约。”柳予安似有不耐烦，脚尖有意无意地蹭着地面，“当我没说过。”话毕，他双手插进了口袋，转身离开。

六月底，各大学校都逐步进入了紧张匆忙的考试周，K大也不例外。

南潇不怕考试，实践项目她弱一些，但考试很在行，否则也不会被K大录取，但是这次的时间实在太紧了，根本没有多余的复习时间，校科协的其他成员也一样，每晚都会抽空翻翻课本，预习和复习一步搞定。

之前田甜就说过，陆燃有点儿偏心，每个组都去，唯独后端不关心，于是某人为了推翻这个言论，还真就每晚都赖在了后端组。

和大神一起做事，效率和心情同步提升。

南潇浑身都充满了干劲，虽然和柳予安之间的赌约被他单方面取消了，但她始终都没有忘记，还有陆燃的。

两天前，百佳迪的项目对接人专程来了一趟K大，项目进度没什么可诟病的，不过在需求部分和陆燃聊了很久，于是需求分析设计小组又开始加班加点地修改，连带着其他组也没能喘口气，该完善的完善，该返工的返工。

这周五晚，校科协简单在上回的中餐厅聚了个餐，一伙人热热闹闹地来，又热热闹闹地走，吃饱了饭就有精力，拉弓搭箭准备熬它一个通宵。

宋铭杰原本是打算将自己的位置腾给陆燃，谁知道陆燃自己拎了把椅子，搬来笔记本电脑坐下了，起初大家没发现什么，可不多会儿，他的位置似乎往旁边靠了靠，又靠了靠，不知不觉间，离南潇越来越近了。

对面正在核对数据结果的学姐唐琦撞了撞搭档高知晓的胳膊肘，冲他使了个眼色：“哎，你看。”

高知晓抬头一看，和唐琦对视一眼，会心一笑。两人很默契地偷偷换了个地方。

陆燃多聪明，余光一瞥，笑而不语，该做什么做什么，不多会儿，站了起来，绕到南潇那里看一看，顺手指出了几个逻辑错误，坐回去的时候，椅子又向她靠近了几分。

活动室里充斥着噼里啪啦的键盘敲击声。

南潇两手托腮，盯着屏幕愁眉苦脸，瞄一眼陆燃，叹口气，又瞄一眼。

别人熬夜是效率，她熬，那就是和时间的赛跑，一个 bug 瞧半天，头皮都出油了。

很快，楼下门房的大爷来锁门了。

“孩子们，都快十二点了，还不走哇？”

“不走。”陆燃冲大爷招招手，“我们今天通宵，谢谢您了！”

“好好好，在学校啊就得用功，你们继续，我拎一壶热水来，水房那边已经停掉了。”

老大爷碎碎念着离开了，南潇回头看一看，心里有点儿打鼓，倒不是她不想通宵，而是实在熬不住，每天凌晨两点就已经快要吃不消了，她怕待会儿写着写着睡着了，睡相太丑，在陆燃面前丢人。

正纠结着，身后传来一声突兀的吆喝，几人停下手里的活儿，抬头，看到陈凯笑嘻嘻地抱着一堆零食和速溶咖啡，大摇大摆地走了进来：“来来来，公款吃喝咯，都别客气！”

陆燃抬脚就照他臀部踹了上去，笑骂道：“滚蛋，经过我同意了？”

陈凯身手矫健，两腿绷直向后一跳，躲开了。

“哎，瞧你这话说的，实在不行，就当是你自掏腰包请大家呗，各位觉得如何？”

“没毛病。”

“凯哥威武！”

“都谁要喝咖啡，我来冲。”

深夜的零食总是令人亢奋，南潇握着一次性咖啡杯舒了口气，还好还好，不用在陆燃面前丢人了。然而事实与她想象当中的差别很大，一顿胡吃海喝后，即使咖啡入腹，都没能阻挡住困意来袭，她人坐在那儿，脑袋像小鸡啄米似的，一下，又一下，最后一个没撑住，“咣当”一声，摔在了键盘上。

“嘶……”

陆燃和陈凯正在旁边讨论游戏机制，声音突如其来，两人齐刷刷回头，立刻笑趴了。

“噗！”

“你在练习脸滚键盘啊？”

南潇被这一下彻底摔醒了，鼻子痛，脸也痛，连心都是痛的。

“不准笑了！”

陈凯嘴欠，朝她做鬼脸：“来，快扭过来让我们瞧瞧，有没有把鼻子摔歪。”

南潇难为情地捂着脸，不想说话。

“哎呀，别害臊啊，陆神也想看的，对吧？”说着，他故意使坏戳了戳陆燃的腰。

南潇气得直跺脚，又不好发作，后槽牙磨得咯咯响，手刚从脸上拿开，对面两人就愣住了。

一行鲜红的血顺着鼻子流了下来。

南潇感到鼻息一热，心里大呼不妙，正要发力吸回去，只见刚才还笑容灿烂的某人，脸色霎时沉下来，从椅子上一个翻身而起，箭步冲过来，抬起她的下巴。

“别乱动。陈凯，拿纸。”

南潇心里叫苦不迭，得，这下算是把脸丢尽了！

陆燃飞快将她脸上的血擦干净，拽着她去了洗手间。

“这边、这边是女……”

“别说话，把嘴闭上。”

南潇艰难地仰着脖子，欲哭无泪，眼睁睁看着他把自己掳进了男洗手间，此刻想死的心都有了。她发誓，这绝对是自己这辈子唯一一次进男洗手间！

“低头，身子往前倾。”

不等她反应，陆燃便将她脑袋摁在了出水管下，打开，先试了试温度。

“有点儿凉哦，忍一忍。”

南潇点点头。

其实她很想说，流鼻血这种小事，自己完全可以独立解决，而且是在女洗手间里，真的不用麻烦他亲自动手，只可惜陆燃似乎并没打算放任不管，细心地为她清理血迹，卷了纸巾塞在她出血的鼻子里。

“好了，等下我再帮你换纸。”

南潇抬起头，看着镜子里模样滑稽的自己，实在忍不了，僵硬地向他道谢，转身就要逃。

“喂，你是不是傻？”陆燃拧开水龙头，洗手。

“嗯？”她收住脚步，目光略有诧异。

陆燃挤了一些洗手液在掌心，缓慢地揉搓着：“困了不知道睡？”

“我不想偷懒……”

“那你有效率吗？”

“没有……”

陆燃将手放在出水管下，清凉的水流将乳白色的泡沫冲洗干净，他有点儿想笑，却忍着，最后轻叹了口气，转身，湿漉漉的手指在南潇额头点了点。

“这不是傻，是什么，嗯？”

鼻血暂时止住了，不过南潇也同时失去了熬夜奋战的机会，陆燃不知从哪里找来了一条薄毛毯，为她盖好，强行把她脑袋压在了桌上，然后将南潇的电脑据为己有，大概研究了几分钟，就开始顺风顺水地写代码了。

南潇趴在桌上，小脑袋歪歪的，枕着自己手臂，目不转睛地看着他。

这人帅得简直无法让人相信他是个实力派。鼻梁很挺，嘴唇很薄，下颌线条弧度完美，不过最吸引她的还是那长度逆天的睫毛。一个男生，凭什么有这么长的睫毛呢？不科学。

她的视线在陆燃的侧脸上逡巡，滑啊滑，一不小心就滑落在那两瓣儿微微抿起的薄唇上，电光石火间，脑海中回想起某个夜晚，那唇瓣软软的，很温柔，覆在自己唇上，传来细微的颤抖。

她当时应该睁开眼睛的。

嗯，应该睁开眼睛看一看的……

南潇不知道自己什么时候睡着了，只隐约记得，眼前的景象虚虚实实，陆燃俊俏的脸庞忽大忽小，最后融成了一片模糊的雾，期间不断能听到低低的咳嗽声，那究竟是谁，她听不清楚。

翌日清晨，工作了一整晚的后端组收获颇丰，进度撵上来一大截，这下总算可以安安心心准备期末考了。大家纷纷收拾东西，拖着疲惫的身躯回宿舍，南潇从睡梦中醒来，咂咂嘴，发顶翘起了两撮巨可爱的头发。

“结束了吗？”

宋铭杰起身，背书包：“结束了，你也睡好了吧？”

她愣了半拍，忽然想起什么，立刻回头瞪向某个罪魁祸首：“陆燃，你不是说会叫我的吗？”

伏案敲击键盘的男生哑着嗓音，“嗯”了声，头也没回：“看你睡得太香，就没叫。”

“可我的任务……”南潇急忙凑过去，一看，所有工作都已经做完了，还比规定的超前不少，她倍感惭愧，“这些都是你做的？”

陆燃刚开口，便剧烈咳嗽起来，然后点点头：“一不小心就做完了。”

“谢谢你……”

南潇无话可接，只能干巴巴地道了谢，从他手中接过电脑的时候，发现他脸色非常不好："陆燃，你是不是哪里不舒服？"

"还好，回去睡一觉就可以了。"他佯作轻松一笑，冲她扬起嘴角，"该怎么感谢我，心里有数吧？"

南潇脸一烫，放下电脑跑出去了。

陈凯的鼻子灵得像猎犬，迅速嗅到了八卦的味道，拎着书包，吊儿郎当地走过来，从背后搂住了陆燃的肩。

"难得见你熬一次夜啊，之前可从来没见过。"

"怎么？"陆燃掰开他的手指。

陈凯坏笑："你们两个，是不是……嗯哼？"

陆燃拍拍他肩膀："你脑袋里能不能装点儿健康的东西？我得回去补觉了，不准在宿舍打游戏，吵。"

陈凯举起双手，做投降状："得，您是爸爸，我不回去还不成吗？"

"再叫一声爸爸，我准你回。"

"滚！"陈凯钩住他的脖子，他拧着陈凯的手臂，两人很快扭作一团，阵阵欢声笑骂。

然而让陈凯没想到的是，早晨还和自己尽兴打闹的某人，傍晚的时候会突发高烧，他赶回宿舍时吓了一跳，陆燃脸色煞白，一量体温，接近四十度，连忙和宿舍的另外一人将陆燃送去了校医院。由于第二天是周末，科协没活动，大家都窝在宿舍或者图书馆抓紧时间准备期末考，因而陆燃高烧，除了陈凯没人知道。

翌日，正式进入了考试周。

早晨第一门考线性代数，南潇和二咪分到了同一间考场，阿阮和倩倩在隔壁，四人起了个大早，在食堂解决了早饭，便赶到各自的教室埋头复习。

由于上学期学校进行了考试改革，一些科目是可以插班考的，也就是不同的年级混杂在一起，座位号相互交替，这样也能有效地避免作弊行为。

南潇一开始不知道这门是插班考，刚坐下没一会儿，肩膀被人从后面拍了一下，她回头，居然看到了陈凯。

“哎，你怎么在这儿？”

陈凯一扬手，将书包甩到她斜前方的空位上，慢悠悠地绕到前面来：“这门是大二大三插班考，你不知道吗？”

南潇一脸蒙：“不知道。”

“那现在知道了？”陈凯打了个长长的哈欠，一屁股坐到了位置上，转过身，两条手臂搭在椅子背，模样困顿，“昨晚我两点才睡，如果待会儿考着考着睡着了，你可要记得把我叫醒啊。”

“为什么睡那么晚？”

“唉，一言难尽啊……”陈凯一脸无奈，叹口气就转过了身，两只手臂垫在脑袋下，开始补觉。

南潇听得云里雾里，还想细问，但看他一副因为缺乏睡眠所导致的厌世脸，索性放弃了。

不过，既然是插班考，那就意味着……

她心头的波浪微微荡起，目光不自觉地向四周瞟了瞟，并没有看到陆燃的身影。

教室里的人越来越多，很快，两名监考抱着密封试卷进来了，在黑板上写了考场纪律和考试时间，然后将两份不同的花名册递给了前排的两名女生。

“一共两份名单，大二大三分开的，大家核对完自己的座位号和信息无误后，在名字下面签字，然后再传给下一位同学，明白了吗？”

熬夜备战的考生们稀稀拉拉地应了两声，看着那份花名册被一双双手传递起来，每个人拿到它，都会默默念一遍自己的信息，然后挥笔签下大名，再交到下一个人手中。

花名册传着传着，就在南潇旁边的位置上断了节奏。

“同学，麻烦你帮忙传一下，这里的人没来。”斜后方的大三男生戳了戳她后背，递来花名册。

南潇点点头，接过，伸手传给陈凯时，无意中瞄了一眼，隐隐约约看到有一栏空白签名的上方，印着一个“燃”字，可惜陈凯速度太快，还没等她反应，花名册已经脱了手。

“陈凯，喂，陈凯！”

她捏着嗓子叫他，谁知陈凯压根儿就没听见，随手签了名，又趴到了桌子上。

南潇心里发急，左看看右看看，正打算绕到前面将陈凯拽起来，便听其中一名监考忽然问：“那边怎么还空了一个位置？”

这时，路过的巡考恰好进入，俯在那名监考耳边说了几句，监考便在那份花名册上用笔画了两下，写下几个字，便收了起来。

“现在开始发卷，大家将与考试无关的东西全都交上来。”

考试开始。

南潇低头奋笔疾书，脑海里却总是不经意闪过某张俊气的脸，注意力时而在题目上，时而又不知飞到了哪里，考得她心浮气躁，临收卷前，才发现连自己的名字都忘记写了，赶忙补上，轻轻呼了一口气。

铃声响起，趁着监考老师整理卷子的空当，她悄悄走过去，瞄了一眼放在讲台上的那份花名册。果然，那个唯一没有签名的，正是陆燃。

她眉心扣紧，在原处愣了几秒，丢下二咪转身就跑。

这边，陈凯已经走到了楼梯口，被南潇从后面一把拉了回去。

“陆燃今天没有来考试，是吗？”

陈凯睡眼惺忪，很显然，一场考试下来，让他那张困意满满的厌世脸更传神了：“他补考。”

“为什么？”

“昨晚都烧成了那样，现在还不知道有没有退烧呢，来了怕是要完蛋。”

“陆燃发烧了？”南潇立刻紧张起来，语气中透着急切。

陈凯点点头：“要不我怎么这副德性，还不是被他折腾的。”

“他现在人在哪儿？”

“校医院。我估计这会儿……”

“再见！”

不等陈凯把话说完，南潇转身冲了出去，一道劲风似的，着实令陈凯和后赶来的二咪受到了惊吓。

考试周的校医院里冷冷清清的，只要不是病重到神志不清，大部分学生都去参加了期末考，毕竟挂科补考这种事，不论是听起来还是做起来，都是件不那么值得骄傲的事情。

一抹娇小的身影风驰电掣地冲进门诊大厅，扎着马尾辫的小姑娘背着书包，面色焦急，冲医院大厅的值班人员狠狠鞠了一躬。

“打扰了，请问计算机系大三的陆燃住哪间病房？”

“楼上，右手边第三间。”值班的护士翻了翻记录。

“谢谢！”南潇转身，飞奔上楼。

偌大的三人间病房里，乳白色窗帘遮蔽着耀眼的阳光，玻璃窗半开，留出一条窄窄的缝隙，燥热的微风钻进来，吹拂略显破旧的窗帘边角，扑扑洒洒。

最靠近窗户的那张病床上，面容憔悴的少年仰靠在竖立起来的枕头上，枕着一只手臂，另一只垂着，搭在床沿，扎着针管的手背泛起淡淡青筋。

南潇轻轻推开门，蹑手蹑脚地走进来，病房里安静极了，只能听到簌簌而响的风声，临近的两张病床空着，她卸下肩上的书包，朝双目闭阖的男生靠近，俯首小心翼翼瞧他安静的睡颜。

陆燃的烧还没有褪去，双颊微微泛着抹晕红，呼吸有些急促，看上去很不舒服的样子。

“喂，陆燃你还好吗？”南潇朝他耳郭里轻轻吐了口热气。

陆燃没醒，纹丝不动地躺着。

她眨眨眼，心里头忽然有种想做坏事的冲动。那两片淡色唇瓣因身体的不适，浅浅抿着，空气干燥，出现了细细的裂纹，南潇心想，自己得帮帮他。

她看了看桌上的玻璃杯和热水壶，几番犹豫，收回视线，目不转睛地盯着他，像个贪吃的孩子在瞧什么美味佳肴。

下一秒，她便鼓起勇气迎上去，在那翘起的嘴角上猛地啄了一下，紧张着坐了回去。

呼……

真刺激。

被占了便宜的某人仍安静着，睫毛轻颤。南潇做了坏事，心脏怦怦乱跳，一时有些不知所措，正忐忑着，便听到一声低低的沉吟。

“把窗户关上。”

“嗯？”

“把窗户关上。”

她探头，发现他仍旧没有睁眼，只是眉宇间起了一层褶皱，脑袋沉沉地歪到一边。

南潇以为陆燃不想吹风，站起来往窗口走，将那条窄窄的窗户缝合上了，再回头，仰靠在枕头上的男生不知何时悄悄睁开了眼，点了墨般的瞳孔似一双黑曜石，攥着她七上八下的心。

“那个，我听陈凯说你发烧了，所以赶过来……”

“夏天到了，蚊子好多哦。”陆燃哑着声，声线比往常醇厚不少。

南潇蒙蒙地点了点头：“是啊，夏天蚊子就变多了。”

陆燃手指在唇边缓缓摩挲，笑得意味深长：“谁说不是呢。刚才好像有只蚊子咬了我……对了，它咬你了吗？”

南潇愣了几秒，倏然明白过来他想表达什么，臊得满脸通红，站在窗前不肯挪步了。

陆燃瞧着她发笑，笑着笑着就开始咳嗽，朝她招招手：“来，过来。”

南潇扭捏：“干吗？”

他轻描淡写：“过来让我抱抱。”

南潇脸瞬间红透了：“抱……不太合适吧？”

“那过来亲一个？”陆燃嘴角含笑，“怕什么，这里又没别人，我发烧了特别难受，抱一下都不行？”

行吧，谁让他生病了呢，照顾病人的情绪也是应该的。

南潇做足了心理准备，羞赧地别过脸，几步磨了过去，象征性地弯下腰，两只手臂半推半就地环在男生滚烫的脖颈，停留片刻，欲要抽离，谁料身体忽然倾倒，反被他一把揉进了胸膛。

陆燃满足地浅眯眼眸，呼吸间，浸染着缠绵的发香，淡淡的栀子花味道。

“真好闻。”陆燃闷闷地笑，“什么牌子的洗发露？”

“明治。”

“借我用用。”

“好。”

时间仿佛放慢了脚步，每一帧都被填充得丰富多彩，舍不得匆忙，舍不得敷衍。

这姿势保持了好一会儿，南潇觉得自己腰酸背痛，快要撑不住了。

护士姐姐很及时地敲了敲门，轻轻咳嗽一声，站在门口一本正经地问自己方不方便进来换药。

“方便，方便。”南潇连连点头，“刺溜”一下从男生怀中钻出来，窘迫地抓抓后脑勺，趁着护士换药的空当，从书包里掏出了一本书，待护士离开，双手递给他，“你瞧，这本操作系统的书我已经看完啦，咱们图书馆里没有，你要看吗？”

陆燃瞧了眼，正是之前他托那名大一学妹给她送去的那本，原本这里面还夹着一张小卡片，只可惜再无下文。

“我送你的书，为什么还要还回来？”他不解。

南潇一怔：“这是……你的？”

陆燃蹙眉：“你该不会是看书看傻了吧？”

南潇难以置信：“怎么会呢？这本书是学妹给我的，我还没来得及感谢她呢。”

陆燃抿唇，细细打量她的表情，似乎真的没有撒谎，于是便询问了那天的具体细节，这一问，才发现原来是误会一场，她根本就不知道书是自己送的，当然，也不清楚里面还曾夹着一张约饭的小卡片，据他分析，八成是林之语动过手脚。

陆燃闷笑起来，揉着眉心一脸的无可奈何。

“以后可别这么傻了。”

南潇抱着书，蒙蒙地点了点头：“哦……”

“把我书包里的笔记本电脑拿来，给你看个东西。”

南潇乖乖照做，他捣鼓了会儿，将一份文件拿给她看。

“这是……”

“上次不是说，想做第二方案吗？那天我和百佳迪的项目对接人聊了聊，他对这个想法很有兴趣，不过不建议用在这次的项目里，而是之后的一个游戏，所以我就先做了方案策划，你看看？”

南潇惊讶：“你怎么有时间做这个呀？”

“就前天晚上，你流鼻血又睡着了，我抽空写的。”

南潇瘪瘪嘴：“熬夜写，怪不得你会发烧。”

陆燃伸手夺走电脑，“啧”了声：“不看算了。”

“看看看，我看！”她扑上去又抢回来，陆燃的手机恰时响起，一不留神就让她得逞了，他扫一眼屏幕，随手挂断了电话。

“一会儿我把这个发给你，有什么想法就告诉我，等这次去百佳迪交项目时，我带你见见负责人。”

南潇惊喜：“交项目那天，我也可以去吗？”

陆燃笑：“当然，所有人都去，好处大家都有。”

“什么时间？”

“七月十八日。”

南潇激动不已，但转念一想，又皱起了眉头，瞧瞧他：“可是你现在发烧，项目进度不就……”

“不怕，这不是还有你吗？”他悠然一笑，宠溺地揉了揉她的脑袋，“考完试就来照顾我吧，我一个人，闷。”

“好。”她重重点了点头。

由于下午还有一门考试，南潇没有在病房耽搁太久，叮嘱他按时吃药，又替他倒了一杯热水放在床头，这才不舍地离开了。

陆燃目送她背影远去，没有扎针的那只手攥着手机，缓缓拨通了刚才那个号码。

他侧目，望着窗外天空，玻璃窗紧紧闭合着，再没有弯弯的小风驻足逗留，室内变得很闷，随着一声又一声漫长的等待，周遭的空气似乎停滞了。

窗外飞鸟在鸣，低沉婉转。

不多会儿，电话通了，听筒里传来一个中年女人的声音，陆燃深呼了口气，薄唇翕动，唤了一声：“妈……”

考试周兵荒马乱地熬过去了。

七月五日，期盼已久的暑假正式拉开序幕。

陆燃还躺在校医院的病房里，烧已经退了，但身体还是很虚，陈凯早晨来看他，嘲笑他就是个现代版林黛玉，发个烧要死要活的，真是白打了那么些场篮球赛。

陆燃抱着笔记本电脑靠在枕头上，默默听他念叨，也不搭话，一双手噼里啪啦敲着键盘，眨眼的工夫，陈凯手机上就收到了一条匿名短信，他没想那么多，点开想看看里面的内容，不料手机直接自动关机了。

"啧，怎么搞的？"他皱眉看看陆燃，陆燃没搭理，聚精会神地看着电脑，他奇怪，走过去扫了两眼，顿时恼火，"我去，这不是我的自拍照吗，你哪儿来的！"

"我不光有自拍，还有你跟所有女生的聊天记录。"陆燃说话慢悠悠的，点开了一个文件，随手挑了段给他看，"比如这个，如果我没记错的话，她是音乐学院的大一学生吧？奇怪了，你之前不是约她闺蜜了吗？怎么，胃口这么大，要不要我把所有记录群发给这些无辜的女生啊？"

陈凯脸色铁青，不用想，刚才那条匿名短信就是导致自己手机关机的罪魁祸首，同时还盗取了他的存储信息！

陈凯恨得牙痒痒，想骂又不敢骂，陆燃这人他了解啊，这种事他绝对做得出来。

"陆燃，小燃燃，陆大神！"

"别，承受不起。"

"爸爸，你是爸爸还不成吗？"陈凯就差给他跪下了，握着他的手苦苦哀求，"算我错了还不行吗？你哪能是林黛玉啊，整个就是一神仙，我求你把记录删了吧，这要是发出去，真是要我老命了。"

陆燃也没打算真干什么，于是将话锋一转，挑起眉峰："饶你也可以，但你得答应帮我一件事。"

"什么事你尽管开口，上刀山下火海我不行，其他的义不容辞！"

"没那么严重，是关于南潇的。"

"南潇？她什么事？"

"我想追她。"

"所以？"

"没了。"

陈凯蒙了："这要我怎么帮？"

陆燃耸耸肩："看你的修为咯。"

……

这算个什么事哟！

# 忐忑

第九章

NANFENGCHUIJIN
NIXINDI

七月七日，陆燃出院，项目如期进行。

七月十二日，陈凯做最后验收，发现了一个致命漏洞，所有人慌了神，红着眼睛熬了整整一个通宵。

七月十三日，漏洞仍旧没能消除，陆燃再次高烧住院，眼看着两个月的艰苦奋斗就这样即将化为泡影。

七月十四日，南潇在病房陪着陆燃，他说，她做，不熬夜。

七月十六日，漏洞解除。

越是临近重要关头，越是状况百出，临交项目的前两天，终于太平了，十七日休整一天，十八日启程。

陈凯包了一辆大巴车，清晨八点钟，K大校园里一片寂静，几乎所有学生都去享受美好的暑假了，唯有他们校科协一行人浩浩荡荡从小路上走过。大家原本以为交项目的日期会被延后，因为陆燃高烧的缘故，他不在，整个团队就没了主心骨，没办法交差，谁知他倒来得比谁都早，大部队赶到的时候，他已经站在大巴车前吃早餐了。

“啧啧，这不是咱们温婉可人的林黛玉姐姐吗？”陈凯贼兮兮地搂住陆燃肩膀，坏笑着挑起他的下巴，“来，给爷笑一个。”

周围人“扑哧”一声。

“给你三秒钟，速度滚。”陆燃白他一眼，拿起最后一个豆沙包粗暴地塞到他嘴里。

陈凯也不恼，他给，他就吃，三下五除二把包子解决了，打了个饱嗝：“我发现你这烧，烧得很有灵性啊，一熬夜就来，不熬夜就不来，厉害厉害。”

“没完了是吧，你的那个聊天记录……”

“爸爸，您请上车！”陈凯态度一百八十度大转弯，忽地冲他鞠了一躬，恭恭敬敬做出“请”的手势，周围人皆蒙。

人陆陆续续来得差不多了，位置是两人一排，司机吆喝了声，一些还站在车前聊天的就都上来了，陆燃和陈凯核对一遍人数，没问题，很快便发车了。

百佳迪在邻市，全程大约需要两个半小时，南潇和田甜因为来得晚，坐在了后排，有一搭没一搭地聊着天，前面倒是热闹，测试组的几名组员撺掇他们组长起来唱歌，推辞不过，还真吼了一首萧敬腾的《王妃》，好听谈不上，勉勉强强吧，不过大家开心，车厢里一片震耳欲聋的叫好声。

“陆神，来一个！”

“陆神，来一个来一个来一个！”

这么好的机会，这些人怎么可能会放过陆燃呢？

陆燃摆摆手，推辞，大伙儿不愿意，扯着嗓子喊他的名字，最后实在拗不过，也就唱了。

“我唱歌特难听，你们别嫌弃啊。”他清了清嗓子，环视四周，目光定格在后排的某个角落，忽然笑了，“这样吧，既然要唱，我再拉一个人来，你们有没有意见？”

“没有！”

“只要陆神开口，拉谁都行！”

“好，那我就随便点了啊。”他说着闭上了眼睛，装模作样地思索片刻，“请倒数第二排靠窗的人来吧。”

话音刚落，一双双好奇的目光转向后方。

南潇正在和田甜讨论究竟是白敬亭帅，还是刘昊然帅，忽然觉得气氛有些不对劲，一抬头，被眼前的阵势吓了一跳。

“南潇，快来，你被钦点了。”唐琦兴奋地冲她招手。

钦点？

南潇一头雾水。

陆燃信步而来，车身轻轻颠簸，他的身体却稳如磐石，停在不远处，眉眼里浸着一层薄薄笑意。

“手给我。”

“啊？”

“手。”

她愣着，陆燃似有不耐烦，索性一把将她从位置上捞起来，不由分说带到了车前头。

“你们想听什么？”他问，视线却转向坐在前排的陈凯，有那么点儿意味深长。

陈凯多聪明，瞬间领悟，从座位上一跃而起，举双手大喊：“《今天你要嫁给我》！就这个，必须这个！”

大伙儿不明所以，但见他如此激动，也就图个热闹，开始跟着一起起哄：

“陆神，就这个，快唱！”

“凯哥真会选歌！”

南潇只觉得浑身的毛孔都在这一刻收紧了，连手指都动弹不得。

这不是开玩笑吧，当着如此多人的面，要自己和陆燃唱这首歌？

这种都是情侣合唱的，她和他……算怎么回事呀？

不行不行。

她不那么情愿，可陆燃没拒绝，于是不等她开口推辞，他便已经找到了伴奏，为了烘托这首歌的气氛，还一脸淡定地牵起了南潇的手，用力握进掌心。

“春暖的花开，带着冬天的感伤，微风吹来浪漫的气息。每一首情歌忽然充满意义，我就在此刻突然见到你……听我说，手牵手，跟我一起走，创造幸福的生活。昨天已来不及，明天就会可惜，今天嫁给我好吗……”

甜甜的歌词，甜甜的音乐，和那甜甜的笑容。

……

大巴车一路晃晃悠悠地开上高速，车厢里闹腾了一个多小时，又是唱又是跳，还玩起了你画我猜，最后都乏了，你倚着我，我靠着你，窗外景物飞速倒退，连成一条虚幻的线，车子就在这虚虚实实中，驶向目的地。

没有人是信心满满的。

象牙塔里的学子，对课业再如何游刃有余，面对真实的社会，都不免心怀忐忑，两个月的奋战很快就会有个结果，是好是坏也不过一瞬间的事，但对他们来说，这将会是踏入社会的第一笔财富，每个人心里都攒着一股劲儿，憋着拧着，轻易不外露。

那叫压力。

即便他们对陆燃深信不疑，可这是团队合作，少了任何一个环节，车轱辘都无法顺畅转动，必须要环环相扣，一步都不准出差错，这也是为什么当初宋铭杰对选组员的要求那么苛刻。

南潇将脑袋轻轻靠在车窗玻璃上，耳朵里塞着耳机，却没有播放歌曲，身边的田甜晕车晕得东倒西歪，跌跌撞撞跑到了前排，询问谁可以和她换个位置，后排太颠了。

陆燃双膝上摆着笔记本电脑，正在试运行，做最后的梳理工作，闻声便站了起来："坐我这儿吧。"

田甜感激涕零，千恩万谢后坐下了。

陈凯半眯着眼，偷瞄过来，笑了笑，继续蒙头大睡。

这下总不用他出场了吧？

南潇一直望着窗外发呆。她也相当紧张，不光因为自己待会儿要去见项目对接人，还因为担心他们这么久的努力不被认可，这毕竟是一个艰巨的任务，作为学生，他们缺乏实践经验，难免有不完善之处，但已经尽力，如今便只能尽人事，听天命。

她轻叹一口气，伸手握住了身旁人，晃了晃，低声说："田甜，你觉得陆燃他会紧张吗？"

没人回应。

南潇诧异，转头一瞧，惊得险些咬掉了舌头。

"你你你……"她铜铃大的眼睛瞪着下方被自己握着的那只手，修长有力，漂亮得不像是个男生的。

陆燃嘴角缓缓勾起，眼窝盛满狡黠："刚才紧张，现在不了。"

南潇的脸腾地一红，触电似的收回手，心头小鹿乱撞，他倒是不紧张了，可她的心跳快得像是要从胸口蹦出来。

"田甜她……我……你怎么坐这里了？"

前言不搭后语，陆燃一把攥住她的手，揉进掌心里。

“还是牵着吧，话都说不好。”

“别人都看着呢……”南潇压着嗓音抗议。

“谁？”

“就……他们啊。”

“他们都暂时性‘失明’了。”

“可是……”

南潇心里直犯嘀咕，讲道理，这种时候不就该直接开口告白，然后她欣然同意，名正言顺地和他牵手了吗？

想得挺好，可陆燃完全没有要告白的意思，也没有要松手的征兆，这让南潇非常被动。

“你觉得我紧张吗？”陆燃手指发力，握了握她的。

南潇微怔一下，摇头：“你怎么可能紧张呢，你是陆燃哎。”

“是吗？”他笑了笑，松开手，看着满屏缭乱的代码，额前碎发低垂，目光沉沉的，隐藏在一片暗影中，沉默下来。

片刻后。

“其实，我还挺紧张的。”

百佳迪的项目对接人早早就等在了大门口，公司规模不算大，也就几百号人，坐拥四层办公楼，环境相当好，沿路栽种着挺拔的香樟树，绿荫遮蔽，层层叠叠。

一行人以陆燃为首，不同于从K大走出来时的阵势，队伍排得整整齐齐，有条不紊地前进着，连交谈时的音量都刻意放低，窸窸窣窣。从大厅一路乘电梯到公司正门，前台接待将所有人引进了休息室，倒上茶水，拿来瓜果。

这么一来，有些人紧张得绷不住了。

陈凯平时大大咧咧惯了，这会儿正襟危坐，一双手不知道该往哪里放，只好捧着茶杯，左瞧瞧右看看，咳了声。

“你们……紧张吗？”

一句话，引起了大伙儿的议论。

“你们说，要是通过不了，是不是还得继续熬夜？”

“继续熬还是好的，就怕人家直接不要了。”

“啊，那咱们不就白忙活啦？”

一些急性子的开始窃窃私语。

柳予安放下手机，说了句：“要紧张也是陆燃紧张，他待会儿要讲所有的项目流程，咱们就别了吧。”

周围没声了。

他说得对，就算紧张，也轮不上他们啊。

这时，休息室的门开了，另一名负责人让他们准备准备，到会议室展示项目。

陈凯和四名组长站了起来，看着陆燃，他十指飞动用力敲下最后一个字，合上屏幕，抱着电脑起身。

“我们走吧。”

真正展示的时候是不需要所有人到场的，六个人背负着众人的殷切期望往外走，路过南潇身旁时，忽然听到她轻轻说了一句“加油”。

陆燃顿足，侧目深望她一眼，做出口型，说：“等着我。”

无人听闻，唯有南潇读得懂。

等待的过程最是煎熬，剩下所有人干等着也不是个办法，在田甜和唐琦的提议下，大伙儿又开始玩起了你画我猜。南潇无心加入，走出休息室，柳予安后脚便跟了出来。

“喂。”

南潇回头，见是他，本能地向后退了一步，拉开彼此间的距离。

“有事吗？”

“下周一小组聚餐，你来不来？”

“小组聚餐？”南潇蹙眉，“可能去不了了，我要回家。”

“你是怕我才不去的，还是真的不去？”

柳予安忽然这么问了一句，在他看来，南潇的确有理由因为自己而选择不去，这段时间里，他明着暗着欺负她不止一两次，虽说上回的事情，自己算是欠她一个人情，没有当众揭穿他，但要他当面道一声歉的可能性几乎没有，他依旧不喜欢她，更不喜欢看到陆燃和她在一起。

南潇也是打心底里不想和他多说，知道柳予安讨厌自己，所以连忙摇了摇头：“我不去，跟你没关系，是真的要回家。”

“好吧，那我会和组长说的。”他转身便往回走，几步后停了下来，顿了顿，“我和陆燃很久以前就认识了，他之所以会有今天傲人的成绩，除了天分外，他下了多大的工夫我非常清楚，所以你最好考虑一下，如果真的觉得自己配得上，那我无话可说，否则还是之前那些话，他的舞台根本不止如此，如果因为你而耽误了，希望你不会因此感到惭愧。”

柳予安的话令南潇心头五味杂陈。其实她明白他为什么会这么说，就比如林之语也曾对她说过同样的话，她配吗？

配不配，南潇不知道，也不敢在这个问题上较真，因为她深知自己配不上，无论才华，抑或外表。

可感情这件事，不是做交易，没有等价交换这一说，她喜欢他，是那种极其小心翼翼的，像包裹在脆弱的水晶玻璃球里一样，生怕一不小心就在颠簸中，摔碎了。

如履薄冰，并不好受。

时间一晃，已经到了下午一点多钟。

那六人已经离开了近三个小时，还没有回来，休息室里等着的众人都开始焦躁，纷纷猜测会不会是哪里出了问题。

又过了二十分钟，大家都坐立难安之时，忽然听到有一串脚步声由远及近，停在门前，所有人立即竖起耳朵，屏住了呼吸。

门开了，陈凯第一个走进来，脸色很不好看，紧随其后的是四名组长，皆都垂着头，看上去十分丧气。大家瞧见这番光景，似乎猜到了结局，你看着我，我瞅着你，都不说话了。

“凯哥，陆燃呢？”有人问。

陈凯指了指身后，大家的视线顺着看了过去，便见陆燃缓缓地抱着笔记本电脑走进来，微垂着头，额前碎发遮挡住了脸上的表情，看不真切，只是一言不发地叹了口气。

陈凯站在最前面，苦笑，让大家先都坐好，陆燃有话要说。

所有人的心情此刻都沉重极了，怎么说也付出了巨大的心血和努力，如今面对这样的结果，没人不觉得难过。

“是这样，我觉得有必要和大家解释一下。”陆燃声音低沉，抬起手背，悻悻然蹭了蹭鼻头，“这段时间大家辛苦了，我知道，每个人都很用心在做事，但有时候吧，老天爷总会捉弄一下勤奋的人，就比如现在……”他忽然停顿，原本满是悲伤的脸戏剧性地一变，露出令人猝不及防的一抹狡黠，“你们这群家伙不就被我捉弄了吗？”

大家一脸蒙，就见面前这六人变脸似的放声大笑。

“我们通过了！”

“伙计们，嗨起来！”

陆燃将藏在身后的一份文件高高举起，挥动两下，猛地发力将它抛向空中，纸张在震耳欲聋的欢呼声里肆意张扬。

接下来的项目交接流程进行得相当迅速，百佳迪的 CEO 叫瞿司辰，也是 K 大毕业，又因为和蔡教授关系匪浅，所以专程抽出了半天时间来接待他们一行人，正事结束后，在当地的五星级酒店摆了一桌，都是学生，一桌人也不喝酒，要了十几瓶营养快线，吃得尽兴。

之前瞿司辰就和蔡教授打过包票，只要这次项目没什么问题，学弟学妹们不用返工，那他就直接安排酒店，给这些后辈一个三天两夜的度假期，当然，费用他全包。

饭至尾声，瞿司辰借着去洗手间的空当，把陆燃叫了出去。

“这次辛苦你们了。”他点上一根烟，示意陆燃。

陆燃接过一根但没有点，夹在两根手指间：“后期的维护我们也会一直做，谢谢您。”

“谢什么，都是K大的人，应该的。”瞿司辰缓缓吐出一口白色烟雾，“早听说K大有个传奇人物叫陆燃，今天算是见着了。项目做得非常好，以大三学生的水准来说，绝对可以算得上是最高的了。以后有什么打算呢？”

陆燃想了想：“也没什么打算，先找实习，毕业再找工作，实在不行读个研。”

瞿司辰眼光毒辣，盯着他瞧了会儿，莞尔：“不老实。”

“嗯？”

“你这种人，是不会甘心走这种普罗大众的道路的，你没说实话。”

陆燃微愣，笑了：“你觉得我想做什么？”

“我不知道，但一定不是按部就班的路。”

陆燃抿唇，轻轻低下了头，在心里默默权衡一二，忽然开口：“学长，我想出国。”

瞿司辰第二天在北京还有会议，和大家道别后，再次交代助理一定要招待好他们。住宿就安排在吃饭的五星级酒店，满打满算三十几人，陈凯当初统计过大家的信息，办理入住前，开始挨个儿收身份证，收着收着忽然一拍脑门，“哎呀”了声。

“怎么了？”有人问。

“我漏算了一个人……”

“谁？”

“南潇……当时统计，她来得晚，我就给忘了……”

这边，南潇还在和田甜商量，是要再找一个人住三人间，还是就她们两个住双人间，肩膀便被人拍了一下。

陈凯干笑两声，将身份证捧在手里，递给她。

“南潇，我给你说件事，你别生气。”

“什么？”

“今晚你方不方便……”

南潇一愣，迅速护住胸口警惕地看着他：“你要干吗？”

陈凯哭笑不得：“嘿，你想哪儿去了，我是这么龌龊的人吗？”

南潇和田甜相视一眼，不约而同点头。

陈凯哭笑不得：“别闹，真有正事。我之前统计人数的时候，忘记算南潇了，现在酒店房间已满，恐怕……”

南潇眼神哀怨，有点儿不知所措：“那……我要睡哪儿？”

“这不是在和你商量嘛。”陈凯笑嘻嘻地凑上来，一本正经询问，“要不，你来我这儿，我们是三人间的，但只住两人，凑合挤一挤？”

南潇气得鼓起眼睛：“想得美哦，这还不叫龌龊？”

陈凯无奈：“那怎么办，女生那边已经分配好了，再换就乱了，你又不可能和男生住，要不……”他眉眼一扬，提议道，“刚才听瞿司辰的助理说，离这里不远的地方也有酒店，我帮你预订一间？”

这个办法也不是不行，但在这人生地不熟的地方，脱离了大部队就相当于失去了安全感，南潇一时犹豫起来。

田甜“啧”了声，说：“没必要吧，南潇和我睡一张床，也就一晚上，凑合一下就过去了，实在不行，我陪她去别的地方住。”

南潇感动得热泪盈眶，握着田甜的手激动得直点头：“田甜你真好，我们一起。”

“一起什么？”一道低沉的嗓音传来。

陆燃单手插在口袋里，身披夜色而来，听陈凯解释了一通，当即否决了田甜的想法：“明天要早起，登山，所以今天晚上必须好好休息，你们两人挤在一张床上，能睡好觉吗？南潇等下跟我走，就按陈凯说的，去另一家酒店。”

田甜蹙眉：“那我陪南潇去。”

不等陆燃开口，陈凯急了眼：“你跟着去干吗，谁知道那边还有没有房间，万一只剩单人间，你去了不是添乱吗？放心吧，很近的，就两条街的距离，步行十分钟就到了，明天我和瞿司辰的助理打声招呼，把南潇加到名单里。”

话已至此，田甜也就不再坚持，叮嘱了南潇要注意安全，便跟随大部队进了电梯。

转瞬间，周遭走得空空荡荡，留南潇一人在原地心情低落。

这边，陈凯办妥所有入住手续，临走前郑重其事地拍了拍陆燃的肩膀，递给他一记意味深长的眼神：“兄弟我就帮到这里了，剩下的靠你自己。”

“嗯？”陆燃侧目，微微一怔，旋即反应过来，挑起眉峰，啧了声，“你可真猥琐。”

“喂喂喂，你可不要恩将仇报哦。”陈凯瞪目，理直气壮道，“是你要我帮忙追南潇的。”

陆燃失笑：“你就这么帮的？”

“哎呀，先别急着埋怨，等你到了那里，会感谢我的。”随后，他鬼鬼祟祟在口袋里摸索一番，掏出一张小卡片，左右看了看，塞进陆燃手里。

“这是什么？”

“嘘……小声点儿，这是我特地从服务生那里要来的酒店名片，你带南潇过去，绝对满意。”

陆燃瞧瞧他，又瞧瞧手里的名片，怎么想都觉得有些不对劲，再仔细一看，酒店名称正下方，赫然标注着“情侣”二字，加粗的粉红色，四周还点缀着一圈暧昧的小桃心。

原来是家情侣酒店啊。

陆燃哭笑不得，哪有随随便便就带女孩子到这种地方的，他是要追，又不是要干吗，实在是大写的“服”。

走出五星级酒店，天色尽黑。瞿司辰的助理提出可以开车送他们一程，陆燃婉拒了。就十分钟的路，不必麻烦，当饭后消遣也好。

徐徐晚风拂过脸庞，小城朴素，临着湖，岸边有石块堆砌的围栏，沿着湖畔向远方伸展，望不到尽头。琳琅的路灯伫立在道路两旁，光影绰约，斜斜地投照在墨黑的湖面，一片粼粼波光，风亦温柔，抚动表面，搅动墨黑的湖水，漾起层层涟漪。

周围很静，偶尔有车辆驶过，车灯将柏油马路打磨得亮堂堂，也不小心照亮了两道身影，临着湖畔，一前一后。

两条街的距离，似乎没有想象当中的那么触手可及。

“陆燃，我们是不是走错路了？”南潇紧走两步，上前拽住了他衣角。

陆燃脚步微顿：“我的方向感一向很好。”

“可是……”她向四周望去，陌生的景物，不由得皱起了眉头。

助理临走前叮咛，要拐三次弯，过两个十字路口，可是他们已经走了十几分钟，还没见到酒店。

南潇低头看看时间，九点五十分，不算早了。

“要不，打个电话问问路吧？”

陆燃脚步停住，回头：“来。”

“嗯？”南潇两道好看的眉尖揉在一起。

“来，过来。”他朝她招招手，指了指对岸。

南潇提步，疑惑地顺着他手指的方向看过去，那边不知是什么地方，灯火辉煌，五彩斑斓的霓虹灯光倾泻在湖面，像是为湖水披上了一件绚丽的嫁衣。

“那里是什么呀？”

“不记得了？”

南潇摇摇头。

“早上我们才到过那里。”

“百佳迪？”

“嗯，就是那栋商业大厦。”陆燃向前走了几步，手肘搭在围栏上，目光凝视着那片不夜之地，“瞿司辰说，百佳迪的员工都很拼，常常加班到凌晨，而那栋大厦的下面几层是一家娱乐城，他的员工经常和那里的人挤电梯，一边是下班的，一边却是上班的，蛮有意思。”

“是啊，有些人的工作已经结束，而有些人的一天才刚刚开始。”

“那你想成为哪一拨？”

南潇微微一愣，笑了：“问这干吗？”

“随便问问。”陆燃也笑了，笑着笑着，忽然没来由地说，“之前蔡教授说过，这次的项目如果完成出色，可能会有保送出国的机会。”

南潇再次愣怔，这回没能笑得出来：“你……想出国？”

“还没想好。”陆燃抿唇，表情平淡，“你觉得我要不要去？”

南潇喉间轻滚，声音涩涩：“当然要去，这么好的机会怎么能放弃？我想被保送出国，还没这么好命呢。”

“这样啊。”陆燃嘴角微微勾起，顿了几秒，倏然偏头，目光沉沉盯着她脸庞。

“真心话？”

“当然。”

“不后悔？”

“我为什么要后悔？”

“那好，回去后我就找蔡教授，申请保送出国的资格。”

“那就提前祝你出国顺利。”

“谢谢。”

南潇揉揉鼻子，艰难地挤出一抹难看的笑容。

真好，男神果然是男神，没有让她失望。

南潇仰起脸庞，同湖水一般墨黑的天际点缀着朦胧星辰，扑朔迷离。她为他高兴，人生的每一步都像被安排好那样，走得顺顺当当圆圆满满，哪里会有磕绊？哪里会有踌躇？

想必，在他繁忙且高速运转的生活轨迹里，从未留过她的影子，或许也曾逗留些许时光，但命运使然，终将化为毫无意义的烟尘灰烬，碾进潮湿的泥土中，经似火的骄阳兜头一晒，便化作青烟散尽。

悔不悔的，她怎么说了算？

南潇陷入了纠结复杂的情绪里，每当这种时候，她都无比讨厌自己的多愁善感，小小的心思很敏感，却又无能为力。

陆燃抬起手，掌心向下揉在她发顶，目光向前平视湖面，轻轻问了一句：“再给你最后一次机会哦，要不要我出国？”

南潇发酸的心尖猛地颤抖一下：“嗯。”

“‘嗯’是什么意思？”

“要你出国。”

他侧目，视线也随之移了过来，静静地、缓缓地落在她深埋于胸口的脸庞上，柔软的碎发遮挡着，看不透是何种表情，但只听那一声声错乱的呼吸，就知道她此刻有多慌张。

陆燃低低地说：“真傻。”

就没见过这么傻的丫头，说出心里的话，就那么难？

“我们之间的赌约还算数吗？”陆燃问。

南潇顿了顿：“你说。”

陆燃不想兜圈子，他干净的唇瓣抿起来，侧过身，一把攥住了南潇的手腕。

“算，嗯？”

“那就……”南潇瞠目，提着一口气不敢乱动，“算吧。”

“那算谁赢？”

南潇犹豫起来。其实她当然想一口咬定自己是赢家，可她自知在这次项目里，自己并没有做多么杰出的贡献，也没有强大到令整组人心服口服，她还是之前那个技术勉勉强强的小菜鸟，遇到难题就会沮丧，眼巴巴期望着谁能拉自己一把，使双脚脱离泥泞的沼泽。

“我也不知道他们有没有接纳我。”南潇干笑两声，“不然，还是算了吧？正好你打算出国，之前的事就当作玩笑，没有负担，才能安心离开。”她声音越来越小，耷拉着脑袋。

陆燃无奈扶额：“你这样，我可走不了。”话音刚落，他轻叹一声，高高的身体低俯下来，两根手指抬起她小小的下颌，态度强硬地要她看着自己。

纤细的眼睫毛似两把小蒲扇，眨啊眨，两颗黑曜石般的眼瞳，呼吸急促，两侧鼻翼飞快收缩，双颊以肉眼可见的速度染上了两抹娇滴滴的晕红。

陆燃眉眼含笑，晃了晃她下巴：“勾引我，嗯？”

南潇脸蛋似大火燎原般烧起来：“别瞎说，我才没有……”

“你赢了。”

“嗯？”

“我说，你赢了，我输了。”他笑意汹涌，“做我女朋友好不好？”

某人彻底宕机了，脑袋里有两个小人在打架。

一个说："答应他，快答应他，这可是连做梦都遇不到的美事，那可是陆燃哎，多少女孩子藏在心窝里的男神，他亲口向你告白，还在等什么呢？"

另一个说："不行的南潇，你要冷静，克制住自己，他以后会出国，也许回来，也许不回来，如果你答应了他，结果又如何呢？不管是陆燃为了前程而放弃你，或是为了你而放弃前程，都不好受，不是吗？"

南潇脑袋里乱糟糟的，她臆想过无数种表白场景，却从没觉得自己会陷入自相矛盾的境地。

"喂，我在向你表白哎，专心点儿好不好？"陆燃见她迟迟不作回应，佯装生气，捏住她脸蛋，稍稍一用力，她的嘴巴就嘟了起来，活像一只花栗鼠。

"让……让我考虑考虑……"

"考虑什么？"

"太突然了，我还没有准备好。"

"考虑多久？"

"不知道……"

"那这样可以吗？"话毕，陆燃用手掌托起她脸庞，俯首吻住。

唇齿纠缠，低低的惊呼声淹没在骤然急促的喘息里，风吹起，贴着湖面席卷而来，吹过男生清隽眉眼，抚过女孩子被水洗过似的双眸。

一吻终了，旖旎缱绻。

"还考虑吗？"

南潇的脑袋早已不再运转了："嗯……再考虑考虑。"

"那看来是我还不够努力。"陆燃低笑，俯首卷土重来，又是深深的一吻，擂鼓般的心跳炸响耳畔。

"现在呢？"

南潇用手背遮住滚烫的唇，明净的眸中湿漉漉一片，小鹿似的望着他，不作声。

陆燃挑眉：“还不满意？”

“不是……”

“以前怎么没发现，你这丫头心机好深。”他眉梢眼角染着愉悦，语气中皆是浓烈的笑意，“就这么想让我吻啊？”坏笑，低头，再次亲吻上那双柔软湿润的唇。

这次不再是蜻蜓点水，他吻得汹涌，手掌垫在她后脑勺，霸道地桎梏着，不容许她反抗，灵巧的舌尖撬开唇齿，肆意攫取。

南潇感受到了。一种她未曾领略过的情绪，劈头盖脸而来，他的睫毛，指尖，还有身体，隐隐在颤抖，像是承受着什么巨大苦楚，又像是种错觉。

“南潇，做我女朋友好不好？”他敛起眉目，暗流涌动的双眸深望着她，猛地一把将她抱进怀里，紧绷绷的手臂卷着她瘦削的身体，仿佛要将她揉碎在胸膛，“好不好？”

语气中有那么一丝急迫的渴求，等待她回应。

南潇怔怔抬起头：“陆燃，你怎么了？”

“嗯？”

“你在发抖。”她握拳抵在他胸口，眉心揪着，“为什么？”

一抹异色自他眼底转瞬即逝，陆燃沉默了下，弯起嘴角，又是那副坏坏的笑容：“我说我太紧张了，你信吗？”

南潇将信将疑：“不信。”

“那你还问？”

“可是……”

“喂，你话怎么这么多？”他恼，狠狠在她脸颊啄了一口，“看我第一次表白，故意为难？”

“我没有……”南潇委屈，瘪着嘴低下了头，继而一愣，豁然抬眸，“你……第一次？”

某人傲娇地哼了声，居高临下睇她一眼：“我长得很像经常表白的样子吗？”

南潇“扑哧”一声笑出来：“你长得很像经常被表白的样子。”

“所以你要珍惜。”

“嗯，我会的。”南潇偷笑，精灵似的觑他一眼，“我绝对会珍惜，毕竟你第一次表白，我怎么敢随便敷衍？不过放心，我会替你保密的，一定不会告诉别人，堂堂K大校科协会长兼万众敬仰的男神，做什么都成竹在胸稳操胜券，表白的时候居然会紧张到发抖。”她笑得眉眼弯弯。

陆燃无奈扶额：“完蛋了你。我觉得，今晚可能会发生点儿什么。”他两指夹着一张粉红色卡片，笑得邪气。

南潇嘴角颤了颤，佯装镇定：“这是什么？”

“礼物，你一定喜欢。”

唇，贴着耳畔，呼着滚烫的气息，南潇缩起脖子，心跳七上八下的。她才不信他的鬼话，瞧这情景，怕是要羊入虎口，于是逮着空，一猫腰从他怀中退了出来，转身就逃。

“我突然想起有东西落在了酒店，回见！”

想法很好，但真正实行起来困难重重。

长胳膊长腿的陆燃对付她，简直易如反掌，轻轻松松伸手一捞，再次将她卷进怀间，从背后环着她纤瘦的小腰，下巴懒洋洋地抵在清香的肩窝里，鼻息翕动，少女躯体散发出沁人心脾的味道，嗅着嗅着，他便不自知地喟叹一声。

“这下，你真的完蛋了。”

命运辗转，老天自有安排，随手撒下丝线，缠着你心的，束着我身的，管它俗世清扰有何许变数。情动之初，千千万万种理由，筛选过后，无非一颗心向着一颗心，一双眼眺望一双眼，瞒着困苦藏着罪恶揣着糊涂，于无人知晓的最深处挣扎，泅渡。

何处伊始，何处归途。

他从来都未曾如此庆幸过。

# 绝境

## 第十章

NANFENGCHUIJIN NIXINDI

南潇没想到，陆燃也没想到，陈凯推荐的这家情侣酒店居然是打着“情侣”之名的情趣酒店，更不巧的是，酒店就只剩一间房了，怪不得办理入住时，前台小姐姐的眼神暧昧得像快要融化掉的雪糕一般，臊得南潇脸红透了。

事情发展到如此地步，南潇就算再傻也明白了一二，电梯载着两人到五楼，门打开，她磨磨蹭蹭，迟迟不肯走出。

“自己走，还是我帮你？”陆燃浅浅眯眸，嘴角噙着抹戏谑。

“你们合起伙来欺负人。”她吸了吸鼻子，脚尖在地面来回蹭，低咒一句，“陈凯那个浑蛋。”

“可不，他的确是。”陆燃点头附和，丝毫没觉得这个词，同样也适用来形容他自己。

南潇气得七窍生烟：“不住了不住了，我去睡大马路！”

她抬手狂摁电梯的下降键，自动门迅速闭合，陆燃跷起脚轻轻抵住，门又再次打开，他单手撑在墙壁上，似笑非笑打量她。

“我准备了东西，今晚肯定用得上。”说着，他将手背到身后，打开了背包拉链，在里面飞快摸索着什么，脸上带着坏笑。

南潇脑海里蹦出的第一个念头就是——

“停……停！”一开口，慌得舌头都打了卷。她可是绝对的纯洁少女，从小到大一次恋爱都没谈过，更别提同住一个屋檐下，这已经是最大的忍耐极限，多余的实在无力承受。

南潇被他的动作吓得惊慌失措，捂着眼睛连退好几步，缩在电梯角落不肯动弹，口中直嚷着要他立刻收回去。

陆燃一愣，动作停顿片刻，忽然放声大笑，扶着额蹲了下去，直笑得眼泪止不住流出来，两侧肩膀隐隐耸动：“你怎么这么可爱，想什么呢？”

南潇缓缓打开两条手指缝隙，涨红着脸看过来。

“你以为我要拿什么？”陆燃将书包卸下肩头，丢给她，“自己看。”

南潇将信将疑地瞧瞧他，拧着眉头，小心翼翼地拉动拉链，打开，探头一看：“这是……”背包里仅有两样东西，一台笔记本电脑，一份装订成册的文件。

她狐疑着拿起来，粗略扫过几眼，发现竟是之前他们两人的小秘密，那个关于百佳迪游戏需求设计的第二方案。

南潇的脸比刚刚在楼下还要红。

文件和之前陆燃在医院里拿给她看的初稿不完全一致，这份更加详细，修改了很多漏洞，格式也进行过排版，看上去十分专业。

其实今晚就算没有陈凯，他也打算约她出来，咖啡厅也好，临街公园也罢，一起讨论后天的事宜，然后表白，不过眼下这充满情调的酒店房间，可以算得上是最好的选择。

陆燃将笔记本电脑解锁，递给南潇：“电子版里我做了批注，有不懂的地方先自己研究，我去洗澡。”说着，他也不避讳，当面就脱下了夹克外套，随手搭在床头，作势又要去脱里面的短袖衬衫，抬头一瞧，床边刚刚还认真看文件的小丫头不知何时把眼睛捂上了，羞赧地别开了脸。

他轻笑一声，脱衣，扬手朝她抛出去。

柔软的棉质布料兜头罩了下来，蒙住南潇的脑袋，余温未消，还留有男生身体独有的干净味道。

“不准偷看哦。”

陆燃的声音传过来，隔着布料，闷闷的，很好听，她气得牙根直痒痒。

谁要偷看他，哼！

浴室里很快传来“哗啦啦”的水声，南潇逼着自己将注意力集中在电脑屏幕上，但周围装饰暧昧的环境实在无法令人静下心来。

不愧是情侣酒店，一张硕大的心形床，床单是粉色的，点缀着朵朵娇艳玫瑰，绣着华丽的金丝线。俗，太俗了，简直俗不可耐。

但感情不就是这样？这世上哪有不俗气的爱。

整面墙壁铺着色彩鲜艳的壁画，环视四周，满眼都是小桃心，靠近窗口的地方摆放着两个短沙发，拼在一起，也是一枚心形。

不得不说，氛围这种东西很奇妙，设身处地陷在其中，越是逃避，就越是不可控制地往奇怪的地方联想。

南潇双眼直勾勾地盯着对面绣着鸳鸯的一对枕头，今晚……该怎么睡呢？

想着想着，脸莫名就烧了起来，一发不可收拾，深呼吸也没用，打开窗户仍然觉得热，胸口里似乎困着一只抓耳挠腮的小野猫，急不可待地想要冲出牢笼。

幸好此时，一阵手机的振动将南潇从中解救出来。

陆燃进浴室前，把口袋里的手机放在了电视柜上，她走过去，看了眼屏幕，来电显示是一个大写字母“M”，想了想，接起来：“喂？”

那边迟迟不开口，片刻后，一道中年女人的声音传来。

“这是陆燃的手机对吗？”

南潇连忙解释：“抱歉，他去……洗澡了，这会儿不方便接电话。”

女人很明显地一愣：“那你是谁？”

“我是他同学。”

“你叫什么名字？”

“南潇。”

女人沉默了片刻，没再多问，叮嘱她告诉陆燃，待会儿给自己回电话。

“好的，请问你是……”

“我是他妈妈。”

电话猝不及防挂断了。

南潇呆呆地望着逐渐暗下去的手机屏幕，悔得肠子都青了。

手真欠哪……

十分钟后，陆燃披着浴巾走了出来，头发湿漉漉的，往下滚着水珠。

“看完了吗？”他弯身，拿出柜子里的吹风机。

南潇魂不守舍地盯着电脑屏幕，做贼心虚，眼睛左瞟一下，右瞟一下，就是不敢看他。

陆燃偏头：“问你话呢。”

“还……还差一点儿。”

“那就继续看，有问题就问。”说完，他将吹风机插上电，正要摁下开关，便听身后传来一声弱弱的回应。

“刚才有人打你手机……”

陆燃眸色一顿：“谁？”

“你妈妈，让你给她回个电话。”

“你们说什么了？”他的语气忽然严肃起来。

南潇瞬间绷直脊背，紧张地摇摇头：“没，什么都没说，她只问了我的名字，就把电话挂了。”

陆燃沉默下来。很快，他拔掉了吹风机插头，扯落肩头的浴巾，随手套上那件棉质短袖衬衫，攥着手机飞快地走出房门。

周围静悄悄的。

南潇一动不动地坐在床沿，脑袋里乱作一团。她不知道他为什么忽然变得严肃，怕自己贸然接听电话，给他带来困扰，即便她是无心之举。

纠结许久，南潇决定出去看看，至少也要向他道个歉。

她放下笔记本电脑，从床头一跃而下，没顾得上换鞋，就踩着酒店的一次性拖鞋走出房门，找了一圈，在走廊尽头的露天阳台上看到了陆燃清瘦的背影。

他背对着她，左手握住栏杆，右手攥着手机，夜风拂起他尚且潮湿的黑发，细密的小水珠落在脚边地面上，薄薄一层，撩起轻飘飘的浮尘。

面前一道紧闭的玻璃门将南潇阻隔在外。

陆燃的声音起起伏伏，时而清晰，时而模糊，她听得并不真切，直到通话结束的那一刻，他陡然间拔高音量：“……你不要找她，不需要……你不用劝我，这是我自己的事，我会看着办……她不用知道，什么都不用。”

时间静默着。

也不知过了多久，男生终于转身，手中还攥着发烫的手机，推开玻璃门那瞬间，远远的，便看到走廊那端的角落里蹲着抹瘦小身影，低垂脑袋，右手食指在铺了波斯地毯上有一下没一下地划拉着，神情很专注。

“喂，你在这里做什么，还穿着拖鞋。”

南潇一个激灵，豁然起身：“我……我有点儿饿，想叫外卖来着，房间里信号差，于是就跑了出来，没想到这门自己就合上了……”她磕磕巴巴解释一通，在心里把自己骂得狗血淋头。

南潇啊南潇，你怎么就这么笨呢？出来之前居然忘记带房卡，现在倒好了，一百张嘴也说不清了。

陆燃抱起双臂，似信非信地打量她，也不知有没有被她这番蹩脚的理由说服，脸上看不出是喜是怒："是不是傻？"

"对不起……"南潇自知理亏，乖乖低下头，还在绞尽脑汁想如何道歉，不料他却忽然倾身，一把揽过她的肩膀，揉搓起来。

"就不知道披件衣服再出来？这里风大，想感冒是不是？"

她一愣。

"我没带多余的。"

"我的外套是摆设吗？"

"可你不也没穿嘛……"

"说什么？"

"我说我记住了，以后一定穿！"

"乖。"

陆燃满意地点头。

南潇暗暗吁了一口气。还好，他没有怀疑别的，如果被陆燃知道她是因为偷听电话，所以才导致了眼前的结果，指不定会怎么教训她呢。

不过……他在露天阳台最后说的那些话，究竟是什么意思呢？

此刻已经接近凌晨。

陆燃要她等在门口，自己坐电梯到一楼前台要来了备用房卡，回来的路上想到什么，顺手掏出手机点了一份肯德基宅急送。

两人前后走入房间，他只字未提那通电话，南潇也识趣地没有问，两个人有一种不约而同的默契。

"这里留了一部分关于游戏打怪升级的分析，之前听你讲过，挺好的，就由你来做最后的完善，这份文件，就是我送你的第一份礼物。”

她懵懂地点了点头。

陆燃重新将吹风机插上电，摁下开关，“嗡嗡嗡”的响声充斥整个空间。很快，热风烘干头发，他随手抓了抓，背对着她收好，又为手机充了电，忽然好笑地开口：“好看吗？”

“嗯？”南潇坐在床沿，一愣。

“我问，好看吗？盯了我这么久。”

被当场戳穿的感觉真不好，谁叫他侧颜实在太引人注目了呢？南潇赧然低下头，支吾片刻，往床边挪了挪：“今晚……怎么睡呀？”

“当然是一起。”

“一起？”

“不然你要睡走廊去吗？”

南潇眼皮轻跳，脸色由白变红：“可是这床……”

陆燃走过来，手掌贴着床垫用力压了压：“软硬适中，睡起来一定很舒服，没什么问题的话，就去洗澡吧。”

“有问题！”

“那就憋着，去洗澡。”

得，根本不给她开口的机会。

南潇磨磨蹭蹭站起身，左看看右看看，神色为难，趁着他不注意，飞快抱着背包溜进浴室，反锁门，这才重重呼了口气，翻出了一包干净的换洗内衣。

浴室里迟迟没有动静。

陆燃浏览完四五篇近期发表的计算机论文，仍然没听到淋浴时该有的水声，不免疑惑，起身走了过去，敲了二下门。

“南潇？”

里面传来“哐当”一声，不知打翻了什么东西，紧接着便是一串急促的脚步声。

“南潇，你在干什么？”

“那个……出了点儿小意外。”

“什么？”

“说了你不许笑话我。”

“说。”

“我来例假了，没带卫生巾。”

……

“可以帮我向前台要一包吗？谢谢你。”

等啊等，南潇正考虑着要不要打开门时，便听到外面传来敲门声。

陆燃打开房门，从刚才那名前台小姐姐手里接过一包七度空间，低声说了句谢谢，关门的瞬间，好巧不巧看到了她脸上闪过一丝惋惜的表情。

可不是嘛，不久前才到楼下要了备用房卡，现在又是卫生巾，很容易就让人浮想联翩，说不定刚才他是因为什么事情被女朋友赶了出来，无奈之下才去要备用房卡，然后好不容易哄好了女生，女朋友却说自己来了例假。

这明摆着就是故意的嘛。

前台小姐姐脑补着狗血的剧情，这边，南潇将浴室门拉开一条窄缝，迅速接过那包卫生巾，胡乱打理一通，匆匆忙忙冲了个澡就出来了。

“洗好了？”陆燃抱着笔记本电脑靠在床头，随口问了一句。

“嗯，好了。”她轻轻应了一声，飞快将吹风机插好，准备吹头发，却看到电视柜前不知何时摆了一只硕大的肯德基全家桶，“这是？”

“你刚才不是说饿了？”

“谢、谢谢……”

南潇有苦说不出，活该自己编瞎话，这么多，撑死她算了。她脸上表情复杂，小动作悉数落在男生眼里，陆燃偷偷扯了下嘴角。

熄灯了，空气中，两道呼吸一深一浅。

南潇此刻才发觉，一切都是自己想太多，他所谓的一起睡，真的就只是一起睡。她独占整张心形大床，而他将那两只短沙发简单拼凑在一起，蜷着身入眠。

这距离，说近不近，说远不远，虽然相当安全，可不知为何，南潇心里逐渐滋生出一种莫名的失落感，随着时间流逝，让她辗转反侧无所适从。

“睡不着吗？”黑暗中，磁性的嗓音钻入耳膜。

“嗯……”

“我也是。”陆燃低低地沉吟一声，忽然翻身而起，几步跨上床，贴着她后背躺了下来。

一时间，南潇紧张得手心冒汗，不敢乱动。一双温暖的臂膀探了过来，先是搭在她肩头，而后缓缓下移，停在腰间：“我可以抱抱你吗？”

后颈被他温热的气息包裹着，哪里顾得上回答，一切，都随他去吧。

陆燃收紧手臂，用力将她整个拥入怀间，两人的身体严丝合缝地贴在一起，隔着薄薄的布料，感受着彼此滚烫的体温。

此刻更是睡意全无。脑袋里有根弦紧紧绷着，这姿势暧昧得让人心跳加速，掌心里不知不觉溢出汗渍，潮湿温热。

她的脸忽然被扳了过去。

细密的吻落在发顶、眉间、嘴角，而后又沿原路吻了回来。陆燃的动作青涩带着急迫，又竭尽全力克制着，生怕吓到她。

南潇觉得身体发生了异样的变化，是一种令自己无法控制的感觉。某一刻，就要忍不住低呼出声，却被他一把拥入怀抱。

“睡觉。”

他再没有多余的动作，就只是紧紧抱着她，身体还因刚才的冲动散发着滚烫温度，他低低地呼了一口气，缓解身体里的难熬。

这太刺激了。

两具努力克制的身躯拼命相拥，好像要冲进彼此的身体里，听劲风狂叫。

渐渐地，烈火将熄，奔波一天的疲倦涌上心头。

南潇强撑着不睡去，可这怀抱实在太令人心安，似一个坚硬的壳，包裹着她柔软的身躯。

这一刻，她才真正意识到，他是自己的了。

困意如潮水般袭来，恍恍惚惚中，她听到有谁在同自己说话。

“南潇，我喜欢你。从很久很久以前见第一面的时候，就喜欢你。

“我以为我们不会有故事的，我一直以为……谢谢你那晚精彩的表白。

“以后的路，我终于能够坦坦荡荡地走了。”

夜晚深邃，空空荡荡的天幕几点星辰，晨光破晓时，一抹浅浅的橙色跃出地平线，又是崭新的一天。

八点钟，清凉的晨风吹醒一张张青春脸庞。陈凯举着点名册，扯着嗓子在点名。

“高知晓！”

“到！”

“李岩！”

“到！”

“周齐梦飞！”

“来了来了来了……”

人群你推我搡，好不容易安静下来，然而姗姗来迟的陆燃和南潇又令队伍炸开了锅，大家七嘴八舌嚷嚷起来，等走近了，众人发现两人脸色都有些红，也不知是赶路太急，还是别的原因，令人浮想联翩。

“咳咳，大家别在这里乱八卦了，赶快上车，我们还要去湿地森林，再晚点儿就赶不上中午饭了。”陈凯像轰小鸡似的将人群轰上了车，瞧了眼南潇，又瞧了眼陆燃，朝他使眼色，“没搞定？”

“就你话多。”陆燃一把搂住他的脖子，两人你推我拉地走到大巴车后，陈凯一脸期待。

“怎么样啦？”

陆燃平静地说：“我表白了，她答应了。”

“那你们？”陈凯有点儿看不懂了。

既然如此，那就应该光明正大牵着手，向全世界宣布我们在一起了，搞得这么神秘，不知道的还以为是哪个特务组织呢。

陆燃摇摇头：“我们暂时不想公开，南潇怕惹来太多流言蜚语，之前那次表白的后果你也见识到了，诋毁她的人不在少数，我想等时机成熟，再公开。”

“你们就‘作’吧，我不管了！”陈凯气得直跺脚，恨不得立刻冲过去，当着所有人的面宣布两人的情侣关系，他可是个急性子，这种事一秒钟都等不及。

陆燃真能沉得住气啊。

车子发动了。

田甜晕车，直接和陆燃换了座位，陈凯瞧见，也立刻和倒数第二排的李岩交换了位置，与陆燃相隔一条过道，眼睛时不时就往那边瞟一下，很快就见两人的手牵在了一起，忍不住偷笑。

何必呢！

车轮滚滚，两侧的风景飞速倒退，因为驶向郊区，越接近目的地就越显苍凉。

这座城不大，由于近几年科技兴起，涌入了许多如百佳迪这样的创业公司，大型企业也相继落脚，很快就会被划入省会城市的高新区，于是连带着一些景区也被列入了重点规划的名单。瞿司辰临走前叮嘱助理，一定要带他们去郊区的国家湿地公园，这是上个月才正式对外开放的自然生态圈，值得一看。

半小时后，车子停在国家湿地公园的入口处。

瞿司辰的助理一早就赶到了，帮他们买好门票，一张一张发下去，还给司机也留了一张。

到底是正值青春期的少年，近三小时的车程并没有消磨掉大家的热情，三五成群，打打闹闹地朝深处走去，丝毫未显倦意。

陆燃和南潇肩并肩，走在队伍的中后游，远远看去，两个背影靠得越来越近。

脚下铺着错落有致的石子路，昨晚这里似乎下过雨，将那一颗颗鹅卵石冲刷得晶莹剔透。山风卷裹着清新的泥土气息，再往深处走，便有山涧的流水声和脆生生的鸟啼。

这可真是个约会的好地方。

陆燃向四周看看，忽然觉得这些平日里一起并肩作战的队友，此刻显得格外多余。

“跟我来，我们走这边。”他拽着南潇，横穿队伍朝一旁的林子里钻。

“哎哎哎，陆……”陈凯眼尖，刚要冲过来提醒他们走错了，便被陆燃一个眼神剜了回去。

“嘘……”他将食指贴在唇上，冲陈凯神秘一笑，拉着南潇很快消失不见。

陈凯狠狠翻了个白眼，哼了一声：“重色轻友，等着瞧！”

陆燃拉着南潇的手，在茂密的林中穿梭，直到彻底甩开大部队后，两人这才气喘吁吁地靠着树干，边缓气，边瞧着彼此，看着看着就忍不住笑出声来。

“哪有你这样当科协会长的，组员都不要了。”

“谁说的。”陆燃用手背蹭干额前汗水，闷闷地笑道，“我的组员不就在这儿吗？”

“只有我一个，其他人都不算的哦？”

“算，可我最喜欢这一个。”他一把攥住她的手，身体迎面贴了上来，将她整个压靠在树上。

“你……干吗呀？”她赧然低下头，小声嗫嚅。

“不干吗，就看看你。”

“嘁……”

陆燃肆意地笑起来，一把搂住她，低头，在她冰凉的眉宇间落了一记绵长的吻。

这一吻上，就不是说停便能立刻停下来的。

幽闭的林子里，轻风吹着头顶树叶“呼啦啦”响，稀薄的光线透过叶子缝隙，在地面投下零碎斑点，干净得一尘不染。

“南潇，你到底有多喜欢我？”陆燃眸子清亮，低头望着。

她双颊绯红，眼睫颤了颤：“很喜欢。”

“那是多喜欢？”

“可以不吃饭，可以不睡觉，可以不在乎一切，但不能不喜欢你。”

就是这样。

她原本就藏在心里，想说却一直都不敢说出口的话，此刻终于如愿以偿，比想象当中要简单得多，难免一身轻松。

陆燃失笑：“我也是。”说罢，无所顾忌地亲上她的唇。

就在此时，后方忽然传来一声响亮的口哨，紧接着便是此起彼伏的起哄声，眨眼间便将两人淹没。

“快，快拍照，发到校网去！”

“还用你提醒啊，我全程录像呢！”

“果然听凯哥的没错，来这里有好戏瞧！”

陆燃和南潇皆是一愣，吻，停住，猛地回头，只见原本应该走大路的那群人，不知何时也进入到这片林子里，为首的正是陈凯，此刻他正仰着一张得意扬扬的脸，贼兮兮地看过来。

“让你重色轻友，哼！”

陆燃脸黑如炭。

陈凯完蛋了，回去后一定立刻曝光那些微信聊天记录！

恼归恼，但陆燃拿这些兴奋异常的围观群众毫无办法，下意识地挡在南潇身前，与她十指紧扣，为她阻隔即将到来的暴风雨。

这景象实在火爆，场面一时间失了控。

“天哪，他们真在一起了？”

“我还以为陆燃会和林之语……”

“我就说昨天在车上看他们，就不对劲，没想到陆燃真被南潇收走了！”

“对对对，之前我还看到他们两个的手机挂件好像是情侣款，你们都不信呢！”

周围议论纷纷。

舆论中心地带暴风骤雨，南潇无地自容，想要逃，没等她挣脱他的手，反而被陆燃握得更紧。

事已至此，再掩饰就显得欲盖弥彰。

陆燃环视四周，下定决心，重重咳了一声，人群霎时安静下来，纷纷举目朝两人的方向看去，只见他露出一抹温柔至极的笑容，举起彼此紧紧相握的那双手。

“给大家介绍一下，这是我的女朋友，南潇。”

众人面面相觑，犹豫片刻，不知是谁带头吹了一声响亮的口哨，浪潮般的起哄声便将两人彻底淹没。

这和之前不一样。

最开始，并没有人承认南潇，包括陆燃，从未提及过他们之间的关系，所以大家自然而然地认为，不过是南潇单方面的追求罢了，只有同组的几人和陈凯清楚其中猫腻，而现在，她是被陆燃亲口承认的，如假包换。

一同前来的女生不多，有几个打从进科协就是为了陆燃的，此刻眼睛都红了，气不过，恨得咯咯咬牙。

田甜和唐琦早就名花有主，冲上来朝南潇暧昧地使眼色。

“厉害呀南潇，真把陆神收了。”

“哼，之前还说什么你们没关系，我都看到你们手机上的情侣荷包啦，现在小手都牵上了，怎么说？”

南潇脸皮薄，缩到了陆燃身后。

“你瞧你瞧，这就开始小鸟依人了，陆神，你可得好好对南潇呀。”

“放心，我的人，比什么都爱惜。”陆燃翘起嘴角笑得邪气，转身揉了揉她毛茸茸的脑袋，“是我的人，对吧？”

“嗯。”南潇羞答答地点了点头。

“潇潇真乖。”

“讨厌……”

两人旁若无人地打情骂俏，看得田甜和唐琦直搓手臂的鸡皮疙瘩。

“嘶……”

“真肉麻！”

七月十九日，注定是个不平凡的日子，不仅仅在校科协，而是整个K大都炸了锅。

不知是谁手快，把刚刚拍到的照片和视频一股脑发到了校园网论坛里，现在正值暑假，浏览校园网的人并不多，可经不住一传十十传百，不消半天，整个K大几乎都知道陆燃和南潇恋爱了。

这堪称是爆炸性的新闻，南潇的微信连番被三个舍友狂轰滥炸，最后电量耗尽自动关机。

她望着黑掉的屏幕，有些迷茫，不知道等待自己的将会是什么样的场面，但转念一想，也没什么好怕的。

恋爱自由，陆燃是她的了。

午饭在山顶的一间农家乐解决，饭菜清爽可口，大家吃得心满意足。助理提议，可以留一个小时的休息时间，这附近有一个瀑布，近三十米的落差，十分壮观，感兴趣的人可以结伴过去看看，要注意安全。

大伙一听，举双手赞同，于是想打盹的打盹，想看瀑布的就开始结伴而去。

陆燃原本也想带南潇去看瀑布的，但蔡教授突然打来电话，说有事情和他商量。于是南潇就被乘虚而入的田甜给抓了去，和唐琦学姐一起前往瀑布所在地。

不得不说，这里不愧是瞿司辰一再叮嘱要来游玩的地方。

二十多米高的断崖边缘，白花花的流水喷涌而出，做自由落体运动，灌入下方急促流淌的水潭里，发出巨大的轰响，还没接近，周围气温就以“光速”陡降，令人禁不住直打寒战。

“好冷啊。”田甜哆嗦着。

“是啊，可真冷，早知道带一件外套来了。”南潇搓搓手臂，“要不我回去取？我带了两件外套。”

田甜和唐琦对视一眼，正要拒绝，不必麻烦她再跑一趟，反正过不久就要回去了，可南潇跑得快，眨眼间就只能看到一个模糊的背影。

“你们就在那等着我，我很快就回来！”她冲这边摆摆手，加快步速。

斜对面，一道身影几乎同时离开。

回程的路静悄悄的。

其实从瀑布到农家乐，十分钟就到了，南潇根本没料到，就这么短短一段路，居然险象环生。

她被柳予安拦了下来。

她根本不清楚他什么时候跟在自己身后的，等反应过来时，男生的脸色十分不好。

“为什么要这样？”他咬牙切齿地问。

南潇怕他，尤其是在这前不着村后不着店的地方。

“我不懂你的意思。”

“别装了，现在你如愿以偿，很开心吧？”

“柳予安，你为什么总要针对我，是我哪里做错了吗？”

他眯着眼，目露不善：“我说过了，我不是针对谁，只因为你总像只苍蝇一样在陆燃身边转来转去，我看着不爽！”他忽然向前一步，攥住了她手腕，逐渐发力，“你知不知道，他为了帮你写那个什么破第二方案，发烧的那几个晚上都没怎么睡觉，就只为了能帮你争取到K大的个人项目奖。如果不是我那天偶然听校医院的护士提起，可能你根本就意识不到，他在背地里对你有多上心，但这种上心，恰恰就是你毁了他的最好证明！”

南潇愣住：“我不知道……我不知道他会熬夜做那种事……”

“现在你知道了！”柳予安冷冷地看着她，“告诉你，你不知道的事还有很多很多，劝你及时停止，为了陆燃，行吗？”

“你指的很多很多，是什么？”南潇不肯放弃。

“你没必要知道，总之你赶紧离他远一点儿。”柳予安用力甩开她的手，转身就走。

南潇从他的话里听出了一些端倪，她联想到昨晚陆燃在酒店的露天阳台所说的那些，鼓起勇气追了上去。

“等一等。”她张开双臂，拦住柳予安的路，“你给我解释清楚，陆燃到底有什么事是我不知道的？你得说出来，否则我绝不退让。”

她态度异常坚定，这让柳予安恼火极了，伸出手，狠狠在她肩头推了一把。

南潇重心不稳，踉跄着向后跌去，而身后不远处便是几十米高的断崖，其下水流湍急，倘若跌进去，一定死无葬身之地。

她惊呼一声，想要稳住身体，却不料脚底被一块落石绊住，整个人毫无预兆地向后摔了出去。

“救命！”一声尖叫，回荡在幽幽山谷中。

柳予安愣在当场，手脚迅速变凉。

南潇掉下去了。

他的脑袋放空几秒，飞快跑过去，探头向崖下看去。

哪里还有她的影子呢？

湍急的水流前赴后继，像是什么都不曾发生过。骄阳当顶，普照大地，他浑身如坠冰窟般僵着不动。

怎么办？

她会不会死？

陆燃如果知道的话，一定不会原谅自己。

有那么一刻，他甚至想，就当什么都没有发生过吧，反正这一切都没人看到，而每年因为失足落崖死去的人数不胜数，不差南潇一个，况且自己也不是故意的。

想着想着，他忽然浑身一哆嗦，被自己这可怕的想法惊得头皮发麻。

不，他不能这么做，只有魔鬼才会如此。

柳予安抬手给了自己一耳光，飞快掏出手机，打给陆燃。

不到五分钟，大批人马赶到了。

陆燃攥着手机，指尖控制不住地发着抖，很显然被这突如其来的意外吓到了，可他竭力保持冷静，见到柳予安，什么都没说，只问了一句话：“她从哪儿掉下去的？”

柳予安指了指，他便迅速脱掉外套，纵身就要往下跳。

“哎，快拦住他！”助理吓得脸都白了。

本来挺好的一件事，谁能想到会出这种意外。

“南潇！南潇！”陆燃红着一双眼，歇斯底里地喊着她的名字。

此时此刻大伙都乱了套，报警的报警，安慰的安慰，还有胆子大的沿着断崖一路寻了出去，也没有看到南潇。

恐惧开始在人群中蔓延。

没人经历过这种意外，一个活生生的人，不久前还在他们面前有说有笑，还被陆燃牵着手表白，此刻淹没在这冰冷的流水中，生死未卜。

一张张面容变得格外肃穆。

大家在救援队赶到前，自发组织起来，一遍又一遍喊着南潇的名字，虽然她才加入校科协不久，有些甚至还没和她说过话，但在这一刻，每个人的心都不自觉揪着，祈祷她平安无事。

唐琦挽着眼眶发红的田甜，一路找了出去。田甜哽咽着：“如果我没说冷，该多好，她也不会回去拿外套，更不会发生这种事！”

“好了，别自责了，南潇又不是一定找不到，这么灰心丧气怎么行？”

“可是学姐，我好怕再也见不到她了……这里的地形这么复杂，南潇会不会已经……”

“瞎说，就算我们都找不到，但陆燃一定找得到！”

田甜用力点了点头，擦干眼泪。

时间一分一秒地流逝。

救援队十五分钟后赶到现场，这个时间，早已超出了最佳救援时间，所有人的情绪都跌入低谷。救援队长带领队员在附近进行了专业搜救，在一处浅滩找到了只鞋子，经辨认，的确属于南潇。

“看样子，应该是跌落时不小心刮落的，顺着水流漂到了这里。”

“那就说明她人也应该在这附近？”陆燃眼底窜起一束希望的火苗，

不过很快就熄灭了。

“应该不会。鞋子很轻，漂到这里很轻易就会搁浅，但人不会，如果她会游泳，可能还能坚持一段时间，如果不会游泳，从那么高的地方跌落下来，很快就会沉底，下面杂草丛生，很难说她是不是被什么东西缠住了脚。”

“不会的……”陆燃喃喃自语，“不会的……”他缓缓摇着头，脸色一片煞白。

救援队长叹了口气，带领队伍往下游继续搜救，许是安慰，临走前对他说：“不要太沮丧，这里虽然地形险峻，但希望还是有的。我们会继续进行搜索，一定帮你找到她，当然，你们也可以帮忙寻找，但务必要注意安全，多多观察，最好能再发现女孩子身上的物品。”

“谢谢你。”陆燃声音嘶哑。

他掏出手机，再次拨打南潇的电话，提示处于关机状态，他这才想到，她的手机早就因电量不足关机了。

如果刚才他没有接蔡教授的电话，或者让她等一等，等他忙完后一起去看瀑布，就不会发生这种事……

等等。

手机？

对，手机，南潇的手机！

陆燃脑中一道霹雳打下。

他和她的手机挂着那对情侣荷包，而那对情侣荷包是可以互相定位的！

他怎么会忘记这个呢？该死。

手指因激动而止不住颤抖，他飞快划亮手机屏幕，进入 GPS 定位系统，之前他就悄悄将南潇的位置信息添加到了手机里，如今正好派上用场。

扫描的指针在屏幕一圈一圈转动，时间似被一双无形之手拉扯，变得异常缓慢。

忽然，屏幕闪了两下，在右上角出现了一个鲜亮灼目的红色圆点。

“我找到南潇了！她在这儿，在这儿！”陆燃疯了般朝救援队飞奔而去，双脚踏入湍急的水流中，险些将他淹没。

“别动，我们现在就过去，你不要再往前走了！”救援队长惊得大叫，陆燃却像没听到那般，高举着手机，歇斯底里狂喊：“南潇在这里，快去救她，快！”

有那么一刻，生离死别的种种像一把钥匙，打开尘封已久的大门，里面杂草丛生，无人打理，像被遗弃的孤岛。

他忽然意识到，拥有回忆是多么重要的一件事，支撑他熬过那即将到来的黑暗的夜，和那绵绵无期的孤独苍白的等待。

如若可能，他要为她做得更多，留下更多可供回首的记忆。

# 心疤

第十一章

NANFENGCHUIJIN NIXINDI

周围很吵。

攒动的人影来来去去，身体颠簸，伴随着谁急促的喘息。南潇恍惚中睁开眼角，模糊的视线里，只看得到一个被汗渍浸染的后脑勺，她趴伏在他后背，四肢软绵绵的，努力仰起头想要看清这是谁，而脑袋里像是有一把钢锯拉扯着神经，头痛欲裂。

“陆……燃……”

“哎，我在，我在。”

背着她疾走的男生浑身一震，回应时，声音嘶哑得快要发不出声来。

“我们这是要去哪儿……”

“别说话了，下了这个坡就能坐救援队的车，很快就到医院。”

“我是不是快要死了……”

“胡说什么呢？呛几口水就死，你是泡沫做的？”

“可是我的脑袋好痛哦……”

“那是因为想我想的。”

南潇软软地抓着他衣服领子，有气无力勾起嘴角:“才不要想你……你有事瞒着我，陆燃是大坏蛋……我以为自己很了解你的……要出国就出国吧，我一个人在这里挺好，有什么大不了……你什么都不告诉我，拿我当傻子，不，也许你觉得我就是傻子……”

她有一搭没一搭地说着，也不知道自己在说些什么，脑袋里怎么想，就怎么开口，渐渐虚弱的气息令陆燃拔足狂奔。陆燃顾不得接话，拼了命般将她送上车，车门闭合的那一刻，他浑身虚脱轰然跌坐在地，两手抱着脑袋，紧绷的手指揪住自己的头发，一遍遍深呼吸，心跳声惊天动地，他只觉得喉咙深处突然涌出一股腥甜，一低头，朝地面吐了口带血的唾沫。

“喂，陆燃！”陈凯大惊失色，冲上来抱住他肩膀，“怎么回事？怎么了？”

陆燃缓缓摇头，推开他，右手用力摁在胸口，默默消化身体内巨大的痛楚。有那么一刻，他以为自己会晕过去，可他撑住了。

……

“南潇命很大。”

救援队长收队时，和助理道别，随口说了这么一句。

原来，那个地方在几年前连续出过两次落崖事故，当时整个湿地公园还没有进行修整，很荒凉，只有一些游客三五结伴来探险，那条路是到大瀑布的必经之路，地形险峻水流湍急，掉下去的人生还率很低，不是被淹死，就是被一路冲到下游，跌落瀑布而死，所以他们本没抱太大希望的。许是近两年开始动工修整，水流有所减缓，有一些地方渐渐地露出部分浅滩，而南潇就是经水流冲到了浅滩上，正巧抱住了一块儿表面裸露的巨石，支撑到救援队赶来。

助理再三感谢了救援队，送走他们后，马不停蹄地跑回医院。

南潇还在进行全身检查，虽然刚刚已经做过基础抢救，只是肺部呛了水，又因水底温度极低，有些体温失衡，其他的倒没有什么大碍，但为了保险起见，还需要观察。

这边，陈凯陪着陆燃在药房取了药，长舒一口气："吓死我了！幸好是因为跑得太急，再加上担心过度，才导致吐血，不然我还以为你……"

"废话可真多。"陆燃凉凉地斜他一眼，将装药的塑料袋扔进他怀里，"我不需要。"

"别啊，我掏的钱。"陈凯笑嘻嘻地将塑料袋甩上肩头，撞撞他胳膊肘，"啧啧，英雄救美，南潇醒来不得感动坏了？"

"又不是你感动，兴奋个什么劲儿。"

"替你兴奋啊，这种攸关生死的时刻一辈子也指不定遇到，必须好好把握，现在你们也算是历经生死的一对儿了，往后是不是……"

陆燃握拳，在他胸口虚虚地捶了一下。

陈凯做痛苦状，捂着被打的地方嗷嗷直叫："哎哟喂，真疼。"

"少装，我现在没心情和你贫嘴。柳予安在哪儿？"

闻声，陈凯愣了一下，缓缓放下了肩头的塑料袋："你想干吗？"

"问清事实。"

"如果事实很残忍呢？"

"报警。"

"你想清楚了，只要事情属实，就是故意杀人。你会毁了他的。"

陆燃敛起眉目，清冷的眸子里覆着一层寒霜："他打算毁南潇时，也没有手下留情。"

南潇的父母接到电话时，南潇刚从检查室出来，简短说了几句，那边才终于放下心，拜托助理和医生细心照顾，他们立刻动身赶往医院。

田甜帮她拿着外套，唐琦搀扶着，三人跟随护士往病房走。

“房间就在左手边第五间。接下来两小时不要到处走动，躺着休息就好，等下我拿吊瓶来，先挂两瓶生理盐水。”

“谢谢你。”

田甜为南潇披上外套，唐琦先一步进了病房，拎着水壶去打热水，不到一分钟，便传来敲门声。

“来了来了，你打水怎么这么快呀。”田甜跑过去，还以为是唐琦回来了，却不想一开门，是柳予安，“你……”

“我想和南潇说几句话，你先出去行吗？”柳予安低着头，声音轻轻的。

田甜皱着眉，问：“你要说什么就说，我不走。”

“这事跟你没关系。”他看她一眼，“我和南潇单独说。”

“别以为我们不知道是怎么回事，是你把南潇推下去的吧？打电话给陆燃的时候，说什么不小心、没注意，你可真会撒谎。”

“说了，这事和你没关系。”

“怎么没关系，我是南潇的……”

“朋友”两个字还未出口，身后便传来声音打断了她的话：“田甜，让他进来吧，没事的。”南潇穿着拖鞋，扶着床的边缘走了过来。

“可是……”田甜犹豫。

“真的没事。”南潇微微一笑，“事情也不完全是你们想的那样。”

话已至此，田甜点点头，绕开柳予安走出病房，去找唐琦。

房间内一时寂静无声。

柳予安垂眸，盯着平展的大理石地面，酝酿了好久，道歉的话却都卡在喉咙里。如今再说一句“对不起”，实在太过苍白，这不是什么诬陷她故意错写代码的小事，而是赤裸裸的伤害。如果她没有那么幸运，能够被顺利营救，此刻也就不会站在自己面前，而到了那时，等待他的必定是可怕的牢狱之灾。

眼下，他是害怕的，却连一句原谅都不敢奢求。

“你会报警吗？”他忽然开口，声音格外低沉，然后又喃喃自语一句，“你会报警的吧。”

南潇目不转睛地看着他：“不会。”

“为什么？”他豁然抬头，眼中皆是不可思议。

“因为我还活得好好的，为什么要报警？”

“可我……”

“你当时有想要杀我的念头吗？”

“没有。”柳予安目光波动，“我只是想推开你。”

“所以我为什么要绝人之路？我从来都不是个咄咄逼人的人，可你并不是。”

“对不起。”他低垂着头颅，声音嘶哑，“我了解陆燃，我们之前是邻居，从小一起长大，他根本不是你们看到的样子，至少现在不是。”

“那说说看，到底有什么是我不知道的？”

他缓缓摇头：“我不能说。他连我都没有告诉，一些事还是我无意中偷听到的，真真假假虚虚实实，说不明白。”

“可你一直逼我远离他。”

“那是因为……”

话说到一半，身后房门猛地被推开。

陆燃朝他们走过来，全身透着煞气，垂在身侧的手逐渐攥成坚硬的拳头，毫不客气地朝柳予安砸了下去。

柳予安没有躲，拳头带着一道劲风劈头而下，在即将落到脸部时，忽然掉转方向砸向他身后的墙壁，“砰”的一声闷响，似乎连周遭的空气都在颤抖。

陆燃另一只手一把攥住柳予安的衣服领子，咬牙切齿地在他耳旁低低开口："我和你说过什么？"

"对不起。"柳予安喉间滚动，吞咽下一口唾沫，"我不是故……"

"他什么都没做，陆燃，放开他。"南潇走近，声音软绵绵的，伸手扯了扯他的衣角。

"可是……"

"我说真的，是我不小心从崖边摔了下去，与他无关。"

陆燃紧紧蹙着眉头："你知不知道他这是犯罪？"

"二十岁的年纪，你真的要这么做吗？"她掀目，干干净净的一双瞳孔，毫无杂念，"算了吧。"

他微愣，低低地望着她，不知被什么拨动了心弦，那最柔软最脆弱的部分，加快了他的呼吸频率。

片刻，陆燃缓缓松开了手。

"最后一次，她替我原谅了你，柳予安你好自为之。"

病房里很快空了下来，柳予安出去时，他一句话都没说，只是默默看着陆燃，直到房门闭合。

南潇在病床上躺下，侧着身，眨着一双明媚的眼瞧着陆燃，丝毫没有劫后余生的狼狈。

陆燃忽然有些佩服她了。他一直觉得，她就是个懵懂无知的孩子，天真单纯得不染一丝纤尘，受了欺负，就默默承受，即便有不满的情绪，也只是藏在心里，所以他总想伸手拉她一把，却又希望她能够勇敢地说出想说的话，做想做的事，而此刻，他忽然发觉，那不是怯懦，而是最善良的宽容。

他喜欢这样的她。

陆燃在隔壁病床坐下，望着窗外，轻叹一口气。

"怎么了？"

南潇有些心虚，小心翼翼地揪着被子一角，生怕他因为刚才的事教训自己，却不料陆燃展开眉宇，莞尔。

“瞧，原本多美好的一次旅行，就这么夭折了。”

是啊，如果按照原定计划，从湿地公园出来后还要去野生动物园，晚上在景区留宿，现在计划变更，等她被父母接走后，所有人都要回市区的酒店了。

“没关系的，你可以带他们继续……”

“我可没那个心情。”陆燃扯了扯嘴角，“我还没想好该怎么和你爸妈解释，毕竟人是我带出来的，总得有个交代。”

南潇一听，笑得有些勉强：“放心吧，他们从来不会怪罪在好孩子身上，而你就是他们心目中的好孩子标杆。”

南潇家位于省会澜城，就在距离K大不远的一个小区，但从澜城赶到高新区这里，需要两个小时，等一瓶生理盐水快要见底时，一对穿着朴素的中年夫妻匆匆赶到医院。

“潇潇在哪儿？潇潇呢？”

陈凯和助理边安抚，边将两人带到病房前，一推门，一张面目清隽的脸庞跃入眼底。

“叔叔，阿姨。”陆燃规规矩矩地打了招呼，为两人让出道路来。

南潇爸爸瞧着他相当眼熟，却也没顾得上询问，飞快走到病床边关心自己的宝贝闺女。

“爸……妈……”

南潇直起身，可怜巴巴地伸出手，想和老妈要一个安慰的拥抱，却没想，手背重重挨了一下。

“臭丫头，想吓死我们是不是？做项目做项目，你在这荒郊野岭的地方做吗？”

“行了行了，这可是亲闺女。”

还是爸爸好。

南潇委屈极了，眨巴眨巴眼睛，揉着被打痛的手背："妈，很痛哎。"

"这会儿倒知道喊疼了。"

母女俩较着劲，老爸充当和事佬，左瞧瞧右看看，注意力落在了陆燃身上："这位是……"

"叔叔好，我是陆燃，负责带队出行的。这次的事非常抱歉，我没有尽到……"

"哟，陆燃？是之前也在K大附中的那个陆燃吗？我就说怎么这么眼熟。"

南潇妈妈原本还打算质问他，为什么没有照顾好自己女儿，一听这话，态度瞬间一百八十度大反转："哎呀，是陆燃啊？我们家潇潇特崇拜的那个学霸？真是一表人才，怎么这么帅，要是我们家女婿可好了。"

看吧，她说什么，只要提到陆燃，一切问题都不在话下。

南潇父母拽着陆燃的手嘘寒问暖，好像刚刚出事的是他，不是南潇似的，尤其是妈妈格外热情，絮絮叨叨停不下来。

"这次是我们潇潇给你添麻烦了，她呀，从小就这样，人傻傻的，一不注意就出问题，如果她能像你一样，我们就心满意足了。"

陆燃笑了："南潇很好，我很喜欢她。"

南妈妈一愣，有些不敢相信自己的耳朵："你说，你喜欢我们潇潇？哪种喜欢？"

"哎呀，妈！"南潇耳根子都红了，冲过来横在两人中间，"快别说了，你这样让我很丢脸哎。"

"懂什么，妈妈在帮你追男神。"

还追什么呀，男神已经是她的了。

南潇这么想，却不敢明目张胆地承认，毕竟从小到大接受到的家庭教育就是，不准早恋，女孩子要矜持一些。

一家人其乐融融，助理在后面悄悄松了口气，几个外人相互递了眼色，退出病房。陈凯临出门时还感慨，多欢乐的一家啊，以后陆燃进去当女婿，生活一定滋润。

病房内空了，南妈妈这才心疼地摸摸这里，瞧瞧那里，抱着南潇不肯松手。

南潇父母很清楚，这还只是一群孩子，身为长辈，如果刚才表现得太过担忧，一定会给他们造成心理负担，这并不是明智之举。

南潇后怕，眼圈红红的，没敢瞒着爸妈，将事情一五一十说了出来，包括她原谅柳予安。

“爸，妈，我做得对吗？”

父母目光慈爱地看着她，揉揉她脑袋。

“我们潇潇长大了。”南妈妈说。

“人善良一点儿，没有什么不好，不过要答应爸爸，绝不能委屈自己。”南爸爸语重心长。

“嗯。”

原本三天两夜的出行计划，付诸东流。

南潇被父母接回澜城，其余人也无心游玩，在酒店又待了一整天，各回各家。

暑假已经过去四分之一，南潇又在家休养了近两周才被允许出门，其间也只能和陆燃微信联络，不过他似乎很忙，总是隔几个小时才回复，这让南潇心里有些打鼓。

是不是那天妈妈的话，吓到他了？

她越想越苦闷，索性挑了一个晚上，悄悄溜出家门。

她不知道陆燃的家在哪里，不过不怕，陈凯一定知道，于是她先联系了陈凯，得到准确的地址后，拦下一辆出租车便赶了过去。

二十分钟后，车停在了一个高档住宅区大门前。

她只听说他家中殷实，却没想到会住在这里，这片小区的房价高得离谱，常人连想都不敢想。她望着一栋栋高耸的住宅楼，忽然犹豫起来，有些不敢靠近，不知道如此唐突的到来，会不会为他带来困扰，就像上次在酒店无意中接了他母亲的电话一样。

夜色渐浓，南潇攥着手机，在小区门前来回踱步，保安大叔出来看了三次，最后问她是不是要找人，她摇了摇头。

算了，还是走吧。

她搓了搓脸，转身往大路走，想要拦车，却没想到在转弯处和一个人迎面相遇。

陆燃头发在风中凌乱，杂草似的未经打理，穿着宽松变形的纯白T恤，打了皱的黑色休闲裤，一只手揣在裤兜里，另一只拎着塑料袋，袋中装着满满的速食方便面和矿泉水，步履虚浮地朝她走来。

南潇起初没敢认，这和他平时在学校的样子差别太大了，等走近，甚至从他身上闻到了淡淡的酒精味道。

陆燃喝了酒。

她心里没来由"咯噔"一下，冲过去一把抢过他手中的塑料袋。

"这是什么？"她高高举起，仰着头，面无表情地询问。

他双目有些迷离，瞧了她一会儿，忽然笑了："南潇，我好想你。"

说着，他就要上前拥抱她，被她伸手推开："陆燃，你怎么了？这些天你都在干什么，就吃这些东西？"

他垂着头，鼻腔中轻轻地哼笑一声："你来找我啊？"

"我在问你话，不要转移话题。"南潇很生气，将塑料袋里的东西一股脑倒在了地上，指着那些垃圾食品问他，"我以为你忙着学习，忙着写代码，所以才没时间理我，原来你每天都是这么过的。"

"南潇，我饿了，可不可以陪我吃点儿东西？"

"陆燃！"

"你好吵哦，要不要陪我？"

他借着酒意，一把将她扯入怀中，额头抵在她肩窝里，耍赖。

南潇拿他没辙，只好默默收起一地的食物，扶着他摇摇晃晃往小区里走，进门时，刚才那位保安大叔目送两人的背影，不知为何，长叹一口气。

十八楼。

南潇搀扶着他走进电梯。

高档小区的确不一样，角落处都透露着尊贵，电梯壁是流光溢彩的镜面，映照着两人相依的身影，南潇看着看着，在他脸上看到了一抹转瞬即逝的厌倦，那是种极其压抑的情绪，不经意间流露，而后消失无踪。

“你觉得这里好吗？”陆燃低声问。

南潇沉默片刻，说：“挺好的。”

“一开始我也这么觉得，可惜现在……”他话说一半，不再继续，而电梯的数字也在此刻跳到了“18”。

南潇跟随他走出电梯，右手边第二间，原木色的大门紧紧闭合着，到处都贴满了字条，写着一句句恶毒话语，南潇只看了两眼，便不忍再继续看下去。

“陆燃，这些是什么？”

他像是无感，连正眼都没瞧，动作缓慢地摸出钥匙，打开房门，里面一片漆黑。

“进来吧。”

“这些字条，不用管吗？”

“不用，撕了第二天就又会出现，没关系的。”

他强行将她拉进去，关上房门，有气无力地倒在沙发上，抬起头，眼底泛着细密的红血丝，声音低低地央求她：“可以帮我煮一碗泡面吗？”

南潇什么也没问。她看得出，他一个字都不想解释，那她就不问，直到他想说的时候，自然就会开口。

她拎着塑料袋走进厨房，角落里摆着一整排空的泡面桶和啤酒易拉罐，她想了想，将泡面丢进了垃圾桶，在冰箱里翻出了两枚鸡蛋，还有一些不怎么新鲜的西红柿和青菜，系上围裙，炒了两个简单的家常菜，还煮了米饭，端出去的时候，他还保持着刚才的姿势，眉宇间凝着一团化不开的阴霾。

“陆燃，起来吃东西。”她扶着他坐起来，将筷子塞到他手里，微微一笑，“尝尝好不好吃。”

“你做的？”

南潇点点头。

“我想吃泡面。”

“那个不健康，吃这些吧。”

陆燃嘴角溢出一丝复杂的笑：“你不该来的。”

“为什么？”

“我这样子，是不是让你很失望？”

“不会，你什么样我都喜欢。快吃吧。”

他又笑，笑着笑着垂下了头，也不知想到什么，盯着面前的那碗米饭发起呆来，某一刻，抬起头：“南潇，谢谢你。”说完，他飞快向碗里夹菜，大口大口将食物往嘴里塞，寻不得滋味，只记得很香，比任何食物都要可口。

南潇望着他狼狈的身影，不知怎的，心头泛酸。原来她真的不了解陆燃，他的家庭，他的经历，他的一切，她一直以为他总是风光无限的，可事实像一记耳光狠狠抽在她脸上。

起身，她为他倒了一杯水，往房里走去，第一间就是陆燃的房间，打开灯，里面不似厨房那般狼狈，整面书架归置得整整齐齐，被子叠得有棱有角，电脑桌很干净，一看就知道陆燃经常用抹布擦拭。

这才有陆燃的影子。

她稍稍舒了口气，走过去，桌面上静静躺着一份文件，上方加粗的字体赫然写着一行醒目的标题——保送出国资格申请书。

南潇一愣，正要细看，却被从身后探过来的一只手抽走了。

“别看这个。”

“为什么？”她蹙起眉头，“我不会阻止你出国的。”

“不是这个原因。”陆燃将文件丢进抽屉，锁好。

“那是什么？”

“我怕你看了会难受。”他目光安静，声音轻轻的，好像在说今天天气很不错，饭很好吃。

南潇胸口忽然涌出一股莫名的情绪。她仰着脸，竭力克制着不让自己失控，瞳孔里浮着一层薄薄的雾：“原来你知道我会难受。”

他什么都知道，却装作一无所知。

“既然如此，那你为什么还要表白，没有结果的事情，不如不做，总比空欢喜一场要好，你明知道我那么喜欢你，你明知道……”她将脸深埋胸前，眼圈红了，鼻子里酸酸的。

最讨厌的滋味，恐怕也莫过于此。

得不到并不可怕，可怕的是，明明得到了，最后却又不得不放手。

她觉得他真残忍。

凝滞的空气中传来谁低低的啜泣。

陆燃的心忽然缺了一角，悄无声息地向外渗着血，喊不出一句痛。

“南潇，你大概不知道，你想要了解的事，正是我竭力隐瞒不愿被你知道的。不过如果你真的想听，我告诉你。”

三年前，K大录取通知书邮寄到家中那一天，原本应该是欢天喜地，可陆燃却没能好好享受这一刻。

父亲生意失败，欠下巨债，债主们成群结队将他们堵在家门口。谩骂、侮辱，甚至大动干戈，父母拼了命地护着他，棍棒抽打在两具干巴巴的不再年轻的身体上，发出令人心惊胆战的闷响。

骄傲如他，何曾受过如此欺辱？

他想反抗，想只身一人同那些人拼个你死我活，但父母从身后紧紧抱着他，央求他，那种感觉陆燃这辈子都不会忘。

时间的流速仿佛变慢了。

光阴的翅膀折了翼，涌动着悲伤，撕裂了不堪，就这么赤裸裸地暴晒在烈阳下。

他就那么静静坐着，一字一句从口中说出，不带半点儿情绪波动，好像那不是他曾经历过的种种。

“南潇，你一定不知道那是种什么感觉。”他低低地笑，声音沉沉的。

“我知道，我知道。”南潇忽然一把抱住他，轻轻抚摸那嶙峋的后背。原来陆燃这么瘦，以前她怎么就没发现呢？

陆燃缓缓摇头，哑着声：“不，你不知道。我多恨自己的无能为力，真的，我从来没有哪一刻那么恨过自己，什么都做不了，只能眼睁睁看着。半年前，我爸在苦苦支撑了一年多之后身体终于熬不住了，重病住院，家里更是一贫如洗，我甚至……甚至……”他一度哽咽，眼底猩红，“我甚至挨家挨户给他们下跪，求他们再宽容几天。”他说完，重重地呼出一口气，像是在心里憋了许久，此刻终于能够倾吐。

人总要有一处发泄口，狼狈的、厌恶的、疯狂的，总得得到宣泄，否则就会垮掉。

南潇紧紧抱住他，心疼地亲吻他苍白的唇。

她不知道要说什么，唯有拼命拥抱，分担他的痛苦。她不敢相信他究竟要多努力，才能对自己说出这番话，他那么一个完美无缺的人，清傲又独立，要多大的决心才能同别人下跪，求得一丝宽容。

然而那些并不是他的错，却需要他来承受。

“南潇，你敢相信吗？再过不久，等我从K大毕业，这套房子就会被抵押出去。”他好笑地环视四周，抚摸着身下柔软的床垫，爱不释手，“这是我唯一的家了。”

心脏猛地刺痛一下。

她望着他，呼吸沉得像堵了一块巨大的石头。

柳予安说得对，她不了解他，所有人都不了解他。

光鲜亮丽的外表是一层虚伪的壳，他披着这层壳，在校园里若无其事地生活，把曾经受过的苦难统统掩盖在黑暗里，妄图经时间的手洗刷殆尽。

他拉开椅子，书桌下方摆放着一双鞋。南潇看了一眼，认出那是他最爱穿的阿迪达斯刀锋，当初她还在想，这鞋一定不便宜。

“好笑吧？”陆燃自嘲地勾起嘴角，“这是我妈改嫁后送的生日礼物，那些衣服、用品，都是她买来的。她想要弥补抛弃我的负罪感，可又有什么意义？她抛弃的不是我，而是这个家。”

有些人，看上去完好无损，可不知在什么时候就已经千疮百孔。

南潇忽然间理解了他的优秀，那是种孤注一掷的豪赌。

从小区大门走出时，天幕沉得好像要塌下来一样。

南潇回头，望着十八层昏暗的窗口，已经能够想象到开学那一天，他继续披着万丈光芒出现在校园，像没事人一般和大家开玩笑，完成一个又一个困难的项目，拿奖学金拿到手软。

她也许再不会看到他如此脆弱的一面。

日子就这么一日复一日地过着。

自那晚后，果真如南潇所料，他只字未提那天说过的话，哪怕她再坚持询问，都得不到回应。

暑假浑浑噩噩地熬了过去。临开学前，陆燃忽然打来电话，说有事找她，南潇一骨碌从床上爬起，飞快洗漱，换了衣服赶往目的地。

她打车到K大的时候，他已经等在那里。

远远地，一抹挺拔瘦削的身影，还是那清傲的目光，云淡风轻的微笑，干净的衬衣长裤，一双亮色刀锋鞋。南潇深深吸了一口气，扬起嘴角，朝他轻快地跑了过去。

“陆燃！”

她让自己看上去和往常无异，这很难，但她相信自己做得到。

之前瞿司辰托助理计划的三天两夜旅程无疾而终，一同被耽搁的还有南潇和陆燃的第二方案，原本是在行程的最后一天搞定，这一等，就等了足足一个假期，陆燃怕之后开课再没机会做这件事，于是费了番劲儿将之前百佳迪的项目负责人约了出来，在市中心的一家咖啡厅见面。

这段时间，他也不少叮嘱南潇，一定要认真看那份文件，最好倒背如流，以免关键时刻掉链子，却不承想，等到了咖啡厅，和项目负责人见了面开始讨论时，他才发觉她根本没有按照那份文件里的内容准备。

“这是我的第二方案。”她从背包里重新掏出一份新的文件，郑重其事地推到负责人面前，“刚刚陆燃给您的那份，基本都是他写的，我不想盗用别人的劳动成果，所以自己重新写了一份。”

陆燃倍感惊讶，他瞟了两眼新文件，的确和他的不一样，有许多想法偏幼稚，实际操作起来也不一定可行。

“还是看我的那份吧。”陆燃蹙眉道，“南潇也参与了很多部分，她……”

“没关系的，哪里不好我就改，有意见尽管提。”

陆燃掀目深望她。

南潇回敬他一个大大的微笑。

负责人拿着两份文件细细浏览，因为都是同一个题材，免不了作比较，这么看过去，自然是陆燃那份更胜一筹。

“我来之前，瞿总特意嘱咐过，要我问问你们在接下来的半年内是否有时间到百佳迪实习？这两份文件我看完了，很抱歉，只能带走其中一份。”说着，他带着歉意将南潇那份还了回去。

结果一定是这样，她早就料到的。

“陆燃，说实话，瞿总很看好你，之后想出大手笔开拓市场，你愿意加入吗？”

他沉默了片刻：“带她一起，我就去。”

负责人有些为难地看了看南潇：“这……”

“您还是先将文件带回去，之后这些，我会亲自拜托瞿总。”

“好，等你的好消息。”负责人将文件收入公文包，转身走出咖啡厅。

南潇觉得很丢人，她将脑袋埋在手肘里，闷闷不乐。她可真滑稽，明知道做出来的东西不可能会超越陆燃，偏偏不死心，瞎逞能，到头来还不是被嫌弃。

正自我怀疑着，脑袋忽然被一双温暖的大手揉了揉。

“潇潇可真厉害，吓了我一跳。”

她豁然抬起头，对上那双盈满笑意的眸子。

“你嘲笑我。”

“哪有，你让我大开眼界。”

“应该是大跌眼镜才对吧？”她鼓着嘴，“早知道就不做这种多余的事，真丢脸。”

“怎么会，我觉得特别好。”

陆燃从她手里抢过那份文件，掏出笔，耐心地为她指正不足之处，一个字一个字帮她完善，给她讲游戏发展史，分析代码，不知疲倦。

灿烂的阳光透过落地玻璃窗倾泻而下，地面仿佛铺了一层暖烘烘的金色的沙，静静流淌。

时光正好！

三天后，正式开学。

由于校科协的出色表现，K大和百佳迪游戏公司建立了长久的合作关系，为了表彰这群斗志昂扬的学生，除了丰厚的奖金外，学校专门为他们颁发了荣誉奖牌，而陆燃额外获得了一枚杰出贡献奖，实至名归。

颁奖当天，大礼堂被前来观看的人围得水泄不通，南潇好不容易才把宿舍三人带进去，转眼间就走散了。

阿阮人高马大，举着手机在人群里嚷嚷：“喂？南潇，听得见吗？喂？”

“我就在你身后，笨蛋！”南潇捂着脸无奈道。

阿阮狂拍胸脯：“吓死我了，吓死我了，还以为把你这小矮子挤丢了……等会儿你得到后台去做准备了吧？怎么样，和陆大神一起上台领奖，紧不紧张？”

“那有什么好紧张的。”她瘪瘪嘴，声音却不怎么有底气。

“也对，反正现在全校都知道你们在一起了，等下往台上一站，妥妥的情侣档啊。”

正说着，前方人群忽然传来一阵不小的骚动，两人抬起头，只见一道身影在拥挤的人潮中穿行。

近了。

更近了。

拨开重重阻碍，他朝南潇伸出手。

“走，该上台了。”

周围爆发出一阵怪叫，南潇脸红得像个猴屁股，犹犹豫豫地伸出手，被他一把握住。

“哇哦！”

阿阮、倩倩和二咪是她忠实的守护者，兴奋地将她往陆燃的方向推，很快两人就紧紧拥在一起，再不分开。

主持人念了开场白，邀请 K 大校长讲话，而后请出了校科协技术部的所有成员，由礼仪小姐为他们一一颁发奖牌。

这其中，没有柳予安的身影。

从百佳迪回来后，他做的第一件事就是退出校科协，放弃所有荣誉和奖金。陆燃并没有阻止，只在最后离开时和他说了一句话："如果有一天我不见了，希望你可以做你自己。"

隆重的颁奖典礼持续了整整一晚上，最后还有神秘的特邀嘉宾，正是百佳迪的创始人瞿司辰。他一身笔挺的西装，虽然是三十岁的年纪，依旧神采奕奕，迷得场内小女生惊叫连连，要知道，他当年可是名声不输陆燃的神级人物，有大一的小姑娘红着脸跑上台送花，问了句"司辰学长有没有女朋友"，他调侃说，拿到花的那一刻就感觉有了，惹得全场哄笑。

散会时，K 大校长特地挽留他，一直聊到会场彻底变空后，才舍得放他走。

深夜的校园十分静谧。

瞿司辰离开大礼堂，趁着助理到停车场取车的空当，点了一根烟，徐徐地抽着，身后不知何时出现一道身影，定了定脚步，朝他走去。

"瞿总。"

他回头，就着淡淡月色看清是谁后，随手将烟掐灭了。

"我以为你不会来找我了。"

"上回瞿总的提议，我认真考虑过，如果不忙的话，我想和你聊聊。"

瞿司辰点点头："不用那么生分，都是 K 大的人，叫我学长就可以。"

"好。"陆燃朝他靠近两步，单手兜在口袋里，低着头静静沉思，"我已经和蔡教授确认过了，保送的学校是美国耶鲁大学，即便有意外，也不会低于加州理工。"

"祝贺你。"

“学长还有什么想问的吗？”

瞿司辰仰起头，眺望遥远的天幕：“我一直很好奇，你哪里来的勇气做这种事。”他侧目，神色探究，“当初你和我说的时候，我甚至不相信那是真的，风险那么大，你确定要搏一搏？”

“不然呢？”陆燃无所谓地笑了笑，“就这么半死不活地拖着，又有什么意义。其实我早在两年前就有这个念头，只不过一直没有机会，也没那个决心，不过这次不一样了。”

“因为什么？”

“因为爱。”

瞿司辰失笑：“原来我早在两年前就成了你的猎物。”

“学长会帮我的，对吧？”他忽然抬眸，清澈的目光中流淌着希冀。

瞿司辰凝神，半晌后，开口：“谈不上帮，我们互惠互利罢了。”

命运的齿轮开始转动。

老天最擅开玩笑，偏偏叫你向往，偏偏叫你心动，到头来，风花雪月不是你的，海誓山盟也不是你的，徒留一场空欢喜，还不胜感激。

人啊，最怕的不是傻，而是傻着傻着却忽然清醒了。

# 伪装

第十二章

NANFENGCHUIJIN NIXINDI

不知不觉中，就这么入秋了。

K 大校园蒙上了一层吹不散的雾，一场雨接着一场雨，越下越冷，偶尔遇到个艳阳高照天，就又逼得人脱下厚外套。气温像女人的心情一般，瞬息万变。

所谓春困秋乏，不无道理。

JAVA 编程课的阶梯教室里，懒洋洋躺倒一片，正值午后，太阳鼓足劲头散发余热，照得人昏昏欲睡。

在靠近角落的后排，有两人肩并肩坐着，女生一手撑脸，一手转笔，许是遇到了什么难题，两道秀气的眉紧紧皱在一起。

想啊想，脑仁疼，索性扔下笔不管了。

一旁男生耳朵里塞着耳机，见状，抬起手，在她脑门上敲了敲，又将笔硬塞到她手中。

女生噘着嘴，揉着被施暴的地方，哀怨的小眼神瞟啊瞟，趁周围人不注意，一口咬在男生手背上，立刻出现一圈湿漉漉的牙齿印。她得意极了，高高仰起下巴，活像一只在战斗中取得胜利的公鸡，冲着他耀武扬威。

男生默默叹了口气，然后动作潇洒地扯掉耳机，双手扳过她的脸，手掌在后脑勺桎梏着，屏息，凑近，旁若无人地吻上她软软的唇。

“唔……”

南潇惊恐地瞪大眼睛，四处张望，生怕被人发现。好在他们所坐的位置很偏僻，若不细看，谁也发现不了这些猫猫腻腻，她暗暗松一口气。

霸道的吻持续了一小会儿，结束时，陆燃捏着她鼻子晃了晃：“不认真。”

“好难，看不懂。”

“哪里？”

“就是这个地方。”

陆燃凑过去，扫了一眼：“刚刚才给你举过例子，还不会？”

“这两个明明不一样的。”

“再仔细看，这里只不过是换了一种写法，意思没什么改变。”

他用笔圈住了一行代码，南潇顿时领悟，双手合十，崇拜的眼神恨不得贴在他脸上。

“陆燃，你真的太……厉害了！”

“不要浪费时间，快把剩下的写完，我可是翘了选修课来陪你的。”

“凶巴巴。”

“谁？”

“你。”

“再说一遍，谁？”

“你你你，就是你……唔！”

一吻封唇。

“再敢顶嘴，吃了你。”他单手将她的脑袋摁在课本上，勾起嘴角。

南潇羞得耳根子红透，脸埋进胳膊肘，头顶“哧哧”地冒着小气泡，像一罐拼命摇晃后开了盖的可乐汽水。

甜蜜的日常很快在K大校园掀起了有关陆燃的另一层浪潮。

许多人好奇，陆燃那样的神仙人物下凡谈恋爱，会是什么样子。于是在一众八卦精日夜兼程的埋伏下，大神的恋爱日常遭到了曝光，给整个K大撒了一把实实在在的狗粮（网络用语：秀恩爱）。

自开学以来，每天清晨七点半，一分不多一分不少，女生宿舍楼下就能看到某人的身影，一手插兜，一手拎着两份同样的早餐，有时曲着条腿靠在那棵年代久远的老槐树身上，有时用脚踩着花坛边的瓷砖，风雨无阻。

五分钟后，女孩子提着书包，风风火火地从宿舍楼跑出来，扑进他怀中，他稳稳接住她，顺势从她手中拎过书包，挎在肩上，将一份早餐放到她手里，肩并肩朝图书馆的方向走去。

很快，陆燃由一个高冷学霸男神的形象，转变为治愈系暖男。

这天，南潇照旧起了大早，和陆燃一起赶往图书馆。

正值新学期伊始，图书馆里不像期末那样人满为患，许多原本炙手可热的座位都空了下来，当然，也包括南潇身旁的这一个。

这学期开始到现在，她和林之语一面都没见过。隔壁桌面落了一层厚厚的灰尘，南潇连续看了几天，到底没忍住，今早一来就用纸巾沾了水，帮她擦干净，连凳子都打理妥当。

“喂，你干什么？”

一抬头，来者不善。

“我看这太脏，打扫一下。”

“要你管？”林之语没好气地横她一眼，将桌面那些没来得及收好的纸巾，一股脑扫到地上。

南潇愣了愣，没说什么，弯腰去捡。

“你烦不烦啊？”林之语被她这态度惹得火冒三丈，“装这么好心给谁看呢，最讨厌你这种女生了，心机那么深，去百佳迪做个项目还能惹出那么多事，假死了！”

她伸手打落南潇手中的纸巾，黑色皮鞋将那些纸团踩得稀巴烂。

“捡啊，再捡啊。”

“不要。”南潇深吸一口气，忽然攥住她手腕，指了指地面，“你来捡。”

林之语许是没料到她居然敢这么说，愣了下，气得五官都拧作一团：“凭什么我捡？”

“谁弄掉的谁捡。”

“呵，又不是我的东西。”

“我用它们帮你擦了桌子。”

“我又没拜托你做这种事，有病吧你！”她恼羞成怒，一把揪住了南潇的头发。

说时迟那时快，另一双手从身后飞速将她的手打落。

林之语低呼了声，捂着手腕向后看去：“陆……陆燃？”

他眉眼淡淡，在她脸上一扫而过，伸手将一杯刚刚接满的热水递给南潇：“刚才不是说渴了？快喝吧。”

南潇看看他，又看看林之语，捧着水杯一声不吭地坐回自己的位置，翻开书。

陆燃从她身后绕过，在另一边也坐了下来。

林之语半晌都没能回过神。这两人完全拿自己当空气，合着伙欺负她，太过分了！

“南潇，你知不知道陆燃很快就要出国了？”林之语拔高音调，冷嘲热讽，“保送耶鲁大学，这学期结束就离开，可能再也不回来了。”

南潇没说话，握着笔的那只手猝然一紧。

林之语看到了她不安的小动作，得意极了，也不顾当事人就在旁边，变本加厉地挑拨起来：“我如果有这么优秀的男朋友，肯定不同意，谁知道出了国会发生什么，兴许过不了多久你就会发现，一群比你好千万倍的姑娘围着他转，那感觉，想想就不舒服。”

“林之……”

“你说够了吗？”陆燃本想开口阻止，却不料，南潇先他一步质问，“要不要同意，会不会难受，这好像和你半毛钱关系都没有。林之语，如果你真的嫉妒，你大可直说，拐弯抹角地说风凉话，这真不像你会做的事。另外，你不了解陆燃，有什么资格说这些？”她目光笃定，再不似从前那般躲躲闪闪。

林之语被这一席话震得无言可对，半晌后，才反应过来：“我不了解他，难道你就了解？”

“对，我了解，我当然了解，他想什么要什么做什么，我都知道，或许我现在还不够资格，不配站在他身边，但总有一天会改变的。”

一定会。

南潇说出口的每一个字都掷地有声。

如若是在从前，她根本不会这样理直气壮，但现在不同，她见过他脆弱无助的一面，那种悲伤而黯然的眼神，只要回想起来，就令她无比心疼。

他要出国，她就支持他出国。

他要做项目，她就拼命看书武装自己，替他分担。

他要做什么，她都在，她无时无刻陪着他。

每一天每一分每一秒都如此充实，哪里顾得上难过和自怨自艾，那不过是庸人自扰罢了。

反驳的话硬生生咽了回去，林之语目光怔忪，黯然地从她的脸庞移向陆燃的，最后又移了回来：“或许我们喜欢的方式不同吧。”她眼圈不自觉地红了，低着头，喃喃自语，“我也很喜欢他啊，很喜欢很喜欢……”

“对不起，我喜欢的人是南潇。”陆燃掀目，眸光静默，“我只喜欢她一个。”

谁都容不下。

时光总无情，快得让人不敢眨眼睛。

大三的课程减少了，但难度成倍增加，南潇咬着牙每天坚持到图书馆，除了必须完成的作业外，还要攻克陆燃给她布置的一道道难题。

苦，苦不堪言。

但这么坚持下来的效果却异常好。

校科协有段时间没有聚餐了，每周四一次例会时，可以明显察觉到有些人忙得不可开交。

宋铭杰和其他三个组长都是同级，也和陆燃一样，升入大四，都开始为即将结束的校园生活做最后一搏。他们大部分都被保送了研究生，唐琦学姐和男朋友放弃保研，签了同一家公司，连带着田甜也被拉过去做了实习生，邀请南潇的时候，被她婉拒了，因为她还有更重要的事情要做。

陆燃一心一意做出国的准备，其实南潇觉得，他根本不需要准备什么，无论到哪里，他都会是那个众星捧月的人。

蔡教授之后和陆燃聊过几次，也不知从谁口中听说他恋爱了，在期中考后要他带着南潇一起到自己家做客。

这可算是一件大事。

蔡教授就住在K大家属区，家里有妻子，还养了两只拉布拉多，南潇进门的时候被吓了一跳，她从小就怕狗，见到就不自觉腿软，于是陆燃挡在她身前，护着她进了屋。

蔡教授的妻子将两条大狗拴起来，笑道：“小姑娘这么怕它们呀？”

南潇尴尬地挠挠头：“小时候被狗咬过，有心理阴影，不过这两只非常可爱。”

“我记得陆燃最喜欢狗，是不是？”他抿唇一笑，伸手捋了捋狗脖子上的毛，两只大狗舒服得直摇尾巴。

“嗯，很喜欢，很早以前我们家也养过一只，也是拉布拉多，叫瑞贝卡。”

南潇好奇：“那它现在在哪儿？”

陆燃抬起头：“三年前去世了，被打死的。”

她一愣，脑海中立刻回想起那晚他说过的话，三年前，不正是他家中遭遇变故的时候吗，那么瑞贝卡就是被那些债主……

“对不起。”

“没事，已经过去很久了，我都快要记不清它长什么样子。”

他淡然一笑，那神情云淡风轻，可南潇看得懂，他眼中分明藏着深深的疼惜，掩盖不住的。都说养狗养久了，就像家人一样，它的一举一动一痛一痒，都牵扯着主人的心，何况瑞贝卡是被生生打死的，仅是想一想，那该有多心痛。

蔡教授从厨房拎出两瓶茅台，见他们还站在门口，连忙招呼：“都站着干什么，快进来，今天你们一定得陪我这糟老头喝个痛快！”他朗声笑起来。

蔡教授的夫人将两只大狗锁进卧室，一边系围裙一边叮嘱：“要少喝，你们蔡教授见到酒，就像见到亲儿子一样。”

“那可比亲儿子要亲多了。”蔡教授打开其中一瓶，倒了满满两酒杯，一杯给陆燃，一杯留给自己，“别听你师娘的话，喝酒不尽兴，那算怎么回事？来，干！”说罢，一饮而尽。

南潇很识趣，卷起袖子到厨房帮师娘准备饭菜。

陆燃望着面前那杯酒，浓郁的酒香熏得他鼻尖发酸。他两手举起，目光深切地看着蔡教授：“蔡教授，谢谢您一直以来对我的帮助，四年学费我会尽快偿还，附带利息。”

“说这些干什么？”蔡教授缓缓放下空酒杯，语气和蔼，“陆燃，老师我并不怜悯你，因为我知道你不需要，在校这四年，我看着你一步步往更高处走，我打心底里高兴。我只是用钱在做投资罢了，别人投股票，投黄金，而我投你，千万不要让我赔得血本无归啊。”

陆燃笑了：“我明白。”

酒，一杯接一杯。

那些难以启齿又或不忍开口的话，皆酿在无声无息的酒里，化作一片虚无。

陆燃心里默默地想，他终于变成了孤零零的一个人。

酒过三巡，蔡教授的夫人和南潇相继端出一盘盘下酒菜，招呼大家动筷子。

蔡教授夹起一个红烧丸子放在南潇的碗里：“多吃点儿，瞧小丫头瘦的。”

“谢谢蔡教授。”南潇连忙大口大口扒饭，一个不小心，还把自己噎到了，慌慌张张地找水喝。

陆燃失笑，起身为她倒了一杯，贴心地喂她喝了几口。

蔡教授看在眼里，笑得眉眼弯弯：“南潇，你不怕他出国吗？”

女孩子一愣，摇头：“不怕。”

“说不定他就不回来了。”

“那我就过去找他。”

"这么有魄力啊？"蔡教授笑着为她倒了一杯酒，递到手中时，轻声说，"不用担心，陆燃我了解，这臭小子特别重情，可不会丢下你。"

一桌人互相看了看，都笑起来，气氛祥和又温馨。

酒足饭饱后，南潇开始帮着收拾碗筷，蔡教授借着酒意，让陆燃扶着自己进了卧室，关上门，从枕头底下摸出了一张银行卡："拿去用，不够了给我说。"

陆燃瞳孔微微一缩："谢谢您，但我不能再接受了。"

"不要有心理负担，虽然是保送，但那边的花销也不少，记住老师的话，求学阶段不要为钱财犯愁，什么样的年纪就做什么样的事，你可以打工，可以做任何你觉得正确的，但我不希望你把大好时光浪费在这些没有结果的事情上，你只要一心深造就好，其他的，老师帮你解决。"

陆燃喉间梗塞，半晌，一个字都发不出来。

蔡教授和妻子没有后代，四年来，他们对他已经太好了，他不想再一味地索取。

"真的不用了。"陆燃轻轻推开老人的手，帮他攥住那张薄薄的银行卡，"百佳迪的瞿司辰学长答应资助我，我不会辜负老师的期望，放心吧。"

"好，好，好……"蔡教授连声点头，有那么一刻，红了眼圈，"你会回来的吧？"

陆燃怔忪，凝视着他苍老的面庞，从中捕捉到一丝令他猝不及防的表情，那是种深切的担忧，似乎自这一刻起，便是永别。

"会的，我会回来。"

"好，我在家备好酒等你。"

时间不等人。

步履匆匆，一眨眼，便是年底了。

圣诞节正巧是周末，校科协的人在陈凯带领下，令活动室焕然一新。陆燃不在，他充当总指挥，大摇大摆地从一众新面孔前走过。

别说，新入的这些学弟学妹资质可真不错，要颜值有颜值，要智商有智商，关键是听话，简直太好了。

“陈凯学长，陈凯学长……”一个扎着马尾的可爱女生朝他跑了过来，许是着急，小脸红扑扑，像只香甜可口的红苹果。

陈凯被她甜软的嗓音叫得心都酥了：“说，什么事，凯哥帮你搞定。”

小姑娘双手背在身后，扭扭捏捏：“那个……听说陆燃学长也在校科协，可是一直没怎么见到，可不可以麻烦陈凯学长告诉我，他现在在哪儿？”

陈凯一愣，气得五脏六腑都冒烟：“你找他干什么？”

“今天是圣诞节，这个……”小姑娘难为情地拿出了身后的红苹果，上面扎着漂亮的蝴蝶结，一看就知道是精心准备的，“我想把这个送给他。”

“嗯哼，那你怕是晚来一步。”陈凯双手抱胸，翻了个白眼，“他啊，找女朋友去了，今晚不会回来了。”

“啊……”

陈凯这边攒着一肚子怨气，那边，陆燃和南潇在澜城最大的时代广场依偎着欣赏烟花，不亦乐乎。

“哇，陆燃你看，那朵更漂亮！”南潇像只小家雀似的，围着陆燃蹦蹦跳跳，一会儿指着这边，一会儿又要他看那边，兴奋得要命。

“喂，别乱跑，待会儿找不到你了。”

“不怕不怕，我们还有这个呀。”说着，她举起手机，在他面前晃了晃，那只粉色荷包在空中打了一个转儿，划出一条优美的弧线。

“当初在湿地公园，你不就是用它找到我的吗？”

“我可不想再遇到第二次那种事。”陆燃从她手中拿走了那只粉色荷包，用力攥进掌心，像是要将曾经发生过的一切都揉碎在指尖，“答应我，以后不管和谁一起，都不能去那种危险的地方，遇到事情不要一味忍让，要懂得反击，明白吗？”

南潇笑眯眯地看着他：“陆燃，你好像个老婆婆哦。”

“回答我。”

“明白的，我都明白。”

“那就发誓。”

“好，我发誓。”

她抿起唇瓣，小鹿似的眼睛眨啊眨，将右手高高举过头顶，拇指扣着小指，郑重地合上眼皮：“我发誓，以后只和陆燃一起去危险的地方，答应他的话都会乖乖做到，每天按时睡觉按时吃饭，绝不多看别的男生一眼，心里只有他，只想他一个人。如有违反，那就让我头发掉光光，变成一个大秃头！”

一朵硕大的烟花在头顶轰然绽放。

绚丽的流火将黑色天穹变成一个大染布，左一撇右一捺，随意涂抹。

她笑得如同烟火般灿烂。

陆燃不自觉勾起嘴角，上扬，再上扬，露出一排明媚的皓齿。他俯首，在女孩儿轻颤的眼皮落了一枚湿漉漉的吻，抬起手，宽厚的掌心将她的手指紧紧包裹，十指相扣。

烟火喧嚣之地，再没有比这更浪漫的事。

南潇羞赧着低下头，双颊绯红，声音又软又酥。

“该你发誓了。”

“要我做什么？”

“和我一样。”

“那多没新意。”

陆燃笑着将她搂进怀中，手掌扶在她腰间，另一只手同她的相握，高高举起，冲着五彩斑斓的夜空：“我发誓，从此以后只带南潇一个人去危险的地方，保护她，照顾她，下雨有我，刮风有我，时时刻刻都有我。倘若有一天，我无法再回到她身边，一定会有比我更好的人代替我，陪伴她度过更多精彩的瞬间，护她余生安稳，不离不弃。”

“不，不可以！”南潇一把捂住他的嘴，“我不要这种誓言，也不要任何除了你的人，我只要你！”

他抿唇，薄薄的唇瓣拉成一条平直的线：“我只是考虑最坏的情况。”

“那也不要，不要！你快点儿重新说，快啊！”

她拼命抗议，陆燃无奈，再次举起彼此的那双手。

“我发誓，只爱南潇一个人，无论到哪里，发生什么，都一心一意只想着她，直到我们再次相见的那一天。如有违反，就让我像瑞贝卡一样，消失在这世界上。”

“不行，这也太可怕了！”南潇再次抗议。

陆燃摊手：“那你要我怎么说？”

她想啊想啊，把那些话翻来覆去地酝酿，可是筛选到了最后，仅仅云淡风轻的一句：“你发誓，要照顾好自己，不准生病不准熬夜不准做危险的事。”

“我发誓，一定会照顾好自己，不会生病不会熬夜不会做危险的事。”

他一字一字精准无误地重复了一遍，声音低沉，淹没在阵阵烟花绽放中。

南潇忽然心安了。

哪里有那么多瞻前顾后，只要他好好的，一切都淡如云烟。

烟火表演结束后，时代广场仍旧人声鼎沸。

陆燃原本想送她回学校的，但南潇一直嚷嚷着要去电玩城，作罢，两人挤上公交车，去了之前那一家，直玩到商场打烊才尽兴。

街道遍地狼藉，足以见证圣诞夜的疯狂程度。这个点儿，地铁早就停了，末班公交车也赶不上，两人并肩从清冷的人行道走过，默默牵着手。

南潇攥着一只夹娃娃机里夹出来的忍者龟，无聊揉弄，从这只手换到了那只手，显得有些忐忑不安。

"陆燃，我可不可以问你一个问题？"

他侧目："你说。"

"你爸爸他……身体还好吗？"

陆燃神情微微一顿："还在住院，一时半会儿好不了的。"

"那你走了，他怎么办？"

"阿婆在照顾，也有护工。"

"那一定很费钱。"

"我四年里得到的所有奖学金都存在他名下，可以撑下去。生意虽然垮了，好歹他还有一些愿意伸出援手的朋友，所以不用担心。"

南潇轻轻点了点头："那你什么时候回来？"

陆燃想了想："你毕业那天，我一定赶回来参加毕业典礼。"

"那我们拉钩钩。"南潇朝他翘起小拇指，倔强得要命。

陆燃笑了，伸出自己的，同她的缠在一起，拇指用力摁下去，在她的拇指指尖盖了一个章。

"说好了。"

"嗯，说好了。"

时间像长了脚，快得来不及回味，就已经到了尽头。圣诞过后是元旦，元旦过后是春节，春节过后，是陆燃离开的日子。

临行前，校科协所有人无一缺席，包括柳予安和林之语。

陆燃在元旦后就辞去了校科协会长的职务，新的会长还没选出，于是陈凯便成了暂时的领头人。

离别宴是必不可少的，原本大伙想在市中心订一家高档餐厅，可陆燃没同意，一定要在他们常去的校东门那家，谁让他是主角呢。

年初八，校科协所有人推掉了各种各样的事情，聚集在K大门前。

陆燃是第一个到的，拖着一只黑色行李箱，独自一人在K大校园走了一遍。年前不久才下过一场大雪，气温骤降，那些雪就被留存下来，积攒成厚厚一层。

他走过寂静无人的图书馆，走过清冷安宁的教学楼，走过蜿蜒曲折的林间小路。

回忆像走马灯似的翻涌而来，从没有哪一刻，他感觉，原来时间如此残忍，还没怎么留神，就已经消失得无影无踪。

他似乎认识南潇很久，又似乎上一秒才互道了声“你好”，眼前皑皑白雪照得天地通透，他想啊想啊，想到了曾经无忧无愁的年纪。

远处有一根笔直的旗杆，风中传来洪亮的协奏曲，鲜红的旗帜飘扬在白雪上。

护旗手队伍里藏着一抹瘦削身影。肥大的校服套在她小小的身体外，露出下方半截雪地靴，坠着两只粉红色的毛球，随着她的步伐来回摇摆，她停下，毛球也随着一起安静下来。

国歌奏响，人群嘶吼着振奋人心的字句。

这时，一只粉红色毛球“咻”的一声朝他飞来，他弯腰捡起，揣进口袋。

女孩儿飞快低头扫过鞋面，眉眼无辜哀怨，揪着细眉，嘟起软软的嘴巴，可怜兮兮地回头偷瞄一眼。

只一眼。

眼波流转，眸瞳晶莹，刻骨铭心。

风推着脚步踽踽独行。

喜欢的，冲动的，压抑的。

流浪的人唱着欢聚的歌，欢乐的人又唱着离别的歌。

而这聚散离分，从来都不是谁的一厢情愿。

聚餐最终也没能顺利进行，所有人都来了，唯独不见陆燃。

有人说："刚才看到他了，就在K大校园，眨眼间就没了人影。"

又有人说："咱们再等等吧，兴许他去了什么地方也不一定。"

于是大家纷纷找到组织，有一搭没一搭聊着，默默等候见他最后一面，可惜陆燃再也没出现。陈凯一遍遍拨打他的手机，无人接听，不知是谁提了一句，大家将目光纷纷投向南潇。

她也不知道他会去哪里。

机票是凌晨两点半，这个时间，他本该和他们一起吃离别宴的。

"你做女朋友的，都不知道他去哪里了吗？那么一个大活人，还能凭空消失不成？"林之语抓起一把雪，朝她劈头撒了过去。

南潇感到脸庞一阵冰凉，她伸手擦了擦，不疼，但难过异常："他不接电话。"

"那你就好好想想，他可能去什么地方？"

"我不知道，不知道……"她缓缓摇着头，目光迷惘环顾四周，一片白皑皑的苍茫，分不清哪里是哪里。

陆燃绝不会无缘无故消失，他一定去了哪里，一定……

思绪翻飞着，忽然在某一刻停顿住，眼前景象由模糊变得清晰起来，南潇浑身打了个激灵："我知道他可能在什么地方了！"说完，她转身就跑，纤瘦的身影映在茫茫白雪中，虚幻得像是梦境。她发足狂奔，顾不得沿途诧异的目光，手掌紧紧攥成拳，凛冽的寒风一刀刀割着脸庞，发丝吹得飞扬。

出租车停在小区门口，南潇付了钱，冲下车，这回门卫没有问话，见她面熟，直接放行了。

十八楼，电梯像插了翅膀一样飞升，门打开的那一刻，远远地，她看到了那抹熟悉的身影，正静静站在门前，望着那些写满恶毒话语的字条发呆。

黑色行李箱歪倒在脚边，他缓缓伸出手，抚摸冰冷的铁门，上面落着一层灰，弄脏他白净的指尖。

南潇喉间狠狠发涩，她记得他的话，毕业那天，这里就不再是他的家。她看着看着，忽然不敢再靠近，生怕一个不小心，就打碎了封锁悲伤的玻璃瓶。

陆燃在门前站了很久很久，久到他全然不记得，她是何时从身后将自己轻轻拥抱住。

“他们都在等你。”南潇仰起脸，只看得到那一头墨黑的发和微微低垂的头颅，“你不过去吗？”

“不过去了。”

“为什么？”

“见了也还是要走，不如不见。”

“可他们很想再看看你，田甜和唐琦还准备了礼物，打算送你。”

他一愣：“那你呢？”

“嗯？”

“你的礼物呢？”

“准备了，但我怕你不想要。”

“你给什么我都要。”

“真的吗？”

“嗯。”

南潇从身后绕到身前，双手还抱着他的腰，小脑袋软绵绵地靠在他胸口，贪婪地呼吸他身上的味道：“陆燃，我把自己送给你，要吗？”

他想要，却又不敢要。

“乖，等我回来。”

“不！”南潇忽然抓狂般吼出声来，拼尽全力地狠狠将他推离，两只手揪住他衬衣领口，绷得手背青筋暴起，“你骗我，骗我！你根本就没打算再回来，你不要我了，陆燃，你不要我了！”

“我没有。”

“你有！否则你为什么总说那种让人难过的话，说什么如果不回来，就让别的人代替你，我不要别人，我就要你，就要你陆燃！”

“南潇，你听我说……”

“我不听不听不听，一个字都不想听！对，我就是怕，我怕你再也不回来，怕再也见不到你，怕以后都不会再听到有关你的消息！你那么优秀，可我做什么都做不好，我不配！你为什么要向我表白呢？可怜我，还是觉得有趣？是不是只要当初有个人用同样的方式表白，你都会欣然接受？我只是刚刚好的那一个，刚刚好撞上了，刚刚好努力了，刚刚好让你觉得有趣了？”

她泪眼婆娑，豆大的泪珠噼里啪啦往下砸。

陆燃静静望着她，从上至下，点了墨般的瞳孔那样安宁，温柔得一塌糊涂，仿佛碰一碰就能滴出水来。他薄唇翕动，轻声问：“这还不够吗？

“这么多的刚刚好，还不能代表我的喜欢吗？”

南潇愕然抬头，泪水氤氲的眼睛里充满迷惑，呆呆地仰着头，一个字都发不出来。

他俯身，唇瓣贴上她软软的耳垂，动情厮磨：“你还要我怎么样？你说，还要我怎样！”

一阵酥痒，意识在现实和虚幻中穿梭。

他抱着她，她依偎着他，彼此紧紧相拥，让身体更紧密地贴合在一起，驱散寒冬的风霜雨雪。

吻，疾风骤雨般降临。

他将她抵在墙角，毫无克制地索取，在光洁的额头，高高翘起的鼻尖，柔软香甜的唇瓣，烙下一枚枚独属于自己的印记，仿佛醉意滔天之人，忘却世间一切，拥抱最单纯的爱情。

越过房门、沙发、茶几。

遍地凌乱。

他将她整个压在床上，疯狂而霸道地要她记得，他会回来，一定会。

南潇，南潇，南潇。

他目光迷离，痴痴地念着她的名字，似灵魂出窍，孤零零飘在半空，向下俯视那一双抵死纠缠的身影。

是谁赋予了生的力量，让离别也变得如此轰轰烈烈，那些时不我与的哀愁，剪断了揉碎了撒向远方，自以为断了念想，过往的种种就随风飘扬，到头来，都会一并奉还。

人生不过如此，最是奋不顾身，最是身不由己。

凌晨了。

夜尽了。

空荡荡的房间里只剩她一人。

南潇裹着被子走出门，客厅昏暗，只亮着一盏落地橘灯。厨房像从未使用过那般干净，被打扫得一尘不染，冰箱里空空的，只有一盒她喜欢的口味的酸奶和一袋肉松面包。

四周静悄悄的，她甚至都不清楚陆燃是什么时候离开的，脑海中闪过一幕幕令她面红耳赤的画面，那是最后的记忆。

南潇在床上坐了很久，环抱着双膝，一遍遍打量四周的景象，试图勾勒出陆燃平时生活的画面。

这张书桌颜色泛旧，一看就知道经常使用，他应该常常趴在这里用电脑打字，或者写实验报告。

一只旧枕头被丢在阳台，斜斜地靠着墙壁，上面被什么东西咬出了破烂的洞，从洞里冒出了几根羽毛，南潇猜，那应该是瑞贝卡的杰作，不知道陆燃当时有没有狠狠揍它一顿。

书架第一层摆着一只相框，离得远，看不清楚，她起身将它拿了下来。玻璃表面落了厚厚的灰尘，她用纸巾轻轻擦拭，看出是一家三口的全家福，陆燃站在一男一女中间，大约十一二岁的模样，稚嫩又清俊，左手牵着貌美如花的女人，右手牵着意气风发的男人，笑得无比灿烂。

南潇轻轻抚摸着，觉得这个人有些眼熟，再仔细一想，才记起自己第一天到 K 大报到时，那位面带倦意却仍耐心地告诉她路该往哪儿走的中年男人。

原来那是陆燃的父亲啊。

时光匆匆，南潇度过了学业生涯里最难熬的一个寒假。

又是学期伊始，在家中屯了一假期的懒散，校园里飘浮着懒洋洋的气息。

没了陆燃，整个 K 大仿佛褪去了一层耀眼的金光，校科协里个个无精打采，丢了魂般。

这周例会，到场人数刚刚过半，连宋铭杰那个视科协如生命的人，居然也罕见地请假了。

“咳咳，大家别忙了，先听我说。”陈凯站在台上，笔尖敲了敲桌面。

底下的人稀稀拉拉抬起头。

他有些尴尬，清了清嗓子，为大家打气：“你们别这样嘛，陆燃走了，不还有我吗？另外，咱们科协还是有许多牛哄哄的大神，没必要泄气。”

“陈凯学长，你说的大神是她吗？”之前要送陆燃苹果的那个小姑娘站起来，指了指南潇。

陈凯哭笑不得：“她……还、还行吧，还行……”

“可我觉得，我和学姐的技术差不了多少，还有必要待在校科协吗？”

陈凯皱眉：“这是什么话？你来校科协是为了攀比吗？”

“不，我来这儿是为了看陆燃学长。”

……

陈凯发誓，一定要好好教训那些面试的人，净招些不靠谱的！

南潇盯着笔记本电脑屏幕，手指有节奏地敲着键盘，似乎没听到他们刚才的对话，等到例会接近尾声，这才抱着电脑走上台："耽误大家几分钟时间，有件事我想说一下。"

她拜托陈凯打开投影，将电脑屏幕投射在大屏幕上。

"这是之前陆燃为百佳迪写过的一个游戏策划方案，我也参与了一部分，前天百佳迪的项目负责人联系了我，他们近期很可能会将相关内容提上日程，我想问在座的各位，有没有愿意参加的？"

下方鸦雀无声。

南潇又问了一遍，刚才那名小姑娘站了起来："请问学姐，这是陆燃临走时拜托你做的吗？"

"不是。"

"那还是算了吧，陆燃学长的方案可不是一般人能接手的，等他回来再说。"

"他在美国留学，至少两年才能结束。"

"没关系，反正再过两年我还没毕业，可以等的。"说完，她收拾东西走出活动室，一起离开的还有另外两名新成员。

场面一时尴尬极了。

南潇倒没什么表情，可陈凯就忍不了，"啪"的一声将笔摔在了桌上："造反啊！"

南潇安慰地拍拍他肩膀："算了吧，反正你还有几个月就毕业了，没必要生这种气，我再问问那些没来的人，看谁有意愿参加。"

"还是陆燃在的时候好，一呼百应，现在真成一盘散沙了。"

"不是你的错。"南潇关掉投影，抱着电脑走下台。

她不是不知道校科协的状况，当初陆燃临走时没有赴约，她就料到会有今天，只是没想到这么严重。之前那些老成员倒也罢了，新来的有不少是冲着陆燃来的，而他连最后一面都没舍得见，这些人自然心有不满，觉得他太傲气。

眼下，她也只能帮衬着陈凯，维持校科协的基本活动，但想重回从前，怕是不太可能了。

回到宿舍，她简单洗漱后正准备上床，一通越洋电话就这么打来了。她先是愣了一会儿，直到阿阮提醒，这才飞奔到阳台，接通。

“喂？”

“南潇，是我。”电话那边的男生嗓音沉沉的，充满磁性。

她开心得不能自已：“陆燃，你怎么才打来啊，我等你电话等了三天！”

“抱歉抱歉，最近在做课题，特别忙，每次想打给你，可惜你那边已经是深夜了，不想吵你睡觉。”

“很忙吗？每个人都忙？”

“我更忙一些。”

“为什么？”

“课题老师很喜欢我，让我负责全局。”

“果然是我男朋友哎！”南潇咯咯地笑，“还是那么厉害。”

“你那边还好吗？陈凯刚才给我发邮件，说校科协的人都不配合，我们之前交出去的那份策划方案，没有人愿意参加。”

南潇长叹一声：“没错，新来的那些组员好像对这些并不感兴趣，她们只对你感兴趣。”

“那你就告诉她们，是我拜托的，不就好了？”

“那怎么行！”南潇连连摆手，却是一愣，后知后觉想到他看不见，有些自嘲地勾了勾嘴角，“校科协没了你，就不能运转了，这像什么话？蔡教授那天还说，有机会一定过来瞧瞧，给那些懒散的新人打打鸡血。”

陆燃在那边闷闷地笑起来，南潇也不知道他笑什么，也跟着一起笑，最后两个人在电话里笑作一团。

“好了，不说了，你快睡觉吧。”

“哎，等等。”南潇连忙喊住他，生怕他挂了电话，“能不能给我唱首歌呀？今天被她们惹了一肚子气，睡不着。”

“嗯……好吧，想听什么？”

她偷笑，手指卷着衣服角，支支吾吾报了一个名字：“《今天你要嫁给我》！”

“喂喂喂，得寸进尺哦。”

“哎呀，唱嘛唱嘛唱嘛，几句就好，唱嘛！”

耐不住她的死缠烂打，陆燃叹了口气，妥协道：“好，就几句，唱完就给我睡觉去。”

“耶！”她欢呼，转身将阳台的门上了锁，搓着有些滚烫的脸颊，深呼一口气，“来吧。”

那边，男生清了清嗓子，找了一下调，便开口唱给她听——

“春暖的花开，带走冬天的感伤，微风吹来浪漫的气息。每一首情歌忽然充满意义，我就在此刻突然见到你……听我说，手牵手，跟我一起走，创造幸福的生活。昨天已来不及，明天就会可惜，今天嫁给我好吗……”

好啊。

嫁给你。

嫁给陆燃。

# 诀 别

第十三章

NANFENGCHUIJIN
NIXINDI

又是深春时节。

陆燃离开的第 113 天。

考试周很快就要惨无人道地降临了，宿舍里硝烟弥漫，似乎一个个即将战死在高难度编程题目脚下。

阿阮、倩倩和二咪每人脑袋上都绑着一根必胜绳，顶着一双黑黢黢的熊猫眼，和书本苦战三百回合。反观南潇，不慌不忙地睡到自然醒，下床洗漱后，准备出去吃个早餐。

“潇潇，你不用复习吗？”阿阮奄奄一息地看过来。

“我？”南潇用手指了指自己，“不用的。”

“为什么啊？”

“这学期的内容我半年前就看过了，陆燃还逼我做了许多研究生的题目。”

神哪，请赐给她一个这样的男朋友吧！

阿阮哀号一声，三人抱头痛哭。

南潇被她们逗得开怀大笑，一不小心笑岔了气，边拍着胸脯顺着，边说：“要不我帮你们带饭回来？想吃什么？”

“炸酱面！”

“香菇排骨汤！”

“麻婆豆腐盖饭！”

她点点头，暗道了声吃货，一一记在心里，出门了。

这个点儿，食堂的人并不多，她很快打包了四份饭，准备回宿舍，半路却接到了一通电话，是百佳迪的瞿总亲自打来的。她起初以为，他是要说那份策划方案的事，聊着聊着却发现，似乎和她预想的大相径庭。

“……百佳迪打算拓展游戏领域，除了快速对战类的以外，还想做一些少女风内容，如果你有兴趣，可以先来公司实习吗？可以边学习边实习，不会耽误你的事情。”

南潇倍感意外。她没想到堂堂百佳迪的 CEO 瞿司辰居然会开口邀请她去实习，这简直是天大的好消息，她一时间消化不了，在原地呆愣许久，问道：“瞿总，您确定没有打错电话吗？我是 K 大计算机系的大三生南潇。”

那边明显愣了一下，随即哈哈大笑：“对，没错，我找的就是 K 大计算机系的大三生南潇，我想邀请你来百佳迪实习三个月，当然，如果你愿意的话，时间再长一些也完全没问题。这样可以了吗？”

南潇激动不已：“谢谢瞿总！”

“你怎么和陆燃一样，总叫我瞿总，不需要的，叫我学长更亲切一些。”

“好的，谢谢瞿总！”

瞿司辰在那边忍俊不禁，觉得这姑娘简直太可爱了。

两人在电话里又聊了几句，确定好时间，便挂断了。

南潇攥着手机，耳边传来“嘟嘟”的忙音，半晌都沉浸在难以名状的喜悦中，等反应过来，第一时间打电话给远在美国耶鲁大学的陆燃，想要和他分享这个好消息，不过连续打了两次，都是占线。

他果然好忙啊……

这些天几乎就没怎么听到他的声音，上回通话还是在两周前，他打来，匆匆忙忙聊了几句后，很快就挂断了，明明那天还是他的生日。

南潇有些不安。

她明显能察觉到，他似乎越来越不愿和自己通电话，虽然每次打来都嘘寒问暖，可通话时间一次比一次短，有时甚至打个哈欠的空当，他就挂断了。

失落、焦躁，负面情绪伴随着臆想，一股脑涌上心头。

南潇及时克制住自己。

不行，不能这样，她要相信陆燃，他已经够忙的了，不能再让他这么瞎操心。

深深呼了一口气，南潇拎着早饭回了宿舍。

考试周顺利度过。

瞿司辰在电话中和她约定的时间是在暑假刚开始，南潇收拾东西回了家，过了几天懒散生活后，就开始做实习的准备。

百佳迪不在澜城，而是高新区，所以她在实习期间只能租房子，不过瞿司辰已经为她预留了一间员工宿舍，所以这方面的问题倒不用多虑。

临行前一天晚上，她开始打包行李。

“潇潇，到那里一定要有礼貌，谦虚一些，不懂就问，别不好意思。”母亲大人将熨好的衣服放进她的行李箱中。

“对了南潇，把这些新摘的茶叶带过去，分给同事们喝。”父亲大人将一只大纸袋塞到了那堆衣服里。

南潇看着这两人手忙脚乱的样子，一时有些无措，好像要去的人不是自己，而是他们似的。

“我知道的，知道的，爸爸妈妈放心吧。”

有个听话的乖女儿，比什么都强。南妈妈宠溺地揉揉她脑袋：“真乖，妈妈再去帮你收拾两套被褥来。”不等她阻止，南妈妈就美滋滋地走开了。

这个行李箱……怕是要被撑破了吧。

正考虑要不要找谁借一只更大的，南爸爸在客厅忽然开口询问：“对了，听说那个陆燃出国了？”

“嗯。”

“去的哪个学校？”

“耶鲁大学。”

“那可真厉害，男孩子就该这样，不过你就算了，女孩子家家的，去那么远的地方不安全。”

“还好的。”

“不安全不安全，我和你妈妈可不会送你到国外。”

南潇笑了笑，没接话，低着头飞快收拾行李。

南爸爸在客厅泡了一壶茶，打开电视，声音很大，将南潇吸引过去。

屏幕里正在播放晚间新闻，主持人南潇认得，正是当年在机器人大赛上采访陆燃的那个女人，如今她已经成了澜城家喻户晓的一名主持。

她心里默默感慨时间过得真快，正要回房，画面忽然一转，出现了美国耶鲁大学的标志。

“据悉，于美国时间七月二日凌晨四点钟，耶鲁大学相隔两条街区的合租公寓里发生了一起枪击案，死亡四人，重伤七人，其中有两名死者均为来自中国的留学人员，具体情况和案件起因还在持续调查中，我们会一直关注案情进展……”

女主持的嘴一张一合，南潇却再也听不到任何声音。

浑身的血液在这刹那间倒流，脑袋里乱作一团，无数画面从眼前飞快闪过，她来不及捕捉，只觉得一片天昏地暗。

她僵在那里，一双猩红的眼狠狠盯着电视屏幕，像要劈手将它打碎，钻进去。

母亲呼唤她的名字，一声又一声，化作锋利的钢锯拉扯神经。

她已经感觉不到究竟是哪里在痛。

脑袋，胸口，还是心脏。

有那么一个瞬间，她看到气息虚浮的陆燃朝自己伸出手，薄唇翕动在说着什么，可她听不见，一个字都听不见。

冰冷的枪口指向他，指向那个面容清隽的少年，那个浑身上下找不到一丝缺点的少年，那个她爱着等着心疼着的少年！

一声枪响血染满衣，他破碎的身体就那么倒了下去，倒在冰冷坚硬的地面，静静地看着她，带着温柔宠溺的笑容。

南潇。

南潇。

南潇。

她猝然惊醒，脸色一片煞白，疯了般冲回自己的房间，哆哆嗦嗦地捧起手机，连划了两次屏幕都没能解锁，最后突然大吼一声，跌坐在地。

“潇潇！”

“潇潇你怎么了？”

父亲和母亲朝她冲了过来，甚至没敢用手触碰，因为她整个人都是木然的，眼睛直勾勾地望着前方，空洞无神。

“潇潇，别怕，妈妈在这儿。”南妈妈缓缓伸手，想要将她搂进怀中，还没等靠近，就被她嘶哑的声音吓得收了回去。

“妈，帮我解锁，打给陈凯，密码是 0719。”

“潇潇，发生了什么？告诉妈妈，我们……”

“不要问了……不要再问了！”南潇突然抓狂似的将刚刚才整好的行李箱一脚踢开，她眼圈发红，近乎央求道，“求你们不要问了……打给陈凯，妈我拜托你打给陈凯！”

“好，好，我这就打，这就打……”南妈妈飞快拿起她的手机，解锁，找到了陈凯的电话拨通。

很快，那边传来男生懒洋洋的声音，似乎才刚刚睡着不久。

“喂，南潇？”

“陈凯，你睡了吗？”她竭尽全力克制着不让情绪崩溃，声音格外嘶哑，听着叫人心惊。

“嗯，刚睡着一会儿，有事？”

“你现在把电视打开，看一下新闻，或者上网也行。”

“怎么了？”

“陈凯，我不相信……我不相信……”她喃喃地重复着这句话，忽然喉间一哽，泪流满面，“陆燃出事了。”

一切都像是在做梦。

陈凯家在邻市，他连夜驾车赶到澜城，接到唐琦和周齐梦飞后，朝着K大飞驰而去。

凌晨四点半，整座城市陷入沉睡。

南潇呆呆地坐在K大门口的花坛边，两只眼睛肿得像核桃，通红通红。

沁凉的夜风吹得她瑟瑟发抖，她甚至连鞋子都忘了换，踩着一双拖鞋就跑了出来。

三人赶到时，坐在花坛边一动不动的女孩儿就像只孤魂野鬼，单薄的身体在风中摇摇晃晃，随时都有倒下去的可能，她望着远方目空一切，眼角还留有已经干涸的泪痕。

唐琦心里“咯噔”一下，朝她飞奔过去：“南潇？南潇？”她轻轻晃动南潇的身体，就像在摇晃一只没有生命的布娃娃，轻得如一片羽毛。

“南潇，你不要吓我们！”唐琦猛地一把将她抱进怀里，喉间哽咽，抚摸她僵直的脊背，“没事的，没事的，那不会是陆燃，你放心，那一定不是他！”

“真的吗？”

空灵的声音传来，唐琦松开手，看着她。

“真的吗？”南潇又问了一遍，那声音虚无缥缈，不像从她口中发出的，“可我好怕啊，我好怕……陆燃他就住在那栋合租公寓里，我记得很清楚，他刚到的第一天在电话里对我说，南潇，真好，与我合租的也是一个中国人，这栋公寓里就我们两个是中国人……”

“南潇……”唐琦的眼眶红了，一时竟不知该如何安慰。

“我给他打了无数个电话，从看到新闻的那一刻起就开始打，你们瞧，我已经拨了七十八通，可他一个都没接。”

她颤抖着用手划亮屏幕，已拨电话的第一个就是陆燃的名字，整整七十八通，全都没有接。

“你们说，我当初为什么不阻止他呢？不管是死缠烂打，还是胡搅蛮缠，我应该阻止他的……一直以来，所有人都那么坚信他会越来越好，因为他是陆燃，他注定是要高高在上的那一个，多少人崇拜他，敬仰他，又有多少女生前赴后继地喜欢他，而我是其中最不起眼的那一个，可他偏偏就选了我……你们说，他多傻啊。”

南潇仰头，泪流满面。

“我从来都没有对他好好说过一句‘我爱你’，哪怕我真的很爱很爱，可我不敢，我怕只要说出口，他就会动摇，我不想成为他前进的绊脚石。我知道自己配不上，可我真的真的很努力了，而且我会一直努力下去，直到和他站在同一高度，肩并肩的那一天……可是，那样的一天又在哪里呢？我的陆燃没了……我把他弄丢了……以后永远都不会再有陆燃……他连句道别都没和我说过，就这么消失不见了，他不要我了……不要我了！”

紧紧攥紧的拳头拼命捶打地面。

窒息般的痛，像要蚕食掉她的五脏六腑，又忽然间抽干浑身所有力气，软绵绵地跌倒下去，魂魄从身体飞出，孤零零飘在半空，俯瞰这世间生离死别，嘲笑那悲痛欲绝的人，撕裂又干枯的心。

无须挣扎，无须反抗。

就像那经熊熊烈火灼烧过的枯枝烂叶，只要轻轻一碰，便灰飞烟灭，无迹可寻。

黎明将至，晨光破晓。当第一缕曙光重返人间时，太阳仍旧在发热，地球仍旧在旋转，时间仍旧在流动，万物仍旧在生长，一切都和之前没有什么不同。

只是谁的心，死了。

不再跳动，不再鲜活。

翌日，变了天，一场突如其来的暴风雨过后，仍不见好转。天空是灰色的，沉甸甸地压下来，让人喘不过气。

南潇哭了一整个晚上，到了最后，一滴眼泪都流不出来。

每个人都在说服她，要她相信那不是陆燃，她静静听着，没有一句反驳。

“如果真的是他，为什么这边会一点儿消息都没有呢？你们想想，这几天学校太平得很，连蔡教授都没有任何异常，怎么可能会是陆燃？”陈凯点上一根烟，狠狠抽着。

唐琦在一旁连声附和：“没错，如果受害的那个是陆燃，恐怕现在早就人心惶惶了。我不相信。”

“是啊南潇，别灰心，消息还没有确认下来，你要坚强。”

三人想要过去搀扶她起来，却被她轻轻推开了。

“可他为什么一直都不接电话？”

“也许……也许他在忙，手机关机了没有注意到，等他发现以后，肯定会打过来的。”

“是吗？”南潇抬起头，目光无神地看着她，“那我等等看吧，等等看……”

唐琦用力点了点头，虽然知道她并没有完全相信，但至少她能说出这样的话，已经足够了。

几人飞快商量了一下，目前最重要的是确认陆燃的状况，而这件事单凭他们的力量，几乎是办不到的，陆燃家中也没有人，母亲改嫁，父亲住院，最清楚实情的人一定是校方。于是，在陈凯的带领下，他们迅速联系了教导员，询问事情详情。

“……这件事我还不清楚，是留学办事处负责，你们先别急，不一定是最坏的情况，世上怎么会有如此巧合的事呢？我现在就赶去K大，把事情问清楚。”教导员到底是教导员，几句下来，让几人心安不少。

“那现在我们要做什么？”唐琦蹙眉，“总不能干等着。”

周齐梦飞提议：“我们去找一下蔡教授吧，他那么喜欢陆燃，说不定知道些什么。”

南潇眼里闪过一丝光亮，却很快被残酷的事实所湮灭。蔡教授上个月参加体检，被查出左腹部里有一颗拇指大小的肿瘤，良性的，正在准备做切除手术，一直都住在医院里，完全不清楚发生了什么。

几人像无头苍蝇一样，把能想到的所有人全都联系了一遍，可惜并没有得到有用的消息。

似乎没人会相信，那两个不幸身亡的中国学生之一，是陆燃，这简直太荒谬了。

陆燃觉得，
他心里的那个姑娘很傻很傻，
但是傻得可爱。

南风吹进你心底

STAMP

南风吹进你心底

Nanfengchuijinnixindi

明信片寄给心上人
小卡片给自己留恋

有爱的
青春
陪伴者

南潇坐在花坛边，微垂着头，目光在湿漉漉的地面逡巡，也不知在看什么，神情专注。

半晌后，她忽然开口："还有一个地方可以去。"

陆燃家中的变故几乎无人知晓，南潇算一个，柳予安勉强也算一个，只不过她是听陆燃亲口说的，而柳予安是无意中偷听到的。

起初到了那片高档小区门前时，那三人以为陆燃家中条件殷实，可当敲开房门后，出来的却是个陌生男人。

"你们找谁？"

南潇说："陆燃。"

"陆燃？这儿没有陆燃，你们是不是找错了？"

"不会的，之前他就住这里，我还来过不止一次。"

"哦，你说的应该是前住户吧？这套房子上个月已经被抵押出去了，现在是我在住，不好意思。"说着，他便关上了门。

南潇怔怔地站着，此刻才后知后觉，原来这里早已经不是陆燃的家了。

三人并不清楚其中原委，皆一脸诧异。

"南潇，这是怎么回事？"陈凯问。

"他没有家了。"南潇喃喃自语，"陆燃没有家了。"

"没有家是什么意思？"

她缓缓摇头，一个字都不愿再多说。

又是竹篮打水一场空，几人灰心丧气走出小区，站在车水马龙的街道边不知所措。

有时候，希望这东西很廉价，听到耳中，只觉得可笑。但有时候希望又昂贵得让人害怕，可望而不可即。

南潇的心情渐渐平静下来，她开始回想这段时间发生的一切，越想就越觉得心酸，因为有关陆燃的片段少之又少，除了几个简短的通话以外，好像再也没有他的身影。

临近中午的时候，瞿司辰的助理打来电话，询问她何时动身。南潇这才想到还有实习的事，便简单说明了原因，道歉后推辞掉了。

两分钟后，瞿司辰亲自打来电话。

他没有询问详细情形，只听她说家中有事，近段时间都不能赶过去实习，不免有些遗憾，但也没有过多责备，只说如果事情处理妥当，随时可以过去实习，她连声道谢。

此刻她没有心情做任何事，经过一整夜的折磨，她浑身上下都使不出一丝力气，连走路都像飘浮在半空。她什么都不愿想，满脑子都是陆燃的名字，陆燃的身影，甚至有那么一刻想冲到机场买一张飞往美国的机票，看看他到底在忙些什么，为什么不接她的电话，为什么让这些人苦苦为他担心。

可那并不现实。

几人一直在等教导员的电话，过了午饭时间，都不觉得饿，但陈凯还是找了一间街边的小饭馆，点了四碗西红柿鸡蛋面。

“下午我们再去一趟K大，实在不行，就亲自到留学办事处问一问，我还不信了，那么大一个人会没有消息！”他握紧拳头，用力砸向桌面，震得空气都在颤抖。

“嗯，说得没错，吃完饭我再打给李岩和靳辰，看看这两天陆燃有没有联系过他们。”唐琦将一双筷子递给南潇，“你先吃吧，面放久了就不好了。”

南潇伸手接过，什么也没说，一声不吭地往嘴里塞食物，面入口中，甚至都不怎么咀嚼，硬生生往下咽。

三人相互使了个眼色，唐琦本想说些安慰的话，被陈凯用眼神制止了。

现在说什么都没用，南潇听不进去，除非把陆燃从美国拽过来，活生生站在她面前，否则一切都没有意义。

结账的时候，面店老板找了零钱，探头看了看，发现那四碗面几乎就没怎么动过，端过去的时候什么样，现在还是什么样，不自觉感慨一声："现在的年轻人哟，减肥减成这个样子，身体怎么受得了？"

他们无心解释，出门便打了辆出租车直奔K大。

刚进入假期，一些学生还没来得及离开，校园里并不冷清，来来往往的人步履轻快，因为度过了焦头烂额的考试周，整个人都放松下来，悠闲地谈天说地，与他们四人形成鲜明的对比。

陈凯询问了留学办事处的位置，几人赶去的时候，在途中和教导员打了照面。原来留学办事处今天放假，组织了所有办公人员集体出国旅行，要两周后才能回来，教导员已经来回跑了三趟，不停地联系相关负责人，恳请他们帮忙询问在美国留学的陆燃的情况，可惜那边迟迟没有音信。

他们彻底绝望了。

如今，该找的人都找了，该去的地方也都去了，却毫无帮助。

南潇忽然觉得，远在异国他乡的那个人似乎成了孤魂野鬼，没人知晓他在哪儿，做着什么，或是生是死。

她不甘心，向教导员要来了留学办事处负责人的电话，一遍遍不知疲倦地拨打，哑着嗓子恳求他帮一帮他们，陆燃出事了，他一个人孤零零地在那边，他也一定很怕。

"不是我们不帮，陆燃是K大的骄傲，没人不着急，但是真的没有办法，那边的留学办联系不上，陆燃的电话也打不通，耶鲁大学暂时不愿透露更多细节，因为那起枪击案还在调查当中，警方不便透露受害者信息，我们现在必须耐心地等，直到消息确凿。"

"可是那还要多久？"南潇哽咽着，激动得浑身发抖，"还要多久才能联系上他？我们不能接他回国吗？接他回来，把陆燃接回来……"

“南潇同学，我们一直无法联系到陆燃，情况可能很糟糕，而且那栋合租公寓里，的确只有陆燃和舍友两人来自中国，恐怕……”

“不！不会的！陆燃会回来的，他答应过我，他说等忙完这一阵就会回国的！你们找找他好不好，我求你们找找他，那边他一个亲人都没有……或许他只是受了伤也不一定呢？那边很可能是搞错了，不会是陆燃的，不会！”她号啕大哭，手机从指尖滑落，捂着脸，汹涌的泪水从指缝间渗透出来。

像一个提线木偶，动作僵硬，某一刻，线断了，她轰然跌坐到地面，张着嘴，喉咙深处发出悲凄的低吼，似走投无路的小兽在做最后的挣扎和反抗，但现实中冰冷的枷锁将她牢牢锁在了笼子里，撞得头破血流，撞得肝胆俱裂。

南潇不知道自己是如何回到家的。

今天是周一，父母本该在自己的工作岗位，却都默默守在家中，她推开门，他们就站在玄关处，似乎在那里已经等了很久，眼角湿润着。

“潇潇，我们都知道了……来，过来，让妈妈抱抱你。”

南妈妈张开双臂，她愣了愣，木然地倾倒上去，木桩似的靠在一双温暖的臂弯里。

“放心吧，会好起来的，一切都会好起来的。”

“潇潇别怕，爸爸妈妈都在。”

细声细语的安慰，濡湿干涸的心田。

她想，真好，还有至亲之人陪伴在自己身边，不顾一切地保护自己，她得坚强，不能让他们担心。

可是，又有谁在陪伴陆燃呢？

眼泪无声无息滑落脸庞，她用手背擦啊擦啊，越擦反而越多。

“妈，好奇怪，眼泪它自己往下流，怎么都止不住，好奇怪……”

真的好奇怪。

她傻傻地笑起来，满脸泪水。

要坚强啊，南潇，要坚强。

这世上最可怕的事，不是恨一个人，也不是爱一个人，而是你再也找不到那个想要找的人。

他轰轰烈烈闯进你的世界，搅得一片天翻地覆，而后悄无声息地离开。一丝痕迹都不留，可你却偏偏记得，他来过。那么真真切切坦坦荡荡地来过。

自此之后，再无陆燃的消息。

直到陆燃的母亲在 K 大出现，默默注销了他的学籍，一切都化为乌有。

澜城接连下了一整月的雨。

天阴沉极了，乌云当头压得人喘不过气。

新生个个都在庆幸，这场持续了近三十天的雨帮助他们顺利度过了军训期，真是一场幸运雨。

有的说："这一定是老天爷心疼咱们，少晒了好多天的太阳。"

也有的说："这么久的雨，说不定是老天爷在为谁哭泣。"

南潇抱着一只篮球从操场走过。

操场旁边就是篮球场，她在场地边停住，里面空荡荡的，地面上的一些坑洼里还蓄着积水，经细微的光线那么一照，混浊不堪。

她在原地站了很久，路过的人不明原因，频频回头去看。

恍惚间，眼前的画面逐渐发生变化，亮堂起来，炙热的阳光投射在尘土飞扬的球场，晒得那些身穿篮球服的男生大汗淋漓。

"陆燃，我爱你！"

围观的女生们发出阵阵尖叫，不知道是谁又投中了一球，博得全场雷鸣般的掌声。

她抬头，看到一抹挺拔潇洒的身影。

男生微弓着身，两腿弯曲，像是随时要扑出去的样子，饱满的篮球在胯下有规律地跳动，面前两人将进攻道路围得水泄不通，他不慌不忙地虚晃一招，用漂亮的假动作骗过两人，随即腾空一跃，篮球从指尖飞出，在空中划出一道优美的弧线，“噗”的一声掉进篮筐里。

尖叫声几乎同时响起。

进球得分的男生揪住篮球衣两边，兴奋地绕场一圈，被同伴们勾肩搭背地拥了起来。

“陆燃，这边！这边！”

有人在唤他，他朝着声音发出的方向招招手，再回头，明媚的视线好巧不巧落在静静伫立的女孩儿脸上。

隔着万千人海，他看到了她，嘴角扬起，灿烂一笑。

周围的景物如潮水般褪去。

尖叫声，欢呼声，喝彩声，风卷残云般销声匿迹。

他的身体逐渐变成透明，快要与周围的空气融为一体，却还在冲她笑，一排明媚的皓齿。

南潇眨眨眼，又眨眨眼，再睁开时，一切都不复存在。

还是那阴沉沉的天，空荡荡的篮球场和混浊不堪的积水。

她指尖发颤，缓缓走上前，望着那高高在上的篮筐踮起脚，将手中的篮球用力抛了出去。

“砰”的一声，篮球砸在篮板上反弹回来，滚过地面一个个积水坑，瞬间变得湿漉漉。

她像是没发现，又重新将它抱起，再次抛出去。

就这样，掉了抛，抛了又掉，反反复复不知多少次，直到累得再也站不起来时，她靠在栏杆边大口大口地喘气。

K 大的本科和研究生有一部分是分开的，一部分是合起来的，陈凯所在的专业本应该继续留在这里，却不料开学没多久就接到通知，需要搬到新校区，他得尽快将宿舍腾出来。原来的四人间，现在也只剩他和另一名舍友，通知一到，两人就都开始忙碌起来，快要搬空时才发现，陆燃的衣柜里还有许多东西没有带走，陈凯看了看，扔肯定是于心不忍，便打电话给南潇，询问她要不要来帮他收拾一下。

南潇当天晚上就过去了。

舍管阿姨了解情况，放她进去，陈凯带着她上了楼，走进陆燃曾经居住过的地方。

“我看过了，他留下的东西不是很多，有一些书，还有几件外套，你应该能拿得动。”

“嗯。”

南潇点点头，绕开他走了过去，弯腰将外套从柜子里的衣架上取下来，叠好，放进自己的背包，然后弯腰去抱里面的两摞书。

“我来吧。”

陈凯先她一步走过去，替她抱起来，左右看了看，没有位置可以放。

“就放地下吧，我慢慢整。”

“好。”

将书放在地面，陈凯便以打水为由，悄悄走了出去，关上房门。

南潇在原处愣了一会儿，蹲下身，一本一本翻看那些落满灰尘的书籍。

都是些计算机相关的，很多她都被他逼着看过，上面有彩色笔圈圈画画的痕迹，她看着看着，便瞧见有一页上面画着两个特别丑的小人儿，禁不住笑出了声。

如果没记错的话，这应该是他们在图书馆的时候，她无聊，随手拿笔在上面涂了几笔，指着它对陆燃说，看，这是你，真丑！

他不甘落后，抢过笔，在旁边也画了一个，头上还戴着蝴蝶结，说你瞧，你比我更丑。

她不愿意，嚷嚷着要重画，却不想他一把捉住她乱挥的手，放在唇边亲了一下，说，没关系的，再丑我都要。

南潇笑得前仰后合。

笑着笑着，眼前的视线就莫名其妙有些模糊。

她飞快将书合上，揉了揉眼睛，继续往下整理。

陆燃的东西的确很少，她只用了大概二十分钟，就将每本书都擦干净，打算往随身携带的编织袋里装，却余光一闪，在书架最顶层看到了一本厚厚的书。

她踮着脚尖，将它取下来，吹了吹上面的灰尘，呛得直咳嗽。

原来是那本有关操作系统的书啊。

当初这本书到她手里的时候，实在命途多舛，他拜托那个大一小学妹送来，里面还夹着一张约饭的卡片，却被林之语使坏拿走了，幸好后来他们没有因为这件事受到影响，也算是因祸得福吧。

南潇想着，随手翻看起来，一页又一页，像是在翻看彼此的过往。

到了最后一页，一张泛旧的信纸忽然出现在眼前，她愣了愣，缓缓打开——

亲爱的南潇：

你好。

当你看到这封信的时候，我已经到了美国，并且很可能你已经联系不到我。

或许你现在已升学，抑或准备开始考研或找工作，原谅我没有机会参与到你的这段人生中，这并非我愿意看到的，有些事我无能为力，却又难以启齿，所以才会写下这封信。你就当我懦弱吧，反正我从不觉得自己有多坚强。

我没有想到，那天晚上你会突然来找我，看到我最不堪最卑微的一面，那并不在我的计划中。我一度以为你会放弃，会远离我，那个时候我有多纠结多痛苦，你一定想象不出。直到我约你出来，在K大门口，你笑着朝我跑过来，紧紧拥抱着我时，我真的很想哭。谢谢你的善良和宽容，我很感动。

你曾说过，觉得自己配不上我，但你从来不知道，我有多怕失去你。

还记得你上高中的时候吗？

高二，你做了护旗手，矮矮的个子走在人高马大的队伍里，我一眼就看到了你，那时你穿着大大的雪地靴，上面缀着两只粉色毛球，你动它也动，你停它也停。有一回你步子迈得太大，一抬脚，毛球就飞了出去，正好落在我脚边，我弯腰捡起，你正好回头，可爱得一塌糊涂。

大概就是从那时候起，我就已经不自觉地喜欢上你了吧。

还有那次，你陪朋友大晚上来K大表白，当时我一眼就认出了你，就站在不远处，低着头，比那个叫陈梦的女生还要紧张，我都替你捏了一把汗。后来你问过我，究竟什么样的表白才算有新意，才能打动我，其实我想说的是，只要是你，无所谓表白的方式和手段，我都心甘情愿。

南潇，我喜欢你。

悄悄为你借书，又不敢贸然给你，只能拜托大一学妹帮忙，是喜欢。

下暴雨偷偷瞒着陈凯，到图书馆给你送伞，是喜欢。

将一切藏在心里，欺骗了所有人出国留学，也是喜欢。

我很怕你知道关于我的一些更加难堪的事。

比如，我的身体状况这两年越来越糟糕，你知道的，我刚考入K大时，家中发生了变故，那段时间我每天都生活在黑暗里，却又不得不装作若无其事来到学校，和舍友贫嘴，和那些同学打打闹闹。

那之后，我做过一次有关心脏的检查，因为过度疲劳加心理负担，原本的小问题很快演变为一发不可收拾的悲剧。

心脏病。

这个词，在这之前我想都没想过，可它就这么赤裸裸地从天而降，一丝喘息都不给我留。

高中时期，我特别喜欢打篮球，每天都要打，可当这件事发生后，我不得不放弃，一周最多打一次，而且不会超过十五分钟，这是我给自己规定的极限。

其实心脏病也没有那么可怕，只要多留心，便不会致命，但我渐渐发现，只要这个像定时炸弹一样的隐患存在着，那我就无法真正摆脱束缚，做自己喜欢的事，毫无负担地和自己喜欢的人在一起。无论是我因为熬夜而高烧不退，或者在背你下山的时候累到吐血，都让我无比痛苦，恨自己不能再多为你做些什么。我总在纠结，每次与你的亲近，都让我觉得自己是个浑蛋，耽误着你的时间，你的青春，你的感情，可我又无法拒绝你，我怕你伤心难过，想一些乱七八糟的事情，所以非常抱歉临走前我还是没能克制住，南潇，对不起。

也许此刻你会非常震惊，心里五味杂陈，但我还是要继续说下去。

这次保送出国留学，我并没有对你说实话，留学不假，但我只需要用一年的时间，另外一年，留给那场风险极大的心脏手术。

我没有告诉你，是因为我真的不确定，等到你毕业的那一天，我究竟还能不能站在你面前。也许我会猝死在手术台上，也许会因为手术的未知风险导致身体变得更差，无论是哪一种，我都不会再出现在你面前，所以当初离开时我就说过，倘若有一天我不再出现，希望可以有一个人代替我来照顾你，喜欢你。

南潇，人们都说命由天定，可我不信。

我想要逆天改命，哪怕知道这条路险象环生，可我愿意为了你去试一试，无论结局是好是坏，是悲是喜，我都认了。

该说的，也差不多都说完了，我也要离开了。

记得，等到你毕业的那天，我会赶来参加你的毕业典礼，如若没有，那我祝你幸福。

再见。

男朋友陆燃

敬上

遒劲有力的字体，南潇泪眼迷蒙，读了一遍又一遍。

反反复复。

不知疲倦。

床头的墙壁上贴着一张全年计划表，每一格都写得满满当当，她看过去，无意中扫过去年七月十九日那一栏，用加粗的红笔写着一个计划——

向南潇表白。

泪水在眼中汹涌，她阖目，两行泪水顺着脸颊汩汩而下，无声无息。

“陆燃……陆燃……”

陆燃，我还有很多话想对你说，可是现在，我什么都记不起来了。

谢谢你曾在我的生命中出现，留下最深刻灿烂的一笔，往后岁月，我依然爱着你，以我自己的方式。

再见了。

# 归 来

第十四章

NANFENGCHUIJIN NIXINDI

一年后，百佳迪总裁办公室。

年轻的女孩儿穿着得体西装，及膝的短裙熨烫平整，高跟鞋踩在地面发出清脆的响声。

她推开门，抱着一沓文件朝埋头伏案的男人走去，开始汇报工作。

“瞿总，上个月的财务报表我已经看过了，游戏成本在逐步降低，这是个好兆头，不过我个人建议可以给后端组多发一些奖金，这次的项目他们功不可没，我认为必要的物质激励是相当可取的。”

“好，就按你说的办。”瞿司辰从一堆文件中抬起头，好笑地看着她，“南潇，我发现你现在说话都不用打草稿的。”

“瞿总的话我不明白。”

“你自己就是这次后端组的直接负责人，居然亲自向我邀功来了？

你这是王婆卖瓜，自卖自夸。”

“那瞿总到底要不要发奖金？”

“你觉得呢？”

“要。”

“我看你干脆明抢得了。”瞿司辰没好气地嗤她一声，手里倒没歇着，打了通电话到财务室，很快便拨了些钱作为后端组的奖金，“这下满意？”

南潇一本正经地点点头：“多谢瞿总犒赏。”

“见好就收啊。”瞿司辰作势将手中的笔用力摔了下去，却不想，没有吓住她。

“瞿总，您要多笑一笑才有魅力，都三十出头的人了，得赶紧找个对象结婚才行。”

“小丫头片子管得倒挺宽！”

瞿司辰恼，站起来要抓她过去，南潇飞快向后一撤，躲开了。

“瞿总，要多笑，多笑。”她拎起自己的嘴角，给他做示范，气得瞿司辰恨不得一把捏死她。

“来，你过来。”

南潇才不傻，果真听了他的话，见好就收，一溜烟消失了。

她不怕瞿司辰。

起初她在他身边做实习生，每天都战战兢兢的，生怕哪里疏忽，出了问题。不过经这么长时间相处下来，她发现瞿司辰这人是真的一点儿架子都没有，开得起玩笑，听得进建议，简直就是模范老板。尤其是他们两人私下里经常拌嘴，可能因为都是 K 大毕业，有一种自然而然的亲近感，南潇时不时就和他开开玩笑，倒欢乐得很。

等到她从总裁室下来，后端组的组员都眼巴巴瞧着她，想知道奖金的事有没有落成。

南潇清了清嗓子，一脸凝重：“对不起，我辜负了组织的期望，辜负了大家对我的信任，我不配做你们的负责人……”

“没事的南潇，不就几万块奖金嘛，没什么大不了。”

“就是，咱们不要还不行吗？”

大家你一言我一语地安慰起来。

南潇感激不已，突然眉峰一扬：“骗你们的！瞿总已经让财务拨出了钱，等会儿咱们就能拿到鲜红的钞票了！”

大伙儿面面相觑，半晌才反应过来，冲过去拥抱她。

“南潇，我们爱死你了！”

办公室里一片沸腾。

南潇没继续参与他们的狂欢，坐回位置，打开了笔记本电脑，开始浏览最新发表的计算机相关论文。

看着看着，画面忽然一转，黑屏了。

“这是怎么回事？你们的电脑都好着吗？”

她向周围看去，发现一整排电脑都黑了屏。

一时间，周围静得连掉根针都能听到。

南潇率先反应过来，这很可能是竞争对手的恶意攻击，于是立刻重启电脑，打开防火墙和反追踪系统，寻着线索就追了过去。

然而，诡异的事情发生了。

她追着追着，追到最后，发现攻击方的网络地址居然就是自己正在使用的这台电脑。

自己攻击自己？

这太荒谬了。

南潇紧紧皱着眉头，一时竟不知该如何是好，她从来没遇到过类似的情况。

在场所有人都不敢轻举妄动，等着她发号施令。

就在这时，那些原本被黑屏的电脑忽然间像重新拥有了生命，闪了两闪，弹出一个视频对话框。

“曾经，我答应过一个人，此生将竭尽全力保护她，照顾她。

“下雨有我，刮风也有我。白昼有我，黑夜也有我。

“我答应牵着她的手，去流浪，去疯狂，去寻找不小心被我们弄丢的回忆，还有那些撕心裂肺的过往。

“我想亲吻她柔软的脸庞，枕着她的手臂，静静入眠。

“我不知道一切都还来不来得及，可人生就像一场赌博，赌赢了就是万众敬仰，赌输了无非从头再来，我还是愿意试一试的。

“南潇，我愿意试一试，你呢？”

一秒。

两秒。

三秒。

心脏像被一双无形之手紧紧地攥住，发狠地攥住。

她无法呼吸，像只被海浪冲上沙滩搁浅的鱼，张着嘴巴，一下一下拼死攫取着空气。

南潇体会到了什么是身体被撕裂的痛。

那种压抑已久的，被刻意遗忘的记忆，忽然间从最深的海底一跃而出，变本加厉地朝她脸上砸来。

无处可躲，她唯有僵硬地站在那儿，任凭回忆在脑中翻江倒海。

喉间溢出一丝腥甜，她感觉有一双利爪穿透了喉咙，在自己身体内疯狂翻搅，掏空她的五脏六腑，将有关过去的种种撕碎了扯破了扔在她面前，指着它们对她说。

看，这就是你抛弃过的人。

他在这世间毫无目的地漂泊着，寻找你的方向，拼命朝你靠拢。

而你呢？

你从未给过他任何一丝坚定的信任。

你害怕被抛弃，害怕去期待，去争取，去信仰。

他从来都不是一个神，不过是同样的一具凡身肉体，他当然也会痛，也会彷徨。

何不一次爱个痛快呢？

何不。

仿佛当头一棒，令南潇彻底清醒。

她抓起手机，疯了般冲了出去。

这一次，换她来找他。

K 大图书馆，教学楼，北操场，没有他的身影。

电影院，日料店，电玩城，也没有他的身影。

医院，高档小区，蔡教授家，统统都找不到他出现过的痕迹。

夜色黑尽。

她拎着高跟鞋，光脚踩在冰冷的水泥地面上，号啕大哭："陆燃……陆燃你在哪儿？我好想你。我知道你回来了，可是我怎么都找不到，拜托你不要再玩了好不好？好不好？

"我错了，不该抛弃你，可我真的好怕再也走不出那段记忆……

"你在那边有没有好好吃饭，好好睡觉，不生病不熬夜，不做危险的事？

"陆燃你出来，出来啊！哪怕见一面也好，让我看看你，拜托……拜托……"

她踉踉跄跄地走到已经停运的地铁入口，丢掉手里的高跟鞋，轰然瘫坐下去，哭得浑身发抖。

周围那么静。

凄厉的哭声传到很远很远的地方，整条街都似乎哀鸿遍野。

她攥着手机，将它紧紧捂在胸前，又生怕错过他任何一通电话一条消息，便取下，划亮屏幕，死死地盯着。

直到眼睛酸痛难忍，屏幕将将暗淡下去时，忽然传来一阵震慑心扉的铃音。

南潇怔忪，望着屏幕上一串陌生的号码，甚至连接听的勇气都没有。

铃声一遍又一遍地重复着，直到最后一刻，她咬着牙接通。

“喂？”

“回头，我就在你身后。”

她一愣，身体不受控制地向后转了过去。

晚风中，一抹挺拔的身影。

他仿佛披着夜色而来，满身的风雨，抵不住那邪气的笑意。

熟悉又陌生的脸庞映着路灯绰绰光影，有那么一瞬，南潇以为这一切不过是场虚幻的梦，直到他真真切切地停在自己面前，伸出手，将她猛地一把从地面捞起来那刻，梦境便碎成了渣，取而代之的是令人心跳加速的现实。

“南潇……”

他薄唇翕动，呢喃着这个思念已久的名字。

“南潇……南潇……南潇……”

像是怎么都念不够那般，一遍又一遍重复着。

他收紧臂膀，紧紧拥着她，用身体阻挡那些风霜雨雪。

南潇的脸静静贴住他胸膛，下方鲜活的跳动震得她热泪盈眶。

一下，又一下。

没有比这更美妙的事情了。

陆燃捏住她下巴，轻轻抬起，缱绻的目光流连在上面，迟迟不肯移开：“南潇，两年不见，你想我了吗？”

她手掌攥成拳，狠狠捶打他清瘦的胸膛：“不想不想不想，一点儿都不想！陆燃这个浑蛋，我不要看见你，走开啊！”

他一把攥住她乱挥的拳头，拉至唇边，轻轻吻了吻："你确定，要我走？"

"确定一定以及肯定！"

"好，那可千万不要后悔哦。"说罢，他真的就松开了手，转身离开。

"你回来！回来！"南潇哭着冲了上去，从背后死死抱住他的腰，语气近乎哀求。

"不准你走……你陪着我，以后都陪着我，我要时时刻刻都看到你，你去哪儿我就去哪儿，不准再抛下我！"

"好好好，我答应你，什么都答应你。"他哭笑不得，轻叹了一声，"乖，先松手，你勒得我快要喘不过气了。"

"我不！就不松，不松！"

"好，不松，不松……那换我抱抱你，行吗？"

她动作一顿，半晌后，闷闷地"嗯"了一声，松开手。

陆燃回过身，一把将她搂进怀里，捧住她被泪水染得湿漉漉的脸庞，贪婪地亲吻。

他的唇很烫，灼着肌肤。

每落下一吻，南潇的身体就随之不受控制地颤抖一次。

唇齿纠缠，可供喘息的氧气变得越来越稀薄，有种濒死的错觉。

"我回来了，南潇……我回来了。"

"嗯，欢迎回家。"

都说小别胜新婚，那他们这一别两年，该是种什么感觉？

南潇起初不明白，但当两人走进酒店合被而眠时，她被他滚烫的体温惊得叫出声来。

"你是不是发烧了？"南潇摸摸他额头，"没有啊……那是不是哪里不舒服？"

说着，她伸手就往被子里摸，一不小心就碰到了某个敏感地带，被他一把摁住。

“乖，听话，快睡觉，我很累了。”

“可是你好烫，浑身都烫。”

“过会儿就好了，听话，睡觉吧。”

“那你唱歌给我听，唱完就睡，好不好？”

……

“哎呀，别不说话嘛，好不容易听一次。”

……

“陆燃！”

“好吵啊，你。”他不耐烦地叹了一声，翻身而起，将她整个压到了身下，“再不好好睡觉，当心吃了你。”

“人家就是想听你唱歌嘛……唱嘛唱嘛唱嘛！”

“不知好歹。”他俯首，狠狠吻住那双唇，将呜咽声悉数堵在了喉咙里，还是这个办法最管用，一招制敌。

绵长的吻结束了，身下的小女人也变得软绵绵，似一摊融化掉的春水。

南潇眨了眨迷离的双眼，瞧着他，似笑非笑，忽然一个翻身颠倒了彼此的位置，看着陆燃：“你刚才说，想要吃了我？”

陆燃被她这反击弄得措手不及，一时愣住，瞪大了眼睛：“南潇，你别动，别动……”

“怎么了？”

“你坐着我的……嗯，反正别动就是了。”

“哦……”她若有所思地翘起嘴角，偏就不如他愿，身体低低地俯下来，软得像只猫儿，“你说什么啊，我听不懂。”

馨香的味道盈满鼻息，陆燃心跳加快，不自觉皱起眉头：“跟谁学的，嗯？”

“不说”

“快说，谁教你的这些？不学好。”

南潇不理他。

“是不是找揍啊？”

她眉开眼笑，低头，“吧唧”一口亲在他脸上，身体就势滑了下去，被子一卷，背朝着他：“晚安！”

……

这丫头怎么变得这么坏了！

陆燃欲哭无泪，坐起身，径直走进浴室开始冲凉水澡。

南潇裹在被子里偷笑，笑着笑着，便安静下来。她伸手摸了摸旁边，余温还在，还能闻到独属于陆燃的味道，这才安心。她不想睡，不想闭眼睛，很怕再次睁开时，他又消失不见了。

那种感觉实在太难熬。

浴室里哗啦啦的水声响着，她的眼皮越来越重，刚撑开，几秒就又掉了下来，最后实在熬不住，倒头便睡了过去。

陆燃从浴室出来后，看到床上的小女人正在酣睡，他不自觉笑了一声，擦干头发朝她走过去。就这还嚷嚷着要听他唱歌，现在倒比谁都睡得香。也就是嘴硬，奔波了一整天，怎么可能不累呢？

他伸手揉了揉她一头柔软的长发，这么久不见，居然已经到了腰际，他记得自己走的时候，长度才刚刚过肩。再仔细看，她的脸也不是之前肉嘟嘟的那样，下巴变尖了一些，整个轮廓都清瘦了，没有之前那么可爱。

“我不在，你就把自己弄成了这副德行？”

陆燃没好气地捏了捏南潇的脸，南潇蹙起眉头，哼唧一声，翻了个身。

还不准他碰了，得。

关灯，睡觉吧。

周围陷入一片静谧的漆黑中。

陆燃从身后将她轻轻抱住，下巴抵在肩窝里，吻了吻她小小的耳垂。

“晚安，小坏蛋。”

睡梦中，陆燃回到了一年前。

南潇的毕业典礼他没有参加，并不是他有意，而是当时发生了一场严重的变故。

他在美国的手术非常成功，连主刀医生都说，从来没做过如此完美的手术，所以没人会想到，就在即将康复的那段时间，他会突然昏厥，不省人事。

他在重症监护室里整整躺了一个月，清醒后，又接受了第二次手术，才算真正结束。

原本他可以赶得回去的，她的毕业典礼他不想缺席，可没有办法，医生叮嘱他绝对不能劳累，更不能出远门，他最远的活动范围就是医院楼下的那片花园。

于是，他就这么错过了她的毕业典礼。

那时陆燃就已经感到绝望，因为他不知道这丫头还会不会继续等下去，虽然他只希望她可以幸福，但如果那份幸福是由自己带来的，他会更开心。

不过话又说回来，当初他在国外，并不知道国内这边发生了什么，那起枪击案传出的时候，他才刚刚办理了休学手续，住进医院，所以完全不知道，这边早就已经乱作一团，如果他早一些知道的话，一定不会让她白白担这份儿心。

瞿司辰对他提起过，南潇连续二次拒绝了他的邀请，这让陆燃想不明白。

他以为，南潇一定会接受瞿司辰的好意，乖乖到百佳迪做实习生。

看来他还是不了解她。

又或者说，他以为她能很快走出阴霾，忘掉关于他的一切，可惜他错了。

翌日，天气格外的好。

两人睡到近正午才悠悠转醒。

今天要做的第一件事，就是去见蔡教授。

陆燃在国外的时候就觉得，蔡教授很可能早就知道他在留学期间会干什么，联想到临走前在他家中听到的那些话，应该是有人告诉过他，自己的心脏很不好，需要动手术，所以才那么说的。

不过陆燃很奇怪，到底是谁会给蔡教授说这种事情呢？

他不得而知。

南潇也有段时间没有见过蔡教授，听他要去，也嚷嚷着要一起，于是两人便打了辆出租车，奔K大而去。

蔡教授提前并不知道他们会来，在楼下花园里遛狗的时候，和两人打了照面。

他见到陆燃的第一眼，先是愣住，然后在陆燃身上左摸摸，右看看，确定没事后，这才张开手臂抱了抱陆燃："臭小子，还知道回来？"

"让您担心了。"

蔡教授发自肺腑地笑了："我担不担心都是小事，要看人家原不原谅你了。"他拿下巴指了指南潇。

南潇原本站在靠后的位置，连忙上前一步，轻轻拉住陆燃的一根手指，赧然低下了头。

"看样子是原谅你了，哈哈哈……"

三人皆开怀大笑。

"回来了就好，之后有什么打算呢？你离开了这么久，一直杳无音信，恐怕过了段难熬的日子吧？"

陆燃多聪明，自然听出他话里有话，点了点头，并没有明说：“再难熬也熬过来了，以后走一步看一步，我还有许多事要做。”

“有什么我这老头能帮上忙的吗？”

“有。”陆燃冲他使眼色，“等到了那天，我再拜托您。”

蔡教授心领神会：“没问题，臭小子。”

“谢谢教授。”

两人你来我往的，南潇有些丈二和尚摸不着头脑。

蔡教授将两人带进家门，和妻子做了一桌丰盛的午饭，几人吃着聊着，仿佛回到了以前。

临近傍晚，南潇开始好奇他晚上要住在哪里。

那套高档小区的房子早已经易主，她之前又去过一次，住户还是那个陌生男人，在门口站了片刻，就离开了。

“要不，你跟我回家？”

陆燃一愣：“你不会挨揍吗？”

“不会的，你跟在我身后，悄悄的，咱们半夜回去，他们发现不了。”

“我发现你真的学坏了。”陆燃捏着她脸颊，稍稍一用力，她的嘴巴就嘟了起来，成了一只瘦版花栗鼠，“说，哪个男人教你的？”

南潇委屈，她举双手发誓，绝对不是什么男人。

“你误会了，是田甜啦！她最近交了男朋友，没事就给我传经授道，听得我耳朵都快要起茧了。”

“少跟她学些乱七八糟的，听到没有？”

“Yes，sir（好的，先生）！”她挺胸抬头，冲他敬了一个礼，“那今晚要不要跟我回家？”

“我有地方住，你不用担心，等下我送你回去，明天一起去百佳迪。”

“去那里有事吗？”

“嗯。”

“什么事？”

“到时你就知道了。”

将她送到楼下，陆燃站在大门口，单手悠闲地兜在口袋里，另一只手冲她挥了挥手：“明天见。”

南潇也挥手，一点点向后挪动脚步，走着走着，忽然眼圈一红，朝他飞奔回去，扑进他怀中：“明天我还能见到你，对吧？”

“嗯。”

“不会再忽然消失，对吧？”

“嗯。”

“不管去哪里，做什么，见了谁，都会告诉我，不让我担心，对吧？”

“嗯，快回去吧，天要黑了。”他宠溺地揉揉她脑袋，吻了吻毛茸茸的头发。

南潇抱着他不肯撒手：“是不是我说什么你都答应？”

“是，我人都是你的，要怎样随便你。”

“那……以后你的工资卡要上交，好吧？”

……

果然，他不在的这些日子里，她从里到外都坏透了。

陆燃简直哭笑不得，其实这种事哪里还需要她来费心，命都是她的，何况那些身外之物？不过，这样耍小聪明的她非常可爱，他并不讨厌。

“好，你说什么就是什么，我都答应。快回去吧，你爸妈在窗口看了好久，别让他们太担心。”

南潇一愣，扭头往上看，顿时吓得头皮发麻。

可不是嘛，自己房间的窗户边不知何时探出两个脑袋，虽然离得远，看不清面容，但绝对是自己家那两位无疑了。

“你……你干吗不早说啊！”她狠狠跺了一下脚，捂着脸飞快跑走了。

陆燃在后面笑得直不起腰。

总是做坏事，可是会有惩罚的哦！

回到家，不用想，南潇遭遇了炼狱般的双重拷问。他们逼她说出刚才在楼下对自家宝贝闺女动手动脚的人的名字，南潇耷拉着脑袋，有气无力地又重复一遍。

“陆燃，陆燃，他是陆燃啊！”

“瞎说什么，你当我们傻啊，陆燃两年前就在国外出事了！当时你哭成那个样子，我和你爸整夜整夜都不敢合眼，忘记了？”

“妈，真的是陆燃，他回来了！”

“还骗人，找揍呢？”

“……不信算了，下回我把他领到家里，让你亲眼看一看！”

“不看！那种诱拐我家闺女的男人，没一个好东西，我才不看。”

“那你是要我一辈子单身？”

“这得看对方是谁，如果真的是陆燃，我们倒赔也要把你嫁出去！”

好吧好吧，她认输，她认输还不行嘛！

夜深，陆燃赶到医院，告诉护工可以回去休息了，便坐在病床边，看着已经睡着了的中年男人。

他鬓角不知何时已经发白，额头出现一条条深浅不一的皱纹，皮肤也起了褶皱，浮现苍老的模样。

“爸，我回来了。”

无人回应。

他替他掖好被子，轻轻地趴伏在上面，闭了眼睛。

“这些年，你辛苦了，以后有我来撑着，你什么都不用管。”

好好休息吧。

他，回来了。

陆燃没有告诉过南潇，他和瞿司辰之间约定好的一切。

在美国做一次心脏病手术，费用是不可估计的，他根本没有钱，也没有那个能力，而瞿司辰就是最后一根救命稻草，他牢牢地抓住了，却也同时付出了代价。

他签了卖身契，为百佳迪无条件工作整整五年。

五年，说长不长说短不短，可以促成一个人，也可以毁掉一个人。

这是一场豪赌。

陆燃觉得，自己并没有看走眼，瞿司辰是个可靠的领导者，他愿意用五年时间来换取自己后半生的自由。

然而，瞿司辰也明白，铁笼子里关不住老虎。

陆燃是个信守承诺的人，答应了就一定会做到，五年的效劳他并不担心，可陆燃真的就甘心吗？

他不这么认为。

两人在办公室里聊了很久，再回头，天边已是万丈霞光。

“明天起，你就是百佳迪的人，提前祝贺你入职愉快。”瞿司辰起身，朝他伸出手。

陆燃也站了起来，抿唇，同他相握：“谢谢你，瞿总。”

互相客套过后，瞿司辰笑了：“不用这么正式，在这里做事一定要开心，说实话，当初创办百佳迪也是因为我自己的满腔情怀，爱游戏，爱计算机，没想到也发展得蒸蒸日上。以后有你在，我更放心了。”

“学长就不要嘲笑我了。你可是亲眼看着我在病床上躺了整整一年，早就生疏了，还得慢慢适应。”

“糊弄别人可以，想糊弄我，还是有点儿困难的。”瞿司辰扬眉，“能在一年之内拿下耶鲁大学毕业证书的人，就不要谦虚了。别以为我不知道，你做完手术没多久，就托护士买了书，每天晚上都要看，如果这样还算得上生疏的话，那你要我这好些年不碰技术的人，该如何是好？”

陆燃一愣，没想到他什么都知道，不好意思地笑了笑。

“可是如果没有你，就什么都不是。我在国内的学籍被注销后，就失去了保送生的身份，自费留学的所有花销全都是学长资助的，包括手术费。学长放心，我会履行当初的承诺，五年时间，一天都不会少。”

瞿司辰莞尔：“走吧，叫上南潇，我做东，为你接风。”

陆燃真的就在百佳迪待了下来。

起初南潇还有些不敢相信，总觉得他不是心甘情愿要留下的，毕竟他骨子里傲，她以为他会像瞿司辰当年一样，自己出来打天下，不过，渐渐地，她发现，陆燃对待这份工作的态度简直一丝不苟，又因为能力出挑，很快就甩了周围一大截。

沈成煜每天都要和瞿司辰哭诉，他新招来的这两个新人，一个南潇，一个陆燃，都比自己厉害得多，偏偏还要他来带，压力实在太大了。

瞿司辰没把他的话放在心上。

厉害的人，无论谁带都厉害，换来换去还是不合适，也就别浪费那个时间和精力了。

他有自己的打算。

陆燃在，拓展市场的计划也就悄悄展开了。

两个月后，百佳迪放出了一条爆炸性消息，说他们要做史诗级画面的游戏，效果堪比好莱坞。

游戏界被这条新闻搅得天翻地覆。

所有人都在猜测，这到底是个噱头，还是真的如他所说，是史诗级别。

流言四起，大家都屏息以待，不过大多数都是抱着看热闹的心态，要瞧瞧百佳迪是如何自取其辱的。

三个月后，一段预告视频悄无声息地流向网络。

一石激起千层浪。

视频的内容让人震撼，画面品质极其高，声效震撼人心，而剧情也同样叫人看了欲罢不能，简直就是堪比好莱坞。

一时间，百佳迪的股票像坐了火箭一样飞速上升。

半年过去，正式版本如约而至，发布当晚，轰动整个游戏界。

陆燃和南潇都是开发团队的主心骨，在瞿司辰的带领下，走上舞台。

底下，有记者认出了他。

“请问，您就是K大当初被保送美国耶鲁大学的那位陆燃吗？”

他点点头，从助理手中接过话筒：“是的。”

“据说当年您在大洋那边发生过意外，有没有这回事？”

“意外的确有，但并不像传言中那样遭遇了枪击。”

“那是什么？”

“我和一个人做了约定。”

“什么约定？”

他勾唇一笑，侧目，看着南潇：“拥有一具健康的身体，然后陪伴她一生。”

记者一愣，便听下方忽然掌声雷动，有起哄的声音此起彼伏。

人，总要活到极致，才知道自己究竟有多少潜力。

他庆幸遇到了瞿司辰。

在他身陷深渊不可自拔时，朝自己伸出了援手。

这是一份沉甸甸的恩情，他向来重情，便会百倍相报。

发布会过后，百佳迪一跃成为全国最厉害的游戏公司，虽然规模不大，但它的地位无人可以撼动。

瞿司辰给全公司上下发了奖金，同时给他们，也给自己，放了一个长假。

养精蓄锐，才能打好下一场战役。

南潇趁着假期，带着陆燃回了家，父母不敢相信他真的回来了，激动不已，又是夹菜又是添饭，好像陆燃是亲生的，而她是抱养的一样。

“陆燃，你在国外那两年辛苦吗？是不是很累？”

“阿姨做饭不好吃，你将就着吃，听南潇说了你家里的事，没关系的，以后这里就是你的家，想来随时都可以来。”

“对了，我和她爸爸一直不知道你们在谈恋爱，既然这样，那打算什么时候结婚？”

南潇红着脸，瞪了过去：“妈，快吃饭吧，丢不丢人。”

“瞧你，妈妈这是在关心你的人生大事，小孩子不要插嘴。”

“可你之前说，要我一辈子单着呢！”

“嘿，这丫头，怎么说话呢？妈妈不是说，只要陆燃就可以？”

“嘁……”她瘪瘪嘴，放下筷子闹脾气。

陆燃在一旁低头偷笑，末了，开口：“阿姨放心，我会给南潇一个交代。我很爱她，会一直陪伴她。”

南妈妈听得热泪盈眶，又跑去厨房炒了两个菜，令南潇哭笑不得。

圣诞夜前夕，又一次同学聚会如约而至，这次陆燃没有缺席。

一众人在市中心的米其林餐厅吃得热闹，那些人都围着陆燃问这问那，直问得陆燃招架不住，直接把锅甩给了南潇：“她什么都知道，有问题就直接问南潇吧。”

田甜瞄了过去，撞了撞她胳膊：“喂，这是怎么回事啊？当初我们天天都为你揪着心，你倒好，什么都知道？”

“不是你想的那样……”

“少装蒜，我看你就是纯粹拿我们开心！来啊，咱们今天不把南潇给灌趴下，就不走了！”

这边，一呼百应，所有人都围了上来，一杯接一杯为她递酒。

到底是心疼，陆燃大手一挥，将所有酒都替她拦了下来，到最后，南潇没事，他反倒醉得不省人事。

陈凯和周齐梦飞抬着陆燃去了酒店，南潇跟着，买了矿泉水和解酒药，彻夜照顾。

凌晨的时候，陆燃忽然醒了。

她就睡在他身边，呼吸轻轻的，像只熟睡的猫儿。

他环视着昏暗的房间，窗帘没有拉紧，透着一丝浅淡的月光，铺洒在地面，美得惊人。

“南潇，我爱你。”

他侧身，紧紧拥抱她，在她裸露的肌肤上亲吻，像是对待一件珍贵的宝物，爱不释手。

两天后，圣诞节当晚。

时代广场上人山人海。

南潇被陆燃一路带了过去，停在广场正中央，面前就是一面悬挂在头顶的硕大荧幕。

她往手上哈着热气，问他：“带我来这里干什么呀？好冷，我们赶紧回家吧。”

“等一等，我有东西要给你看。”说着，他转身，冲着那面荧幕挥了挥手，忽然画面一转，出现了 K 大校园官网首页。

南潇愣住：“这是……”

不等她发问，熟悉的画面忽然出现。

一段长达 2 分 37 秒的表白视频赫然占据了大半边的屏幕，学校官网首页上，没有最新发布的学术报告，没有学生会组织活动的策划案，更没有计算机系的院长边挥手边微笑的个人照，取而代之的是感人肺腑又催人泪下的真情告白。

那是她曾向他表白过的视频。

幼稚，可笑，却暖得人心尖发颤。

“陆燃……”

“别急着感动，还有。”他再次招了招手，画面跳了两下，变成了一片莹白。

那是在医院里。

长长的走廊看上去毫无温度，来往的人脚步匆匆。

一张移动病床缓缓地进入画面。

近了。

更近了。

南潇眯起眼睛，看清了上面躺着的人。

他穿着苍白的病服，戴着呼吸面罩，静静地被人推了出去。

那是陆燃。

他从病床上抬起头，嘴唇毫无血色，朝着画面比了一个心，微微一笑。

“南潇，我马上就要进手术室了。我不知道你现在在做什么，找工作，准备考研，或是准备论文材料，我看不到你，只能凭借想象猜测你每天的生活，我很想你，你呢，有没有一刻想到过我？我知道，这段时间你一定非常难熬，但请原谅我，实在不忍心将我所经历的事告诉你，这些由我一人来承受，就足够了。

“你总是认为，自己不够优秀，无法与我比肩，其实真正觉得配不上的人，是我。我没有一个健康有力的身体，可以信心十足地承诺陪伴你一生，我觉得自己在耽误你，浪费你的大好青春。所以，我擅自做了这个决定，无论结局是好是坏，都不会后悔。

“南潇，其实我很怕，我怕进了那扇门，就永远见不到你。所以，请借给我力量和勇气吧，我需要你，就像你也需要我一样，在这纷扰的世间，我只想与你牵手，一路走到尽头。”

画面静止。

她泪流满面。

原来，爱都是相互的。

她一直以为是自己拖累着他，殊不知，在她不知情的状况下，他也紧紧依赖着她。

四周升起绚烂的烟火，将夜空照得如同白昼。

一张张熟悉的面孔从荧幕下走出，挥舞着荧光棒，朝他们大声呼喊："祝你们幸福呀。"

面前的男生面容清秀，微微勾起嘴角，弯下一条腿，单膝跪在地面，从口袋中取出一枚璀璨的钻戒，高高举在她面前。

"南潇小姐，你愿意嫁给陆燃先生为妻吗？不论顺境、逆境、健康、疾病，都照顾他爱护他，对他不离不弃，此生相依，至死不渝。"

她绽放出最美好的笑容，用力地、无所顾忌地点了点头。

"我愿意。"

- 完 -